Eine Anthologie mit Kurzgeschichten der folgenden Autoren

Corinna Schattauer
Sabrina Železný
Fabian Dombrowski
Iviane Jakobs
Cat Dolcium
Andrea Bienek
Tina Somogyi
Tanja Hanika
Nina C. Egli
Markus Cremer
Isabel Schwaak
Detlef Klewer

1. Auflage 2014
Art Skript Phantastik Verlag | Salach

Lektorat/Korrektorat » Franziska Stockerer
» www.fs-textprojekt.de

Gesamtgestaltung » Grit Richter | Art Skript Phantastik Verlag
Cover-Fotografie » © Masson - Fotolia.com

Druck » CPI books GmbH | Ulm
» www.cpibooks.de

ISBN » ISBN: 978-3-9450450-1-5

Der Verlag im Internet
» www.artskriptphantastik.de
» art-skript-phantastik.blogspot.com

Dieses Buch wurde in Deutschland gedruckt

Alle Personen, die nicht historisch belegt sind, sind frei erfunden. Ähnlichkeiten mit realen Personen sind zufällig und nicht beabsichtigt.

1480

Lucrezia Borgia | Renaissancefürstin

Florentinische Herzen

Corinna Schattauer

Mit langen Schritten jagte Lucrezia durch die verwinkelten Gassen von Florenz. Ab und zu hielt sie inne und schnupperte, dann eilte sie weiter. Sie war ganz nahe, sie konnte es spüren. Für einen Moment gestattete sie sich, einen Blick in die Zukunft zu werfen, malte sich aus, wie sie am Ende ihrer Jagd ihre Schnauze im Brustkorb ihres Opfers versenken und mit ihren messerscharfen Zähnen das Herz herausreißen würde. Doch dann konzentrierte sie sich wieder. Ihre Krallen hinterließen Spuren im harten Lehmboden, als sie ihre Geschwindigkeit erhöhte. Die Fährte wurde frischer.

Die Borgias und die Medici waren noch nie gut aufeinander zu sprechen gewesen. Ob dies nur daran lag, dass es sich bei den einen um einen Werwolfclan, bei den anderen um eine Vampirfamilie handelte, wagte Lucrezia zu bezweifeln. Zwei so mächtige Familien konnten nicht nebeneinander existieren, ohne dass Rivalitäten entstanden. Wie ironisch, dass der Heilige Stuhl ausgerechnet von solch unchristlichen Wesen umkämpft wurde. Es war also nur gut, dass die römische Bevölkerung nichts davon ahnte. Wie viel die Florentiner über ihre verehrte Adelsfamilie, die Medici, wussten, konnte Lucrezia Borgia nur mutmaßen. Nun, ein gewisser wütender Wanderprediger, Girolamo Savonarola hieß er, vermutete zumindest etwas. Schon seit ein paar Jahren versuchte er, die Medici zu enttarnen. Bei aller Rivalität hatte Lucrezias Vater, Rodrigo Borgia, alias Papst Alexander VI., dies zu verhindern versucht. Wenn die Vampire enttarnt würden – wer sagte, dass die Werwölfe nicht die nächsten sein würden? Doch dieser lästige Priester war wie eine Küchenschabe: einfach nicht totzukriegen. Umso riskanter war es für Lucrezia hier zu sein, so weit weg von ihrer Heimat, vom Schutze Roms und ihrer Familie. Doch es war Brauch unter den Borgias, dass ein jeder während der ersten Vollmondwoche nach der Begehung seines achtzehnten Geburtstages dem Familienoberhaupt das Herz eines Vampirs darbrachte. Es musste kein Medici sein – doch ein Florentiner versprach mit Abstand das höchste Prestige. Lucrezia wünschte sich nichts sehnlicher, als ihren Vater zu beeindrucken, also hatte sie die Reise nach Florenz angetreten.

An ihrem Geburtstag, dem achtzehnten April, hatte der Frühlingsvollmond groß und rund über Rom gestanden. Ein günstigeres Zeichen hätte sie sich nicht wünschen können. Es war ihr, als würde eine höhere Macht sie bei ihrer Prüfung unterstützen und so hatte sie umso selbstsicherer ihr ehrgeiziges Ziel gewählt. Voller Ungeduld hatte sie auf den Mai gewartet, denn die Vollmondwoche, in der die Aufgabe zu erledigen war, musste vollständig nach dem achtzehnten Geburtstag liegen. Alles andere brachte Unglück. Erst vierzehn Tage später also hatte Lucrezia ihrc etwa zweiwöchige Reise nach Florenz antreten können. Ihr Plan war es gewesen, pünktlich am siebzehnten Mai, der ersten Vollmondnacht des Monats, anzukommen. Doch das Wetter war ihr alles andere als gewogen gewesen und hatte sie viele Tage aufgehalten. Daher hatte Lucrezia diese wunderbare erste Vollmondnacht, in der die Werwölfin ganz den Menschen aus ihr vertrieb, in der sie in vollkommener und absoluter Befreiung die Beherrschung verlor, in der es keinerlei von Menschen auferlegte Grenzen gab, in einem Wald jenseits aller Zivilisation verbringen müssen. Tiere hatte sie reißen müssen, wie eine gemeine Wölfin. Erst am Abend des zweiundzwanzigsten Mai hatte sie ihr Ziel erreicht: Florenz. Die Werwölfin, die schwächer wurde, je schmaler der Mond wieder wurde, die drei Wochen im Monat ganz und gar schlief, war nun Sklavin ihrer menschlichen Kontrolle, den Geboten des Anstands und der Moral unterlegen, soweit Lucrezia diese empfinden konnte. Tatsächlich verheerend aber war, dass die Zeit nun eilte. Sie hatte noch genau eine Nacht und einen Tag, um ihre Prüfung zu absolvieren. Vor etwa einer Stunde, kurz nachdem die Sonne untergegangen war, hatte sie die Fährte eines Mitglieds der Medici-Familie aufgenommen, vermutlich die einer Frau. Ihr war Lucrezia gefolgt. Ein anderer, ekelerregender Geruch hatte über dieser Fährte gelegen und hatte ihr die Jagd zunächst schwer gemacht, doch er hatte sich irgendwann im florentinischen Gassengewirr verloren. Die junge Medici-Frau war nun ganz allein unterwegs und Lucrezias Nase war unfehlbar. Sie war ihrem Ziel ganz nahe.

Die junge Borgia musste sich daran hindern, ein Triumphgeheul auszustoßen, als sie an der Tür eines prachtvollen Eckhauses eine Duftwolke aufsog. Dort drinnen war die Vampirin, Lucrezia konnte sie riechen, konnte ihre Angst fast schon spüren. Hektisch schnuppernd umrundete Lucrezia das Haus, suchte nach einem Eingang. Hier stank es überall nach Medici, doch die Spuren waren alle mehrere Tage alt, bis auf diese eine. Die junge Frau war ganz alleine in dem Haus. Nach einer Weile fand Lucrezia ein Fenster, das nur angelehnt war. Mit einem mächtigen Satz schaffte sie es auf die breite Fensterbank, von wo sie die in Holz gefasste Glasscheibe mit der Schnauze aufschieben konnte. Ein weiterer Sprung und sie landete lautlos im Inneren des Hauses . Es war stockdunkel, doch die Gerüche, die in der Luft hingen, sagten Lucrezia, dass sie in einer Küche gelandet war. Es dauerte einen kurzen Moment, bis sie den Geruch der Medici wieder aufgenommen hatte, dann folgte sie ihrer Schnauze hinaus aus der Küche, einen langen, dunklen Flur hinunter und schließlich in ein Schlafzimmer. Lucrezia hatte gerade einmal eine Pfote in das luxuriös ausgestattete Schlafgemach gesetzt, da roch sie schon, wo die junge Frau sich befand: hinter der Tür. Doch die Medici war schnell. Mit einem Kerzenständer in der Hand sprang sie aus ihrem Versteck hervor, als wolle sie einen Angreifer niederstrecken. Lucrezia erschrak. Die Frau hatte unmöglich wissen können, dass sie hinter ihr her war. Tatsächlich blieb die Medici verwirrt stehen, als ihr Blick auf die große braune Werwölfin fiel. Lucrezia behielt aufmerksam den Kerzenständer im Auge, als sie sich zum Sprung bereit machte. Nervös leckte sie sich die Lefzen. Jetzt oder nie ...

»Warte!«, rief da die junge Frau und ließ dabei den Kerzenständer sinken. »Tu mir nichts!«, bat sie. »Ich bin keine Vampirin, ich bin ein

Mensch, nur ein Mensch.« Verunsichert blieb Lucrezia stehen. »Ich kann es beweisen!«, fuhr die junge Frau fort. Eilig hob sie die freie Hand und zog mit ihrem Daumen die Oberlippe ein Stück zur Seite. Es waren keine Fangzähne zu sehen. Lucrezia gab ein tiefes Knurren von sich, um ihre Verwirrung zu überspielen. Wie konnte das sein?

Vorsichtig näherte sie sich der Frau. Die trat einen Schritt zurück, doch als sie bemerkte, dass Lucrezia für den Moment nichts Böses wollte, blieb sie stehen.

»Ich warne dich«, zischte sie trotzdem, »tu nichts Unüberlegtes. Ich bin bewaffnet.« Lucrezia wollte lachen, doch der Wölfin entfuhr nur ein heiseres Bellen. Ein Kerzenständer! Der konnte ihr letztlich nichts anhaben. Misstrauisch schnupperte sie an der freien Hand der jungen Frau. Zweifelsfrei eine Medici, stellte Lucrezia fest, den Gestank hätte sie aus allen Düften des Orients herausriechen können. Aber tatsächlich war bei dieser Frau etwas anders. Eine Note, die ihr vorher nicht aufgefallen war, etwas ganz Unterschwelliges, das sie aber doch von den anderen in ihrer Familie unterschied. Vorsichtig leckte Lucrezia am Handgelenk der jungen Medici, was diese heftig erschauern ließ. Die Werwölfin schrak selbst zurück. Ihr Fleisch war warm! Da floss rubinrotes, warmes Blut durch ihre Adern, nicht der bräunliche, kalte Matsch, der sich unter der Haut ihrer Verwandten staute. Unschlüssig strich Lucrezia um ihr Opfer herum. Sollte sie die junge Frau trotzdem töten? Immerhin war sie eine Medici und damit eine Feindin. Oder sollte sie einfach verschwinden und sich ein anderes Mitglied dieses Höllenclans suchen? Schließlich blieb ihr nicht mehr allzu viel Zeit. Andererseits aber tobte die Neugierde in ihr. Sie musste wissen, wie diese Frau möglich war, diese Sterbliche, wie sie überhaupt existieren konnte. Nur ein paar Fragen, es würde nicht lange dauern. Töten könnte Lucrezia sie danach immer noch, falls ihr danach war. Dann würde sie sich auf die Suche nach dem Herzen machen, das sie so dringend brauchte.

Lucrezia schloss die Augen, um sich zu konzentrieren. Mit Leichtigkeit verbannte sie die Wölfin in sich, trieb sie aus ihren Gedanken, denn das Tier war zu dieser Zeit des Mondzyklus am Ende seiner Kraft. Sie spürte, wie ihr seidenes Fell verschwand und verletzliche nackte Haut freigab, wie sich ihre Reißzähne zurückbildeten, wie aus

ihren Krallen schmale, anmutige Finger wurden. Die Verwandlung bereitete ihr schon lange keine Schmerzen mehr, sondern ging seit Jahren leicht und geräuschlos vonstatten. Nackt stand Lucrezia in dem dunklen, unbeheizten Schlafzimmer. Sie zitterte und vermisste schon das dichte Fell ihrer tierischen Gestalt. Also ging sie mit anmutigen Schritten zu dem Bett hinüber und wickelte sich eine Decke um die Schultern. Dann trat sie auf die junge Frau zu, die noch immer den Kerzenständer in der erhobenen Hand hielt.

»Ist schon gut«, beruhigte Lucrezia sie. »Dir passiert nichts.«

Die Medici blickte sie zweifelnd an. Dann aber nahm sie langsam ihre improvisierte Waffe herunter.

»Du bist eine Borgia?«, fragte sie abfällig.

Lucrezia nickte.

»Mörderin!«, zischte die kleine Frau wütend. Lucrezia knurrte bedrohlich, wie sie es in dieser Mondphase auch in ihrer menschlichen Gestalt konnte, und die Medici schloss trotzig ihren Mund. Aber offenbar wagte sie es nicht, sich von der Stelle zu rühren, obwohl nun statt der Wölfin eine schlanke, zierliche Frau vor ihr stand, gehüllt in ein Betttuch, und keine Gegnerin für ihren schweren Kerzenständer. Zumindest könnte es so aussehen.

»Jetzt bin ich dran mit den Fragen!«, fuhr Lucrezia sie an.

»Wie heißt du?«

Die junge Frau sah überrascht auf. Mit dieser Frage schien sie nicht gerechnet zu haben.

»Contessina Antonia Romola de' Medici«, gab sie stolz zurück.

»Du bist eine Medici, aber du bist keine Vampirin?«, fragte Lucrezia verwirrt. Contessina schlug die Augen nieder.

»Nein, bin ich nicht«, gab sie zu. Dann schwieg sie wieder. Lucrezia rollte mit den Augen. Musste man dieser Prinzessin denn alles aus der Nase ziehen?

»Wie kann das sein?«, fragte sie also gereizt. Contessina zuckte mit den Schultern.

»Niemand weiß, wie so etwas passiert, aber alle paar Generationen kommt es vor, dass ein Mensch in die Familie geboren wird«, erklärte sie. »Wenn es irgendwo im Stammbaum einen Menschen gibt – und es gibt Medici, die verbotenerweise Beziehungen zu Menschen hatten

– dann kann es vorkommen, dass dieses Blut auch Generationen später noch durchschlägt.«

Fasziniert betrachtete Lucrezia die junge Frau, dieses unbekannte Kuriosum, vor sich.

»Tötest du mich jetzt?«, fragte Contessina trotzig. »Ist mir eigentlich auch lieber, als dass die anderen mich kriegen«, brummte sie. Lucrezia horchte auf.

»Die anderen?«, hakte sie nach. Da war eine andere Fährte gewesen, ekelerregend ...

»Savonarolas Häscher«, erwiderte Contessina. »Sie haben mich vorhin aufgespürt. Was glaubst du, weswegen ich mich hier mit einem Kerzenständer bewaffnet verstecke? Sicher nicht aus Spaß.«

Erneut entfuhr Lucrezia ein Knurren.

»Savonarola«, zischte sie verächtlich. Vampire waren eine Sache – sie konnte sie nicht ausstehen, aber in ihren Augen hatten sie eine gewisse Daseinsberechtigung. Sie töteten ein paar Werwölfe, Werwölfe töteten ein paar Vampire. Es existierte ein Gleichgewicht. Menschen wie Savonarola hingegen waren nicht mehr als Ungeziefer in ihren Augen. Er predigte Hass und Intoleranz, hetzte das Volk auf und verfolgte alles Übernatürliche ohne jede Gnade.

»Sie würden natürlich gerne die Medici-Vampire jagen«, feixte Contessina, »aber das trauen sie sich nicht. Also suchen sie sich die kleinen Fische, an denen sie dann ein Exempel statuieren können: altersschwache Vampire, Einzelgänger und den ein oder anderen Menschen, der ihnen nicht passt. Ich bin für sie ein gefundenes Fressen: eine Medici und trotzdem keine Bedrohung.«

»Warum gehst du dann noch ohne Leibgarde vor die Tür?«, fragte Lucrezia. Contessina schnaubte verächtlich.

»Ich lasse mir von dem Irren doch nicht mein Leben kaputtmachen und schließe mich nun auf ewig im Palazzo ein«, erwiderte sie bestimmt. Lucrezia nickte anerkennend. Das wäre wohl auch ihre Antwort gewesen.

»Warum tut Lorenzo nichts dagegen?«, fragte sie weiter.

Contessina schmunzelte. »Er glaubt wohl, dass Savonarola den Borgias auf Dauer mehr schaden wird als uns. Immerhin prangert er ganz offen deren Gier, ihre Prunksucht, ihr unmoralisches Verhalten, ihre Dekadenz, den Nepotismus ...«

Sie unterbrach sich, als Lucrezia ihr einen scharfen Blick zuwarf, dann lächelte sie verschmitzt. »Er sieht in ihm jedenfalls keine Bedrohung für unsere eigene Familie und unsere Herrschaft in Florenz und deswegen lässt er ihn gewähren. Er weiß nicht, dass ich mich ab und zu ohne Begleitung aus dem Palazzo schleiche.«

Ein Knarren im Flur ließ beide Frauen aufschrecken.

»Hinter dir sind also außer mir auch Savonarolas Häscher her?«, fragte Lucrezia. »Eine geschäftige Nacht für dich, hm? Mir scheint jedenfalls, sie haben dich gefunden.«

»Verdammt«, fluchte Contessina. »Und du hast sie hergeführt! Los, wir ...« Weiter kam sie nicht.

Die Tür flog krachend auf, zwei Männer stürmten herein. Sofort ließ Lucrezia die Werwölfin wieder frei, spürte die Veränderungen ihres Körpers – und dann einen grausamen Schmerz. Ihr verschlug es den Atem, als etwas gegen ihren Bauch prallte und dort ein stechendes Brennen hinterließ. Die Verwandlung stoppte, ihr Körper krampfte sich zusammen, die Wölfin verschwand. Blind vor Schmerz stolperte Lucrezia durch das Zimmer, als sie plötzlich eine Hand spürte, die nach der ihren griff, und dann Contessinas Stimme hörte.

»Mir nach!«, zischte die Medici. »Vertrau mir einfach!«

Lucrezia blieb nichts anderes übrig. Blindlings lief sie der jungen Frau hinterher, während sie ihr Betttuch notdürftig festhielt. Nach und nach kam ihre Sehkraft zurück und in gleichem Maße ließ der Schmerz auf ihrem Bauch nach, verschwand aber nicht völlig. Sie versuchte, die Wölfin zu entfesseln, doch es wollte ihr nicht gelingen. Mit einem Mal fühlte Lucrezia sich sehr, sehr verletzlich. Ihr blieb nun nichts anderes übrig, als Contessina zu vertrauen.

Die kleine Medici führte sie den langen Flur hinunter, eine Kellertreppe hinab, durch einen vollkommen dunklen Raum und schließlich wieder eine Treppe hinauf, zurück auf die florentinische Straße, wo diese Hetzjagd begonnen hatte. Wie war sie von der Jägerin zur Gejagten geworden?

Stolpernd eilte Lucrezia hinter Contessina her, die nicht nur die breiten Straßen, sondern auch die Gassen und Hinterhöfe wie ihre Westentasche zu kennen schien. Hinter einer Ecke blieben sie schließlich beide schwer atmend stehen. Sie lauschten. Als sie keine

Anzeichen ihrer Verfolger vernehmen konnten, atmete Contessina tief durch.

»Wir müssen zum Palazzo«, keuchte sie, »da sind wir sicher.«

Lucrezia riss sich von ihr los. »Du vielleicht!«, erwiderte sie ungehalten. »Nein, danke, aber ich finde mich allein wieder zurecht.« Da stieß Contessina mit dem Zeigefinger auf Lucrezias Bauch, wo große rote Flecken sprossen. Vor Schmerz zischend zuckte die Werwölfin zurück.

»Silbernadeln«, erklärte Contessina triumphierend, »helfen gegen Werwölfe, Vampire und Untote aller Art. Sie sind sehr dünn, sodass du sie kaum siehst. Sie sind nicht dazu gedacht, dich zu töten, sondern dringen nur oberflächlich ins Fleisch ein. Aber sie haben Widerhaken und sind nicht so leicht zu entfernen.« Sie zischte verächtlich. »Silber. Tut höllisch weh und lässt uns ziemlich alt aussehen, egal ob Vampir oder Werwolf.«

»Ich kann trotzdem nicht mit dir in den Palazzo«, brummte Lucrezia. »Deine Familie würde mir den Kopf abschlagen, bevor ich *Vampirabschaum* gesagt hätte. Außerdem sind diese Typen gar nicht hinter mir her.«

»Jetzt schon! Ein Werwolf macht sich gerade recht in ihrer Sammlung, die haben wir hier nicht oft.«

Lucrezia brummte unzufrieden. Ihre Aufgabe konnte nicht mehr länger warten! Dann aber wurde ihr eines klar: Wo konnte man wohl besser einen Vampir finden, als in einem ganzen Palast, der von ihnen nur so wimmelte? Es war riskant, aber solange sie geschickt vorginge ...

»Also gut, gehen wir«, gab sie sich scheinbar geschlagen und noch im gleichen Augenblick meldete sich ihr schlechtes Gewissen. Contessina hatte ihr eben noch das Leben gerettet und war nun bereit, sie in ihr Heim aufzunehmen, wie konnte sie da einen Verwandten von ihr töten? Doch diese Zweifel schüttelte Lucrezia rasch ab. Es musste ja kein enger Verwandter sein.

Als sie am Palazzo Medici Riccardi ankamen, musterte Lucrezia ihn zweifelnd. Der florentinische Stil wollte ihr einfach nicht so recht gefallen. Vielleicht lag es aber auch an ihrer allgemein schlechten Stimmung. Den ganzen Weg über hatte sie versucht, die Nadeln

aus ihrem Fleisch zu pulen, jedoch ohne Erfolg. Dieser verflixte Priester wusste wohl ziemlich genau, was er tat – ihre Sinne waren wie benebelt. Selbst als eine Medici-Frau an ein geöffnetes Fenster über ihr trat, konnte sie fast keinen Geruch wahrnehmen.

»Die Sonne geht bald auf«, murmelte Lucrezia leise zu Contessina, ohne ihren Blick von der Frau am Fenster abzuwenden. Sie sah zum Anbeißen aus. »Wir sollten wirklich von der Straße herunter.«

Stille antwortete ihr.

Erschrocken drehte Lucrezia den Kopf und fand die Straße neben sich verwaist vor.

»Contessina?«, zischte sie leise, um keine Aufmerksamkeit zu erregen. »Contessina?!«

Ganz automatisch versuchte Lucrezia, die Wölfin zu entfesseln, doch das Silber in ihrem Körper leistete hervorragende Arbeit. Sie knurrte wütend und versuchte es noch einmal, noch konzentrierter, doch die Wölfin versteckte sich, kauerte sich mit eingezogenem Schwanz zusammen.

»Komm schon ...«, knurrte Lucrezia. Sie versuchte, das Gefühl wachzurufen, das ihr Alter Ego ihr verlieh, die Freiheit, die Wildheit, den grenzenlose Hunger. Und da stieg ihr plötzlich ein Geruch in die Nasc. Sic war noch immer in Menschengestalt, doch ihre Sinne arbeiteten wieder etwas genauer, nahmen ihre Umwelt ein wenig schärfer und präziser wahr. Sie fühlte den harten Lehmboden unter ihren Füßen deutlicher als zuvor, konnte das Klappern von Kutschenrädern vernehmen, die mehrere Straßen entfernt über einen Ast rumpelten, konnte nun riechen, wo Contessina wenige Minuten zuvor noch gestanden hatte. Sie schnupperte konzentriert. Die beiden Männer waren hier gewesen, wusste ihre Nase, hatten Contessina geradezu vom Wegesrand gepflückt. Sie hatten wohl geahnt, wo die Medici Unterschlupf suchen würde. Diese beiden Bastarde! Ihr saurer Geruch nach Schweiß und Unterwürfigkeit überlagerte Contessinas sanften Duft, zeichnete dafür aber eine deutliche Fährte in den Staub der Straße. Gerade als Lucrezia die Fährte aufnehmen wollte, traf eine andere Duftwolke ihre Nase wie ein Schlag. Die Medici-Frau oben am Fenster! Lucrezia blickte zu ihr auf. Speichel sammelte sich in ihrem Mund, als sie daran dachte, ihre Zähne in den schneeweißen Hals zu

schlagen. Doch sie hatte keine Reißzähne. Nervös ging Lucrezia auf und ab. Mit einem Messer konnte sie ebenso gut umgehen! Es wäre ein Leichtes, sich eines zu besorgen, an der Regenrinne emporzuklettern und durch das offene Fenster zu schlüpfen. Ihr Jagdtrieb meldete sich.

Aber Contessina! Sie hatte ihr das Leben gerettet, sie konnte die junge Frau nun kaum im Stich lassen! Unwillkürlich entfuhr Lucrezia ein leises Winseln, als sie sich so hin- und hergerissen um die eigene Achse drehte. Doch schließlich wurde das Fenster leise quietschend geschlossen und der einladende Duft der Medici-Frau verschwand. Lucrezia schüttelte sich. Was hatte sie sich bloß gedacht? Tief sog sie den Geruch der Fährte ein, dann preschte sie der Spur hinterher, so schnell ihre menschlichen Füße es ihr erlaubten. Während sie durch die florentinischen Gassen eilte, wieder einmal der Fährte von Contessina folgend, stieg die Sonne über den Horizont und tauchte die Stadt in goldenes Licht. Je näher Lucrezia der Medici-Tochter kam, desto mehr Menschen begegneten ihr auf der Straße. Sie alle schienen in die gleiche Richtung zu strömen. Irgendwann wurde es schwierig, unter all den stinkenden, schwitzenden Florentinern Contessinas Fährte herauszuschnuppern. Schließlich blieb Lucrezia sogar in der Menge stecken. Kaum jemand schien der schlanken Frau, obwohl sie nur in ein Laken gehüllt war, Beachtung zu schenken. Lucrezia ließ sich von dem Strom treiben. Immer wieder konnte sie Contessinas Duft und den Gestank ihrer Häscher zwischen den tausend anderen Gerüchen ausmachen, wusste also, dass sie in die richtige Richtung unterwegs war. Was das bedeuten mochte, darüber wollte sie lieber nicht nachdenken.

Der Strom der Menschen sammelte sich auf einem großen Platz, auf dem eine Holzbühne aufgebaut worden war. Darauf stand ein kleiner, drahtiger Mann in einer schlichten braunen Mönchskutte, regungslos, die Augen fest geschlossen, trotz der Menschenmassen vor ihm in tiefster Meditation versunken. In sicherem Abstand zur hölzernen Bühne war ein großer Scheiterhaufen aufgetürmt worden. Ein aufgeregtes Summen von hunderten von Stimmen lag über der Piazza. Noch immer konnte Lucrezia Contessina riechen. Vorsichtig drängte sie sich an den Männern, Frauen und Kindern vorbei, die in Gruppen zusammenstanden und aufgeregt diskutierten.

»... Feuer der Eitelkeiten«, vernahm sie von einer Frau.

»Diese Schmarotzer sollen alle brennen«, brummte ein Mann. Solche und ähnliche Kommentare drangen an ihre Ohren, während Lucrezia sich in Richtung Bühne schob. Jetzt erst bemerkt sie, dass viele der Schaulustigen Fackeln mitgebracht hatten, die sie zuvor noch für Spazierstöcke gehalten hatte. Es schauderte sie.

Als die Sonne so weit über die Häuserdächer gestiegen war, dass ihre Strahlen auf das Gesicht des Mannes fielen, der auf der Bühne stand, öffnete dieser die Augen und blickte auf die Masse unter sich.

»Bürger von Florenz!«, begann er seine Ansprache theatralisch. Das Summen der Stimmen verebbte. Die sensationsheischenden Bürger von Florenz drängten näher zur Bühne, sodass Lucrezia einmal mehr zwischen ihnen steckenblieb.

»Savonarola!«, rief ein Mann in ihrer Nähe begeistert. Lucrezia stockte der Atem. Das war er also! Diese Ausgeburt des Teufels. Sie spuckte auf den Boden.

»Lange genug habt Ihr unter der despotischen Herrschaft der Reichen gelitten, lange genug musstet Ihr die Dekadenz des Adels mitansehen, während Ihr selbst gehungert habt! Verbrannt haben wir all den gotteslästerlichen Luxus!«

Die Menschenmenge brüllte zustimmend. Männer in Kapuzen gingen durch die Reihen der Schaulustigen und entzündeten daran deren mitgebrachte Fackeln. Als es wieder ruhiger wurde, fuhr Savonarola fort.

»Doch das genügt noch nicht!«, rief er mit einer Kraft in der Stimme, die Lucrezia dem dürren Mann nicht zugetraut hätte. »Diejenige, die sich gegen unsere Säuberung wehren, diejenigen, die an ihrer dekadenten Lebensweise festhalten und damit Gott verleugnen, müssen für ihre Sünden brennen!«

Bei diesen Worten wurde eine dunkelhaarige Frau aufs Podium geführt. Mit Schrecken erkannte Lucrezia Contessina zwischen zwei grobschlächtigen Männern. Sie war in ein prachtvolles Seidenkleid gesteckt worden, das sie zuvor nicht getragen hatte. Überbordender Schmuck hing um ihren Hals und an ihren Ohren. Der elende Priester wusste, wie er seine Auftritte zu inszenieren hatte. Erneut versuchte Lucrezia, sich durch die Wand aus Körpern zu quetschen, aber

ohne Erfolg. Wenn sie doch nur zur Wölfin werden könnte! Doch die Nadeln in ihrem Bauch brannten, außerdem war der Vollmond fast vorüber und die Wölfin in ihr schwach. Verzweifelt sah sich um, suchte nach irgendetwas, das ihr weiterhelfen könnte.

»Sie soll brennen und damit ihre Seele reinigen!«, schrie Savonarola und die Menschen jubelten. Doch urplötzlich kehrte eine feierliche Grabesstille ein, als Contessina zum Scheiterhaufen geführt wurde. Eine einzelne Stimme durchbrach das Schweigen.

»Monster!«, ertönte es aus der Menschenmenge. »Du bist der wahre Teufel!« Alle Köpfe drehten sich auf der Suche nach dem Übeltäter, das Summen der Stimmen setzte wieder ein. Doch Savonarola ließ sich nicht aus der Ruhe bringen. Mit einer Geste gebot er seinen Häschern, innezuhalten, dann wandte er sich wieder an sein williges Publikum.

»Da hat jemand Zweifel«, stellte er ruhig fest. »Und warum auch nicht? Wer sagt, dass ich wirklich von Gott geschickt wurde, um euch zu erlösen? Wer sagt denn, dass ich nicht ein Diener des Teufels bin?«

Neben Lucrezia loderte eine Fackel auf. Die Hitze schlug ihr ins Gesicht und sengte ihr fast die Haare an. Ihr kam eine Idee.

»Wird Euch ein Gottesurteil genügen?«, rief der Priester mit Erregung in der Stimme. Das Publikum summte und brummte aufgeregt. »So soll es also sein!« Savonarola riss die Arme empor und richtete seinen Blick gen Himmel. »Gott!«, schrie er nun so laut er es wohl konnte. »Gott, ich bitte dich, blicke hinab, sieh mich, deinen treuen Diener, und wenn ich ein Sünder bin in deinen Augen, so strecke mich nieder!«

Absolute Stille legte sich über den Platz, als Männer, Frauen und Kinder gleichermaßen den Atem anhielten. Lucrezia handelte geistesgegenwärtig. Sie riss dem Burschen neben sich die lodernde Fackel aus der Hand und drückte sie sich auf den Bauch. Die Schmerzen waren so schrecklich, dass sie auf die Knie ging. Der gepeinigte Schrei, der über ihre Lippen kam, lenkte die ganze Aufmerksamkeit auf sie, sogar der Priester wirkte für einen Moment verunsichert. Lucrezia schleuderte die Fackel weit von sich, dennoch schien ihr ganzer Unterleib noch immer zu brennen. Sie suchte nach der Wölfin in sich. Das Feuer hatte das Silber hinausgebrannt aus ihrem Fleisch, in das die

Nadeln ihre Widerhaken geschlagen hatten. Die Wölfin war wieder frei. Mit einem schrecklichen Fauchen verwandelte sich Lucrezia in das anmutige Tier. Erschrocken wichen die Menschen zurück und machten ihr Platz, sodass Lucrezia ungehindert zur Bühne stürmen konnte. Mit einem einzigen Satz erklomm sie die Holzkonstruktion und kam vor Savonarola zum Stehen. Bevor einer seiner Schergen auch nur reagieren konnte, war sie dem selbsternannten Erlöser an die Gurgel gesprungen und vergrub ihre Zähne tief in seiner Halsschlagader. Sie schmeckte köstliches warmes Blut in ihrem Maul, doch das war ihr nicht genug. Mit ihren kräftigen Kiefern grub sie sich in den Brustkorb des Mannes und riss ihm das Herz heraus.

Sowohl Savonarolas Schergen als auch das Publikum standen da wie vom Donner gerührt. Lucrezia konnte ihre Gedanken beinahe hören. Hatten sie gerade einem Gottesurteil beigewohnt? War der Priester durch den Allmächtigen selbst von seinem hohen Ross gestürzt worden?

Lucrezia nutzte den Augenblick der Verwirrung, um mit ihren scharfen Krallen Contessinas Fesseln zu zertrennen. Da erst hatten sich ein paar der Häscher so weit gesammelt, dass sie den Vorgängen Einhalt gebieten wollten. Sie umkreisten die Frau und die Wölfin, doch sie waren nur zur fünft. Damit konnte Lucrezia vielleicht fertigwerden, auch wenn sie durch die späte Mondphase und die Brandwunden geschwächt war. Da aber erklang wiederum eine Stimme aus der Menschenmenge.

»Gott hat gesprochen!«, rief sie. Sofort fielen die anderen Florentiner ein.

»Er hat den Sünder niedergestreckt!«, brüllte jemand.

»Tiere sind Werkzeuge Gottes!«, behauptete ein anderer.

Die Menschen drängten nun auf die Bühne zur Leiche des Priesters, um damit zu tun, was auch immer der wütende Pöbel mit der Leiche eines Betrügers zu tun pflegte. Lucrezia wollte sich das gar nicht so genau vorstellen. Die fünf Schergen jedenfalls brachte die Masse in äußerste Bedrängnis. In dem heillosen Durcheinander konnten Lucrezia und Contessina unbeachtet von der Piazza verschwinden.

Als sie das Gefühl hatten, weit genug vom Geschehen fort zu sein, hielten sie inne, um durchzuatmen. Ein wenig erleichtert verwandelte

Lucrezia sich zurück. Zu dieser Zeit der Mondphase, zudem noch am Tag, war es schwierig, die Form der Wölfin über einen längeren Zeitraum zu halten. Zurück in ihrer menschlichen Form spuckte sie Savonarolas Herz, das sie noch immer zwischen ihren rotgefärbten Zähnen trug, in ihre Hände.

»Vielleicht wird mein Vater damit zufrieden sein«, sinnierte sie.

Contessina lächelte ein wenig angewidert, während sie den schweren Samtumhang abnahm, den Savonarola ihr aufgezwungen hatte, und ihn Lucrezia um die nackten Schultern legte.

»Das war sehr mutig von dir«, flüsterte sie anerkennend, »anke.« Lucrezia zuckte mit den Schultern.

»Du hast mein Leben gerettet, also rette ich deines«, erwiderte sie. »Ist doch nur gerecht.«

Contessina deutete auf Lucrezias Bauch, wo ihre Haut große Brandblasen geworfen hatte und feuerrot glänzte. »Wie geht es dir?«

»Zwickt ein bisschen«, gab Lucrezia zu. »Aber ein Werwolf lässt sich nicht so leicht unterkriegen. Das wird rasch heilen.« Contessina nickte zufrieden.

»Weißt du, für eine Borgia bist du gar nicht so übel«, murmelte sie. Lucrezia lachte leise.

»Du auch nicht, für eine Medici«, erwiderte sie amüsiert. Für einen Moment herrschte eine angestrengte Stille zwischen ihnen.

»Ja, ich ... werde dann mal zum Palazzo gehen«, unterbrach Contessina das Schweigen. »Meinen Vater werden die Ereignisse sehr interessieren. Jetzt ist er endlich gezwungen, etwas zu tun. Auch, wenn es ein wenig spät ist.«

Lucrezia nickte.

»Rom ruft«, verabschiedete sie sich und wandte sich zum Gehen.

»Wenn deinem Vater das Herz nicht zusagt«, rief Contessina ihr nach, »bist du hier jederzeit willkommen. Vorausgesetzt, du behältst deine Klauen bei dir.«

Lucrezia lächelte mit blutroten Lippen.

»Das kann ich leider nicht versprechen«, gab sie zu. »Komm du lieber nach Rom! Da behandelt man Gäste höflicher.« Sie zwinkerte Contessina zu.

Sie war wirklich gar nicht so übel.

Für eine Medici.

1505

Malinche | Dolmetscherin

Du aus dem Schatten der Kaktusblüte

Sabrina Železný

Tenochtitlan, Mexiko, Juni 1520

»Diese Frau war ein entscheidendes Werkzeug bei unseren Entdeckungsfahrten. Vieles haben wir unter Gottes Beistand nur mit ihrer Hilfe vollbringen können. Ohne sie hätten wir die mexikanische Sprache nicht verstanden, zahlreiche Unternehmungen hätten ohne sie einfach nicht durchgeführt werden können.«

– Bernal Díaz del Castillo, *Die Eroberung von Mexiko*

Die letzten Strahlen der Abendsonne fallen auf die Oberfläche des Texcoco-Sees. Wie Blut glänzt es auf dem Wasser, als ob der Sonnengott selbst uns ein Omen schicken würde. Der Abendwind lässt mich frösteln, und ich ziehe das Baumwolltuch fester um meine Schultern, starre auf den blutroten See, bis die aufziehende Dunkelheit alle Farbe verschluckt. Vielleicht ist auch das ein Omen, ich weiß es nicht. Ich sollte kundiger sein mit dunklen Vorzeichen, bin ich doch selbst unter einem geboren: am zwölften der zwanzig Tage, im Zeichen von Malinalli, dem Gras, das im Wind boshaft wispert und mit spitzen Blättern die Zunge durchbohrt. Sein zitternder Schatten liegt über meinem Schicksal; ich trage ihn im Namen wie ein Brandmal, und manchmal, wenn ich spreche, wenn meine Worte so scharf wie Obsidianklingen sein müssen, spüre ich das Gras unter meiner Zunge stechen.

»Doña Marina?«

Mein neuer Name, geflüstert im Halbdunkel: Er ist eine Maske, die ich zu tragen gelernt habe. Ich blicke dem Mann entgegen, der zögerlich im Türrahmen steht. Seine Silhouette verschmilzt mit dem Schatten, aber ich habe die Stimme erkannt; es ist Bernal, der junge Soldat mit den wachen Augen und dem guten Gedächtnis, ein anständiger Bursche.

»Was gibt es?«, frage ich ihn und höre die Sorge als dunklen Schleier in meiner Stimme. Es ist eine riskante Frage in diesen Tagen, an diesem Ort. Zu häufig schmecken die Antworten nach Blut und Feuer.

Bernal nimmt seine Sturmhaube ab, wie er es immer tut, wenn er einem Höhergestellten gegenübertritt. Das ist seine Art, Respekt zu bezeugen, und zugleich sehe ich, wie seine Finger sich an dem glatten Metall festhalten, als ob sie ein Zittern verbergen wollten. »Doña Marina«, sagt er stockend, »der Fürst Moteczuma schickt mich. Er ... er möchte mit Euch sprechen.«

»Mich allein?« Ich ziehe die Augenbrauen hoch. »Er hat doch gewiss auch nach Cortés geschickt?«

Bernal schluckt nervös und schüttelt den Kopf.

Dass Moteczuma, Herr über Tenochtitlan und das gesamte Reich der Culhua-Mexica, eine Unterredung mit mir allein wünschen sollte, erscheint mir seltsam. Es ist mein Herr, Hernán Cortés, an den er sich normalerweise wendet – auch wenn ich jederzeit dabei bin. Alle Wörter, die gewechselt werden, gehen zuvor über meine Zunge wie schillernde Glasperlen; ich schmecke ihr Gift, ich nehme ihnen die Schärfe, bevor ich sie in neuem Gewand weiterreiche, aus Nahuatl Spanisch mache und umgekehrt. Schickt die großen Herren fort, Cortés wie Moteczuma – ich hab alles gekostet, was sie sprachen, ich habe alle Gespräche geführt, könnte sie nachspielen wie mit bemalten Tonpuppen. Aber bei allem bin ich doch Malinalli, das Gras, das nur im Wind der fremden Worte singt und nicht allein spricht. Warum also fragt Moteczuma nach mir?

Meine Hände spielen mit dem Baumwolltuch um meine Schultern. »Es ist gut, Bernal. Lass uns gehen.«

Sein Aufatmen entgeht mir nicht; ich weiß, dass er von seiner Wache kommt, dass er eingeteilt ist, ein Auge auf Moteczuma zu haben, der nicht in Ketten liegt und doch unser Gefangener ist. Bernal nimmt

seine Sache ernst und wird seinen Posten nicht lang verlassen wollen – wenngleich wir beide wissen, dass Moteczuma keinen Fluchtversuch wagen kann.

Unsere Schritte hallen auf dem Steinboden wider. Es ist merkwürdig, wie rasch ich mich an die Pracht des weitläufigen Palastes gewöhnt habe, in dem wir Quartier bezogen haben – wir, die Eindringlinge, eine vergiftete Pfeilspitze direkt im Herz von Tenochtitlan.

Moteczuma steht reglos in der Raummitte, als ich eintrete. Er strahlt noch immer Würde aus, jeder Zoll ein Fürst. Und zugleich umgibt ihn Erschöpfung wie ein schwerer Schattenmantel. Er ist ein Adler mit gebrochenen Schwingen, wir wissen es beide, und ich fühle mich mit einem Mal schuldig, dass ich Mitleid für einen Mann empfinde, vor dem ich eigentlich ehrfürchtig den Kopf neigen sollte.

Bernal bleibt an der Tür stehen, ich könnte schwören, dass er den Blick abwendet, wie um Moteczuma und mich ungestört zu lassen, ohne seine Pflicht als Wachtposten zu vernachlässigen. Ich selbst verharre unschlüssig. Schon oft habe ich dieses Zimmer betreten, aber stets als Schatten meines Herrn. Moteczumas scharfen Blick kenne ich gut. Doch als der Fürst der Culhua-Mexica mich jetzt betrachtet, ist es gleichsam das erste Mal, dass er wirklich mich sieht.

Mich, die Sklavin aus dem Süden, das verlorene Mädchen aus Tehuantepec, das abgewetzte Schmuckstück, von rohen Händen immer weitergereicht. Mich, das flüsternde Gras. Und doch stehen wir einander nun auf Augenhöhe gegenüber, ich senke den Blick nicht vor seinem.

»Ich grüße dich, Malintzin«, sagt Moteczuma schließlich und gibt meinem alten Namen das ehrenvolle *-tzin,* jene Silbe, die Respekt bedeutet, wenngleich dieser Respekt in Moteczumas Zunge stechen muss wie spitzes Gras.

Ich lächle. »Und ich grüße dich, *tecutzin,* edler Fürst.« Das Nahuatl ist meine vertraute Sprache, sicheres Gewässer. »Ich gestehe, dass dein Ruf mich überrascht hat.«

Moteczuma bedeutet mir mit einer sachten Handbewegung, näherzutreten. Das Halbdunkel verbirgt nicht die Schatten unter seinen Augen, die Bitterkeit, die sich um seinen Mund eingegraben hat. »Bevor wir sprechen, Malintzin, versprich mir, dass jedes Wort unter uns bleibt. Dass niemand von unserem Treffen erfährt.«

»Das ist viel verlangt, *tecutzin*«, erwidere ich und denke an Cortés. In seinen dunklen Augen können wilde Stürme tanzen, und er bleibt nicht stumm dabei. Er ist ein jähzorniger Mann, und was geschehen mag, wenn er mich bei einer Heimlichkeit ertappt, wissen allein die Götter.

»Ja, es ist viel verlangt, Malintzin.« Moteczuma sieht mich lange an. »Aber habe ich dein Wort?«

Wenn ein Ertrinkender nach einem Grasbüschel greift, an dessen scharfen Blättern er sich die Finger blutig schneiden wird, dann muss er sehr verzweifelt sein. Ich neige den Kopf. »Du hast mein Wort, *tecutzin.*«

Er nickt sacht und zögert, bevor er weiterspricht. Bernal an der Tür versteht kaum Nahuatl. Was mag er von unserem verschwörerischen Flüstern halten? Ich straffe mich, ich habe mir nichts vorzuwerfen.

Noch nicht.

»Die Lage ist ernst«, sagt Moteczuma, die Worte rau wie unbehauener Stein, »und du weißt es, Malintzin. Mein Volk ist zornig, es will die Spanier nicht länger in Tenochtitlan haben, und meine Stimme ist nicht mehr kräftig genug, es zur Ruhe zu bringen.«

Ich denke daran, was Cortés mir heute im Vertrauen gesagt hat: dass Moteczuma selbst vor sein Volk treten und zu ihm sprechen soll. Den Leuten befehlen, dass sie die Belagerung einstellen, die Versuche, uns wie Ratten auszuräuchern, die Angriffe, die über jeden Spanier hereinbrechen, der sich in die Straßen von Tenochtitlan wagt. Keiner sagt es laut, aber der gefangene Fürst ist unsere letzte Hoffnung. Zu schwer liegen Asche und Blut in der Luft, zu düster sind die Omen. Selbst die Spanier sehen sie, die vor den Zeichen unserer Welt so gerne die Augen verschließen.

»Es wird Kämpfe geben«, fährt Moteczuma fort. »Blut wird unseren See färben. Tenochtitlan wird brennen. Fast höre ich schon den Kampflärm und das Geräusch der splitternden Knochen. Auf beiden Seiten, Malintzin. Noch können wir es verhindern.«

»Was schlägst du vor, *tecutzin?* Warum sprichst du so zu mir? Was soll ich tun können, was mein Herr nicht vermag?«

Wieder blickt er mich lange an. Ich sehe einen Mann, im Begriff, seinen Fuß auf eine schwankende Brücke aus Schilf zu setzen. Noch zögert er. Dann tut er den Schritt.

»Du kommst, sagen sie, aus dem Süden.« Er hat die Stimme gesenkt, blickt mich unverwandt an. »Ihr habt dort Wissen, Malintzin, das vielen von uns verborgen ist. Wo du herkommst, ist der Schleier zwischen den Welten dünner. Der Flügelschlag eines Schmetterlings kann ihn zerreißen, und man blickt hinunter wie in einen tiefen Brunnen – das Wasser kalt, aber kristallklar.«

Jetzt hat er es geschafft, dass ich die Augen vor ihm niederschlage. Nicht aus Ehrfurcht vor ihm, sondern vor jener anderen Welt, die er beschreibt. Ein Reich, das aus gutem Grund im Dunkel liegt.

»Du sprichst wahre Worte, *tecutzin.* Aber was haben sie mit mir zu tun – und mit dem Zorn deines Volkes?«

Er tritt näher an mich heran. »Malintzin, ich weiß, dass du den Schleier zerreißen und auf die andere Seite blicken kannst. Du bist nicht umsonst geworden, was du heute bist. Ich bitte dich, dein Wissen zu benutzen und in der Dunkelheit um Hilfe zu rufen.« Er unterbricht sich, seine Stimme flackert wie eine erlöschende Flamme: »Nur von dort kann sie noch kommen.«

Meine Hände krampfen sich fest in den Saum meines Tuchs, bis die Fingerkuppen schmerzen. »Ich begreife noch immer nicht, *tecutzin.* Was von der anderen Seite kommt, dürstet ebenso nach Blut wie deine Krieger, die den Palast umschleichen wie hungrige Kojoten.«

»Und doch mag weniger Blut reichen, es zu besänftigen«, flüstert Moteczuma. »Cortés, Malintzin. Eure Unternehmung fällt und steht mit ihm.«

»Was verlangst du, *tecutzin*? Dass ich meinen Herrn verrate? Er ist auch dein Freund!«

Seit wir hier sind, haben Cortés und Moteczuma sich viele Artigkeiten gesagt, Geschenke ausgetauscht, einander Freundschaft beteuert. Cortés hat ein Netz gesponnen aus listigen Worten, in dem Moteczuma sich nur verfangen konnte.

Der Fürst hebt die Augenbrauen. »Mein Freund? Er ist es nie gewesen. Ich bin nicht so töricht, wie ihr es glauben mögt, Malintzin. Ich weiß wohl, dass seine Höflichkeiten zweischneidige Klingen sind. Er führt euch alle – uns alle! – direkt hinein in die blutigen Wolken. Ich bitte dich noch einmal, Malintzin, mit der Demut eines gewöhnlichen Mannes vor einer weisen Frau: Nutze dein Wissen. Rette uns alle.«

Es ist so still, dass ich nur den Widerhall meines eigenen Herzens höre. Moteczuma und ich blicken einander in die Augen. Mir ist, als ob weitere Worte zwischen uns tanzten, zu fein und durchlässig, als dass sie einem Aussprechen standhalten könnten.

»Wenn du gestattest, *tecutzin*«, sage ich endlich, »werde ich mich zurückziehen.«

Etwas in ihm zerbricht, lautlos und zugleich kraftvoll. »Gewiss, Malintzin.« Er wendet sich ab, und obwohl ich noch immer hier stehe, keine zwei Schritte vor ihm, weiß ich, er ist nun allein im Raum, allein auf der Welt, der einsamste Mensch, den ich je gesehen habe.

»Ist alles in Ordnung, Doña Marina?« Bernals Flüstern hängt spinnwebfein in der Luft, als ich nach draußen trete. Er hat viele Fragen, ich sehe sie in seinen Augen schimmern. Aber er ist ein guter Soldat, er weiß, welche Antworten ihm verboten sind.

Ich bleibe kurz stehen und lege ihm eine Hand auf den Arm. »Es ist gut, Bernal. Gib mir dein Wort, dass von diesem Treffen niemals jemand erfährt.«

Er erstarrt unter meiner Berührung. »Ich verspreche es, Doña Marina.«

Sein Blick folgt mir, als ich den Korridor hinunterschreite und mich frage, wohin ich mich wenden soll. Zu Cortés und seinem Schlaflager? Er erwartet mich gewiss. Cortés sollte mir Angst machen mit seinen Blitzen in der Stimme, und es müsste mich demütigen, ihm so vollkommen zu gehören. Doch die Wahrheit ist, dass ich ihm nirgends so sehr auf Augenhöhe begegne wie in den gemeinsamen Nächten, niemals sonst so deutlich in eigenen Worten spreche. Wir sind nicht länger Herr und Dienerin, wenn wir uns voreinander entblößen. Wir tragen das Wissen fremder Welten in uns, und zwischen zerwühlten Laken lassen wir sie miteinander ringen, ein Kampf, der jede Nacht neu ausgefochten wird. Und wenn der Spanier schließlich keuchend in meine Arme sinkt, dann ist nicht er der Sieger.

Ja, ich sollte zu ihm. Doch in meinem Inneren wirbeln die Gedanken wie brennende Schmetterlinge; ich brauche Zeit. Ohne nachzudenken schlage ich den Weg zum Innenhof ein, Moteczumas Hof der Blumen, zwischen dessen Mauern süß und herb alle Aromen seines Reiches hängen. In dunkler Erde wurzelt hundertfaches

Farbenspiel, das jetzt im nächtlichen Schatten schläft: Jadegrün, Blutrot, Himmelblau und Sonnengelb, ich meine fast, dass ich in ihrem Duft die Farben schmecken kann. Mit geschlossenen Augen taste ich durch die Gerüche, erkenne manche, die von meiner Heimat sprechen. Ich suche Ruhe in ihnen. Sie sollen die tanzenden Flammen in mir löschen.

Plötzlich ein Duft, der wie mit Dornen in mich fährt, unheilvoll und mächtig in seiner schweren Süße, sodass ich die Augen aufreiße.

Es ist die *Tzacam*-Blüte. Wenn dieser Kaktus noch einen anderen Namen hat, kenne ich ihn nicht. Er ist genügsam, und aus all seiner dornigen Schlichtheit kommt eine Blüte von der Farbe des Morgenhimmels, zart und schön. Fast leuchtet sie jetzt in der Dunkelheit, widersetzt sich den Schatten, und ich stehe schweigend, atme ihren Duft und erinnere mich an die alten Geschichten aus dem Süden.

Die *Tzacam*-Blüte, sagen sie, ist nicht irgendeine Blume. Sie ist eine der vielen Pforten in die andere Welt mit ihrer Düsternis; sie ist das Tor, durch das die Xtabay steigt.

Xtabay. Die Silben trocknen meinen Mund aus, machen ihn zu Kaktuserde. In ihnen schwingt die Erinnerung an Gänsehaut, an flackernde Schatten im Widerschein des Herdfeuers. Wie oft hab ich Xtabays Geschichte gelauscht? Wie oft gemeint, ihre Schritte im nächtlichen Dorf zu hören, ihr verlockendes Singen und ihr Schluchzen im Wind, wenn ich wieder einmal schlaflos lag? Schön ist sie, so heißt es, sie kämmt ihr Haar mit einem Dornenkamm und trägt ein Gewand aus Sternenschein. In ihrem Lächeln verfangen sich die Männer; in ihren Augen glänzen Obsidianmesser. Und wer sich ihr nähert, wer ihrem Duft erliegt und sich in ihrem Gesang verstrickt, den zerreißt sie mit Klauen und Dornen, befleckt ihr Gewand und trinkt das heiße Blut.

Ich weiß, dass du den Schleier zerreißen kannst. Moteczumas Worte klingen in mir auf, ein Echo, das mir Schwindel bereitet. Der Fürst liegt richtig. Ich trage dieses Wissen in mir, verwahre es sicher wie der *Tzacam* in sich den Keim seiner Blüte verbirgt. Ob Cortés es je gesehen hat, wenn er in die Tiefe meiner Augen blickt? Ob es dort schimmert wie dunkles Wasser in einem Brunnenschacht?

Ich atme tief durch. *Tzacam,* der Duft schmeckt plötzlich anders, die Süße ist jene der Fäulnis.

Übelkeit prickelt in meiner Kehle, und doch kann ich mich nicht abwenden. Nicht von der Blüte und nicht von den Gedanken, die Moteczumas Worte in mir angestoßen haben.

Vielleicht hat er recht.

Mondlicht bricht durch die Wolken und taucht den Blumenhof in fahlen Glanz. In der Totenwelt, sagen sie im Süden, sind alle Schatten aus diesem Glanz, zeichnen sich silbern ab in der Finsternis. Die *Tzacam*-Blüte reckt sich dem Licht entgegen ... oder mir? Ist es das Blut, das in meinen Ohren rauscht, oder wispern tatsächlich die Blütenblätter?

Xtabay ... Ich blicke auf meine Hände, Silberschatten im Mondschein, und ehe ich weiter überlegen kann, strecke ich die Linke aus, spüre den Nachtwind über meine Haut streifen – der Schleier, der zwischen den Welten hängt – und presse die Fingerkuppen auf *Tzacam*-Dornen. Schmerz perlt in warmen Tropfen. Ich lasse sie auf die Morgenrotblüte fallen, sehe zu, wie die Blume gierig trinkt, wie mein Blut ein Muster zeichnet, und in die Stille des dunklen Hofs sage ich das Wort, das nicht gesprochen werden darf, zerreiße das Schweigen und damit den Schleier. Ich stoße das Tor auf. Ich rufe Xtabay.

Unter meinen Händen geht die Kaktusblüte in Flammen auf – kaltes, blaues Feuer, das hämisch nach meinen Fingern schnappt. Mit einem Aufschrei reiße ich sie zurück, und im nächsten Moment steht Xtabay vor mir, die Lippen noch rot von meinem Blut. Sie wischt es nicht fort. Sie leckt es einfach auf, während sie mich ansieht, die ganze Düsternis der anderen Welt in ihrem Blick.

Xtabay ist so schön, wie es die alten Legenden berichten. Eine kalte Schönheit wie aus dunklem Kristall.

»Du hast mich gerufen, Malinalli«, sagt Xtabay. In ihrer Stimme liegt die lockende Süße der Kaktusblüte – und doch spüre ich darunter die Maden wimmeln. »Was begehrst du?«

Meine linke Hand brennt noch immer, wird es vielleicht ein Leben lang tun. »Deine Hilfe, Xtabay. Die Spanier sollen Tenochtitlan verlassen.«

»Meine Hilfe«, wiederholt sie und dreht den Dornenkamm in ihren Fingern, ein blutschimmerndes Lächeln auf den Lippen. »Was bekomme ich dafür, Malinalli? Es hat seinen Preis, wenn ich dir beistehe, die mich so lange vergessen hat – mich, meinen Namen,

meine Sprache. Als ob die fremden Worte so viel besser auf deiner Zunge schmecken würden, Malinalli, mein flüsterndes Graskind!«

Ich überlege, ich spiele mir selbst vor, dass ich es tue, obwohl ich schon weiß, welchen Preis ich ihr bieten muss. Das Tuch um meine Schultern scheint plötzlich klamm von kaltem Schweiß. Wenn ich den Kopf hebe, werde ich wohl das Schattenspiel auf der Mauer sehen, Cortés und mich, wie wir miteinander ringen? Ob mein Herr sich träumen ließe, dass ich diesen Kampf noch mit anderen Waffen bestreiten kann als jenen, mit denen ich ihn zwischen den Laken bezwinge?

Xtabay lässt mich nicht aus den Augen. »Du weißt, was sie von mir berichten«, flüstert sie, jede Silbe ein Totenlied. »Wenn ich dir helfe, Malinalli, dann will ich ein Menschenleben. Ein pochendes Herz. Duftendes Blut. Gib mir einen Mann, du Wortwechslerin zwischen den Welten, und wir werden handelseinig.«

Ich denke an Cortés, an seinen schwitzenden nackten Körper in meinen Armen, und nicke. Beide Hände strecke ich Xtabay hin, sie soll selbst wählen, mit welcher wir diesen Pakt besiegeln.

Sie blickt auf meine Finger, und kurz verliert ihr Lächeln an Kälte, wird tatsächlich ein Blumenlächeln. »Nicht so, Malinalli«, sagt sie und greift nach mir, zieht mich an ihre Brust, in der kein Herz schlägt. Auf ihren Lippen schmecke ich mein eigenes Blut, und ihre Zunge ist spitz, ein stacheliger Kaktustrieb. Mein Herz rast, aber ich wehre mich nicht, ich lasse Xtabay ein und gebe ihr Blut und Tränen. Sie trinkt mir den Schmerz aus dem Mund und pflanzt neuen hinein, bevor sie mich freigibt und den Kuss zwischen unseren Welten beendet. Stumm sehe ich sie an, wir tragen beide frisches Rot auf den Lippen, ich spüre das Brennen auf meinen. Und es ist mein eigenes Gesicht, in das ich blicke. Spiegelkalt, blumenschön, aber doch das meine. Xtabay, das begreife ich, hat mir mehr von den Lippen geküsst als nur ein Versprechen.

»Geh, Malinalli. Du wirst heute Nacht allein schlafen.« Xtabay fährt sich mit der Zungenspitze über die Lippen. »Dein Herr jedoch nicht.«

Ich neige den Kopf und wende mich ab, Kaktussplitter im Mund und in meinem Herzen.

In dieser Nacht träume ich hundertfach vom nächsten Morgen. Ich träume von meinem Erwachen und wie ich an Cortés' Schlaflager trete.

Ich träume seinen ausgebluteten Körper, seinen zerfetzten Brustkorb, getrocknetes Blut in seinem Bart, wo der Kaktus ihn wundgeküsst hat. Das Sonnenlicht auf bleicher toter Haut, das Frohlocken der bedrängten Götter, dass mein Herr gestorben ist, ohne dass ein Mensch die Hand gegen ihn erhoben hat. Ich träume den Widerhall spanischer Stiefel auf mexikanischem Stein: Schritte des Abschieds. Und ich träume Blicke wie gesenkte Speerspitzen, Moteczumas Volk, das den Feind ziehen lässt und sich mit dem Blut eines Einzelnen zufriedengibt.

Plötzlich greifen grobe Hände nach mir, Finger bohren sich wie nackte Knochen in meine Oberarme und rütteln mich aus dem Schlaf.

»Marina!«

Die Stimme fährt in mein Innerstes, lässt mich die Augen aufreißen.

Cortés steht über mich gebeugt. In seinem Blick tanzt ein Gewittersturm, um seine Lippen spielt ein kaltes Lächeln. Seine Hände umklammern weiter meine Schultern, schmerzhaft fest und viel zu lebendig.

Mühsam presse ich einen Morgengruß hervor und hoffe, dass Cortés das Trommeln meines Herzens nicht bemerkt. Wie kann er unversehrt vor mir stehen? Wie ist es möglich, dass ich seinen Atem in meinem Gesicht spüre? Xtabay und ich hatten einen Pakt, der sanft auf meinen Lippen brennt. Ich habe ihr einen Mann versprochen. Cortés hätte diesen Morgen nicht erleben dürfen.

Er gibt mich frei, ohne mich aus den Augen zu lassen. »Steh auf, Marina. Moteczuma wird zu seinem Volk sprechen, ich werde deine Zunge brauchen.«

Das Lächeln verlässt sein Gesicht keinen Wimpernschlag lang. Wissend sieht es aus, nach fortgezogenen Schleiern und zerschlagenen Spiegeln. Es macht mir Angst. Er dürfte so nicht lächeln.

Noch immer schmerzen mich die Spuren seiner Finger, als ich mich erhebe, mir flüchtig das Haar glattstreiche und ihm folge. Der Tag ist jung, das Morgenlicht blass, aber in den Korridoren herrscht Leben. Dabei wirken die spanischen Soldaten mit ihren eingefallenen Wangen und den Schatten unter den Augen fast wie dem Totenreich entstiegen. Vielleicht hat es sie angehaucht mit seinem modrigen Atem. Die Luft schmeckt nach Rauch, vor den Toren drängen neue Angriffe gegen die Mauern. Dumpfer Trommelschlag mischt sich mit

Kampfgesängen, die mir durch und durch gehen. Unsere Grablieder könnten es werden, jetzt, da Xtabay unseren Pakt gebrochen hat.

Vor mir tritt Moteczuma auf den Korridor, trägt selbst Spuren des Totenreichs unter den Augen. Unsere Blicke begegnen sich, nur einen Herzschlag lang, dann flackert der seine weg. Ich würde ihm gerne sagen, dass ich getan habe, was in meiner Macht stand. Doch meine Lippen sind mit Blut versiegelt, und ich wage nicht zu sprechen, solang Cortés es hören kann. Aus seinen Augen mag Wissen leuchten, aber das Geheimnis meines Treffens mit Moteczuma liegt noch im Dunkeln, ich spüre das. Schlimm genug ist es, wenn Cortés in meinem Haar den Duft der Kaktusblüte ahnt. Mir ist, als ob all die Fragen wie lose Knochen unter meinen Füßen knirschen.

Spanische Soldaten treten auf die Dachterrasse und heben ihre Schilde; sofort prasseln Steine, vielleicht auch Pfeile. Ich sehe es nicht, ich höre nur ihr hartes Aufschlagen. Nun tritt auch Moteczuma hinaus. Sein Unglück umgibt ihn wie ein sichtbarer Schleier, es nimmt mir den Atem, aber der Fürst trägt den Kopf erhoben. Der gefangene Adler erinnert sich an die Freiheit. Cortés' Männer schirmen Moteczuma mit ihren Schilden, doch der Steinregen versiegt bereits. Die Culhua-Mexica haben ihren Fürsten erkannt. Selbst von hier spüre ich die Ehrfurcht, die sich über die Menschen dort unten legt. Eine fahle, abgestandene Ehrfurcht, mehr die Erinnerung an das, was sie einst war. Aber sie gibt Moteczuma den Raum, den er braucht, um ihn mit seiner Stimme zu füllen; eine Stimme, die noch nicht vergessen hat, dass sie einst über das Schicksal eines mächtigen Reiches gebot. Ich stehe stumm und höre seinen Worten zu, die er hinab zu seinem Volk fliegen lässt. Worte, die um Frieden bitten, dornenlose Blumen, von denen ich jetzt schon ahne, dass ihnen keine Kraft mehr innewohnt. Meine Lippen folgen Moteczumas Worten und murmeln ihr Spiegelbild in der Sprache der Spanier. Cortés steht hinter mir, scheint jede Silbe aus der Luft zu atmen, ich spüre seinen warmen Hauch an meinem Hals.

Jetzt schweigt Moteczuma, hat alle seine Worte verbraucht. Vom Platz dringen Stimmen herauf. Steinige Antworten, und ich muss für einen Moment die Augen schließen, tief in mir die Kraft suchen, auch dies zu übersetzen.

»*Tecutzin,* großer Fürst, es tut uns leid ...«, flüstere ich, und hinter mir hält Cortés den Atem an. »Wir lieben und achten dich noch immer. Doch wir haben einen anderen auf den Thron gesetzt. Du bist nicht länger unser Herr, du bist nur ein Gefangener der Fremden. Vergib uns, *tecutzin,* denn was du von uns verlangst, können wir dir nicht gewähren. Unseren Göttern – die auch die deinen waren! – haben wir geschworen, nicht eher zu ruhen, als bis der letzte Spanier von unsrer Hand erschlagen ist.«

Vor meinen Augen sacken Moteczumas Schultern nach vorne. Wieder ist etwas in ihm zerbrochen. Der Adler, das weiß ich plötzlich, wird nie wieder fliegen.

Die Spanier haben die Schilde gesenkt, wie gebannt von der Kraft jener Worte, an denen Moteczuma zersplittert ist. Die Männer werfen einander fragende Blicke zu, einige sehen zu mir, Cortés' zweiter Zunge. Es ist nur ein kurzer Moment, ein Atemzug der Unachtsamkeit, aber ein Atemzug, der den Menschen vor dem Palast reicht, um noch einmal Luft zu holen.

Kein Trommelschlag kündet vom Ende der kurzen Waffenruhe. Die Steine fliegen in einer Wolke aus Schweigen, alles, was wir hören, ist der dumpfe Schlag, mit dem sie Moteczuma treffen, das erstickte Stöhnen, mit dem er in die Knie geht und nach seiner Schläfe tastet. Jetzt wird Stimmengewirr laut um uns her, spanisches Murmeln, und die Soldaten reißen ihre Schilde hoch. Dabei, ich weiß es wohl, ist es zu spät. Bevor die Schilde mir die Sicht auf den Platz verdecken, erkenne ich ein Gesicht in der Menge. Es ist Xtabay, sie wiegt einen Stein in der Hand, auf ihrem Blutmund liegt ein Lächeln, das für mich bestimmt ist. Sie sieht zu mir hoch, einen Herzschlag lang treffen sich unsere Blicke.

Finger packen meine Schultern, ziehen mich einen Schritt rückwärts. Cortés flüstert dicht an meinem Ohr: »Du magst mit Fürsten verhandeln können, Marina, aber nicht mit Frauen. Ich habe ihr mehr geboten als du. Ich habe ihr Moteczuma versprochen und das Blut seines Volkes. Während wir die Stadt verlassen, wird deine schöne Dämonin sich satt trinken.« Was er mit mir tun wird, sagt er nicht, aber der harte Griff seiner Hände spricht eine deutliche Sprache.

Ich presse die Lippen aufeinander und spüre Kaktusstacheln auf meiner Zunge. Ein paar Soldaten stürzen zu Moteczuma, Bernal ist

bei ihnen, und ich erhasche einen Blick in seine Augen; echte Sorge steht in ihnen, ich weiß, er hat den Fürsten geschätzt.

Cortés zieht mich zur Seite, während seine Männer Moteczumas Körper vom Boden auflesen und den Fürsten zurück in seine Gemächer tragen. Noch hebt und senkt sich der Brustkorb. Moteczumas Lider flattern, als sie ihn an mir vorbeitragen, ein flüchtiger Blick streift den meinen. Ein Abschiedslächeln, das mir zeigt, dass ich mich geirrt habe: Der Adler fliegt. Weit, weit fort von dieser Welt.

Einmal mehr trinkt der Texcoco-See die letzten Sonnenstrahlen. Das Blut auf seinen Wellen ist diesmal mehr als eine düstere Ahnung. Ich kann es riechen, schmecken, weiß, dass Blut keine Sprache kennt und keine Spiegelworte braucht. Es brennt immer rot und heiß.

Es ist immer süß genug für Xtabay.

Unsere Schritte klingen verstohlen auf dem Damm, der aus der Seestadt zum Festland führt. Noch ist unsere Flucht nicht entdeckt. Ich wende den Blick und sehe zurück nach Tenochtitlan, der Stadt aus Rauch und Feuer. Dann schreite ich weiter, inmitten der anderen Frauen. Wir sind die ersten, die sie fortgeschickt haben: Wie Perlen haben die spanischen Soldaten uns auf ihrem Weg durch Mexiko aufgesammelt. Jetzt stehen wir auf einer Stufe mit all dem anderen Geschmeide, das es in Sicherheit zu bringen gilt.

Ein kühler Wind flüstert Worte aus dem Totenreich, mit einem Frösteln ziehe ich mein Tuch fester um mich. Als ich den Abendhauch ein weiteres Mal einatme, schmeckt er nach Kaktusblüte.

»Es wird eine traurige Nacht für deine Spanier«, sagt Xtabay sanft. »Riechst du das Blut? Die süßeste aller Blumen.«

Ihre Stimme, so nah an meiner Seite, jagt mir ein kaltes Prickeln über den Rücken, doch ich blicke nicht auf. »Kann es sein«, frage ich nur, »dass du den nächsten Pakt gebrochen hast? Hat jemand dir noch mehr geboten als Cortés?«

Sie lacht leise. »Ihr Menschen seid so töricht. Unser Handel, Malinalli, ist in meinen Händen nicht mehr als ein Büschel trockenes Gras: leicht zu zerfetzen und in den Wind zu streuen. Und das gilt für jeden Handel.«

Mit der Zunge fahre ich mir über meine rauen Lippen und blicke Xtabay jetzt doch an. Sie trägt nicht länger mein Gesicht auf ihren Zügen. Auch nicht das, mit dem ich sie im Blumenhof gesehen habe. Doch diese kalten Obsidianaugen würde ich überall erkennen, in dieser wie in der anderen Welt. »Unser Pakt war mehr als das, Xtabay. Wir haben ihn mit Blut besiegelt.«

Sie streckt die Hand aus und fasst mich am Kinn. Grabeskälte pocht in ihren Fingern. »Was wir besiegelt haben, Malinalli, war etwas anderes. Du trägst jetzt Kaktussamen in deinem Herzen. Die Stachel, Wortspielerin, wirst du brauchen. Die Blüte ebenso. Ich habe dir ein Geschenk gemacht, ich habe dir Waffen in die Hand gegeben, die dir niemand mehr nehmen kann. Sieh in den Spiegel, Malinalli, und du wirst es verstehen.«

Schwacher Blütenduft begleitet jedes ihrer Worte. Ich schlage die Augen nieder, der Griff der eisigen Finger verschwindet. Xtabay ist fort, ich weiß es, ohne aufzusehen, nur ihr Duft ist zurückgeblieben. Die anderen Frauen, die sich in Furcht und Zittern hüllen, haben es gewiss nicht bemerkt.

Ein Geschenk. Eine Waffe.

Ich öffne die Augen und beuge mich leicht über den Rand des Damms, betrachte mein Gesicht im Spiegel der Seeoberfläche. Roter Widerschein flackert auf meinen Wangen, aus meinen Augen glänzt geschliffener Obsidian.

Auf einmal begreife ich. Verstehe, dass in mir nicht nur Stacheln und Blüte sind, sondern auch die Kaktusfrucht heranwachsen wird. Und dass Xtabay mir ein Versprechen auf die Lippen geküsst hat, süß wie Blut und kalt wie der Tod. Sie hat mir ihren Durst geschenkt, ihr Gift, ihren Zauber. Wir werden einander wiedersehen und Wesen der gleichen Welt sein. Wenn meine Zeit gekommen ist, wenn der dunkle Schleier über mich fällt, werde ich in den vertrauten Schatten verharren. Mein Gesang wird den Wind erfüllen, mein Klagelied für Moteczuma, mein Festgesang für alles Blut.

Und ich, Malinche, die Namenlose mit den tausend Namen, werde es sein, die Cortés das Leben aus dem Herzen trinkt. Der Tag wird kommen.

Der Nachtwind spielt mit meinem Haar, als ich mich noch einmal umblicke. Tenochtitlan steht in Flammen, ich schmecke Blut und

Feuer in der Luft. Und in meinem Herzen, dornig und süß zugleich, beginnt der Kaktus zu keimen.

Die Nacht des 30. Juni 1520 ging tatsächlich als »Noche Triste«, als traurige Nacht, in die Geschichte ein – ganz, wie es Xtabay prophezeit hatte. Die Flucht der Spanier aus Tenochtitlan wurde entdeckt; in den heftigen Gefechten kamen viele hundert Soldaten ums Leben.

Malinche und die anderen indianischen Frauen gelangten mit der spanischen Vorhut unbeschadet aus der Stadt. Für den Rest des Eroberungsfeldzugs blieb Malinche die Übersetzerin und Geliebte des Cortés. Sie brachte später einen Sohn zur Welt und wurde schließlich mit einem spanischen Soldaten verheiratet. Nach der Eroberung verliert sich Malinches Spur. Doch viele glauben bis heute, dass sie die »Llorona« ist, die Weinende, deren Klagen man nachts häufig hören kann, so wie in den Maya-Gebieten bis heute der Glaube an die todbringende Xtabay lebendig bleibt.

Bernal, der junge Soldat, überlebte die »Noche Triste« und verfasste als alter Mann eine ausführliche Chronik der Eroberung. Das geheime Treffen zwischen Malinche und Moteczuma erwähnt er darin nicht: Er hat sein Wort gehalten.

Elena Glinskaya | Regentin von Russland

Mutterliebe

Fabian Dombrowski

Der Thronsaal schwieg.

Kein Prinz, kein Ratsherr, kein Graf wagte, das Wort zu ergreifen. Meistens stimmte diese Stille die Regentin des Großprinzipats Moskau, Elena Vasilyevna Glinskaya, äußerst zufrieden, denn sie trat üblicherweise ein, wenn die Höflinge ihre Widerworte aufgaben und sie nach langem Streiten ihren Willen bekam. Jetzt aber hatte sich das Schweigen der Fürsten verändert: Weniger waren es Unterwürfigkeit oder aufgenötigte Toleranz, die diesmal ihren Trotz erstickten, sondern vielmehr Angst und unterdrückte Fluchtinstinkte. Elena sah in den Augen der Noblen und Adligen, dass sie mit ihrem letzten Befehl zu weit gegangen war. Aber sie hatte zu lange mit dem Vorschlag gerungen, den ihre Mutter gemacht hatte, um nach dem einmal gefassten Entschluss wieder davon abzurücken.

Jetzt war es zu spät. Die Schwäche eines Rückziehers würde sie selbst sich jetzt nicht mehr verzeihen. Elena blickte auf das Krankenlager vor sich, wo ihr achtjähriger Sohn lag und mit dem Tod kämpfte. Tapfer ertrug Ivan ohne ein Wort das Fieber der Schwindsucht und die Geschwülste am Hals, die ihm das Atmen erschwerten. Kein Arzt hatte helfen können, nicht einmal die Kräuter ihrer Mutter, die sonst stets gewirkt hatten, konnten die Qual des Großprinzen lindern.

Wie immer stand sein jüngerer Bruder Yuri nahe bei ihm und beobachtete verständnislos das Leid. Elena hätte zu gern gewusst, was in seinem kleinen Kopf vorging, doch bisher war es allein Ivan gelungen, in die Welt des taubstummen Yuri durchzudringen.

Ein leichter Kopfschmerz kündigte sich an ihrem rechten Ohr an. Nein, nicht jetzt, bat Elena. Wenn dieses rasende Lichtgewitter hinter ihren Augen erst Fahrt aufnahm, ließ es sich schwer wieder stoppen.

Sie blickte auf, als Prinz Obolenski in seinem schneeweißen Waffenrock zu ihr trat. Da musste sie kurz lächeln. Seit ihr Gatte vor fünf Jahren gestorben war, wollte der Klatsch nicht ruhen, sie hole sich Obolenski ins Bett. Ganz falsch lagen sie damit nicht und Elena hatte ihre Liebe zu dem Mann nie verborgen; umgekehrt hatte auch er nie einen Hehl aus seinen Gefühlen gemacht. Dass die Fürsten gleich wieder Triebe und Unzucht vermuteten, sagte allerdings mehr über deren eigenen Gelüste aus als über Elenas. Sie für ihren Teil hatte nie nach dieser Ebene verlangt und Obolenski zeigte dahingehend genauso wenig Bestrebungen. Ihre Gefühle waren anderer Natur, aber dennoch stand für sie fest, sie liebte den Prinzen und baute auf ihn.

Sie nickte ihm zu und er gab zwei Dienern am Eingang ein Zeichen, die Tür zu öffnen.

Ihre Selbstsicherheit wankte, als die Palastgarde die Hexe hereinführte, die sie auf den Rat ihrer Mutter hin aus dem Kerker heraufzubringen verfügt hatte. Mit geneigtem Haupt schob sich die Frau hinter den beiden Wächtern unter dem Torbogen in den Saal. Ihr gefiederter Umhang schleifte über den Steinboden, während sie sich Elena näherte und dabei die Fürsten passierte, die sie alle um mindestens einen Kopf überragte. Fünf Männer in schwarzen Wolfsfellmänteln eskortierten die Hünin. Vier von ihnen hielten lange Spieße, der Fünfte, ihr Hauptmann Kudeyar, einen Hornbogen.

Kudeyar hatte am heftigsten davor gewarnt, die Hexe aus ihrem Verlies zu holen. Immer und immer wieder hatte er gegen Elena insistiert und das mit gutem Recht. Er war ihr Stiefsohn, dessen Existenz Vasili III. vor der Öffentlichkeit verheimlicht und dem der Großprinz alle Hoffnung auf ein Erbe genommen hatte, um ihm eine weit wichtigere Aufgabe anzuvertrauen: den Schutz Moskaus vor eben solchen Geschöpfen wie dieser Hexe. »Gibst du einer Hexe einmal Kontrolle über ein Kind, begleitet sie es das ganze Leben lang«, hatte er ständig wiederholt. Schlussendlich hatte Obolenski ihn überredet, da es ja schließlich um seinen Bruder ging. Aber Kudeyar hatte sich zur Wehr gesetzt, bis sie ihm zugestanden hatten, die Sicherheit

dieser Audienz gewährleisten zu dürfen. Daher wusste Elena, dass in den angrenzenden Räumen mehr von Kudeyars Männern warteten und auf dem Bogen des Hauptmanns ein speziell für die Bekämpfung solchen dämonischen Übels gefertigter Pfeil lag.

Weiter schritt die Hexe auf Elena zu und die Regentin, die fünf Jahre lang das Reich gegen Litauen und die Tataren der Krim und der Kahnate im Osten verteidigt hatte, erzitterte bei dem Anblick.

»Haltet ein!«, befahl ihr plötzlich Obolenski und stellte sich in den Weg der Hünin. Die Hexe blieb stehen, doch es erweckte mehr den Anschein von Zufälligkeit als von Gehorsam. Unter dem Umhang schoben sich ihre Arme hervor, die sich zwar aus gewöhnlichen Körperteilen wie Händen mit fünf Fingern, Ellenbogen und Ober- und Unterarm zusammensetzten. Doch die Deformation und Knorrigkeit ihrer Haut stellten die Zugehörigkeit zu den Menschen aufs Heftigste in Frage. Mit ihren Krallen lüftete die Hexe ihre Kapuze und Elena musste feststellen, dass die untere Hälfte des Hexengesichts zwar wie das einer jungen Frau aussah, ihr jedoch sowohl Augen als auch jedes Anzeichen von Haaren fehlten. Grimmig lächelte das Wesen, sich eindeutig seiner Wirkung auf das Publikum bewusst. Dann öffnete sich der Umhang, der nie ein Umhang gewesen war, und das Monster breitete seine sechs Flügel aus, um sich in seiner ganzen schrecklichen Pracht zu entfalten. Die schwarzen Schwingen erfüllten den Saal und stießen die Fürsten und Wächter zurück an die hölzernen Wände, wo sie sich gegen die schweren Wandbehänge drängten. Bis auf seine so menschliche Kinnpartie und die Lippen war jede Ähnlichkeit mit einer Frau aus der Gestalt des Monsters gewichen. Über die Chimäre aus Vogel und Teufel verstreut fanden sich überall Augen. Von den Gliedmaßen, von dem Körper und sogar von den Flügeln der Hexe starrten sie Elena und die Fürsten an; grässliche, grausame Augen, die begierlich nach den Geheimnissen der Menschen forschten.

»Stopp«, brüllte Kudeyar mit gespanntem Bogen. Der aufgelegte Pfeil glühte gleißend und verheißungsvoll, als ob er sich freute, die Sehne bald zu verlassen.

Da lachte die Hexe, und ohne sich dem Hauptmann zuzuwenden, warnte sie ihn: »Wenn du mich jetzt tötest, kleiner Krieger, überlebt der süße Prinz es nicht. Außerdem ist dies eine Angelegenheit

zwischen der Glinskaya und mir! Männer haben damit nichts zu tun. Euch mangelt es an Verständnis für die Sorge um das eigene Kind.« Elena gab Kudeyar ein Zeichen, die Waffe zu senken. Ihr Stiefsohn gehorchte und die Bogensehne entspannte sich.

Die Offenbarung der wahren Natur der Hexe hatte dem Feuer in Elenas Kopf Brennstoff gegeben und so fiel es ihr nicht leicht, sich aus dem Thron zu erheben und die drei Stufen zu der Wiege hinunterzusteigen. Vor Jahren waren diese Anfälle seltener gewesen, aber heute überraschten sie Elena zu gerne in entscheidenden Augenblicken. Sie hoffte, dass sich die Krankheit nicht verschlimmern würde. Sie war erst dreißig und wollte die zweite Hälfte ihres Lebens nicht in schmerzumwölkter Nacht verbringen. Elena hob das Monomakh Zepter, Zeichen ihrer Amtswürde, und sprach die Hexe mit fester Stimme an: »Dann sprecht mit mir, anstatt meinen Hofstaat zu verschrecken, das ist leicht genug.«

»Wohl wahr, Glinskaya, das war zu einfach. Wir scheinen aber einen gemeinsamen Genuss zu finden, wenn die Gerüchte stimmen, die mich in meinem Kerker erreichten. Doch wundern sollte es mich nicht. Auch in deinen Adern fließt das Blut von ... *Hexen,* wie Ihr uns nennt.« Ihre Lippen verzogen sich zu einem bösen Grinsen. »Und das sind die beiden kleinen Prinzen? Der von der großen Finsternis geschlagene und der Lichtbringer? Niedlich, wie sie zu mir aufschauen. Ihnen fehlt noch die unnötige Angst der Menschen vor dem Unbekannten. Fein hast du sie erzogen.«

»Sprecht nicht so!«, mischte sie Obolenski ein. »Dies ist die Großprinzessin, von ihrem Gatten Vasili – Gott hab ihn selig! – zur Regentin über das Moskauer Reich eingesetzt. Und dort vor ihr, ihre beiden Söhne, die Großprinzen Ivan und Yuri aus dem Hause Rjurik und Palaiologa. Sie sind die Herrscher über die ganze Rus, Erben des alten Imperiums und seines Throns in Tsargrad.«

»Und welcher dieser Titel soll mich besonders beeindrucken? Oder geht es eher darum, von deinem Wortschwall an unverständlichen Herleitungen von Herrschaftsansprüchen erdrückt zu werden, Wicht?« Elena musste zugeben, dass die Hexe da etwas Wahres sagte. Das Aufzählen von Titel half wenig beim Erhalt der Macht, allein das Handeln führte zum Ergebnis. Dafür hatte sie die Hexe aus dem Kerker geholt.

»Euch wurde die Gnade dieser Audienz nicht zuteil, um mit meinen Untergebenen über den Sinn und Unsinn von Titeln zu streiten. Ihr habt versprochen zu helfen.«

»Tat ich das? Ich erinnere mich nicht. Selbst wenn, habe ich doch deiner Mutter etwas versprochen und nicht dir, kleine Glinskaya. Soweit ich weiß, hat sie mich besucht und wir hatten ein nettes Gespräch. Heute kommen dann plötzlich deine Hauswölfe, reißen mich aus meinem liebgewonnenen Heim unter Eurer Zitadelle und schleifen mich hierher, wo ich Eurem so elaborierten Hofprotokoll folgen soll. Das fände sicher niemand amüsant. Ganz zu schweigen davon, ob es zum Helfen anreizt.«

»Weicht nicht aus!«, unterbrach Elena die Hexe barsch. So sehr ihr bewusst war, dass ein feinfühligeres Vorgehen möglich gewesen wäre, kam sie nicht umhin, auf Eile zu drängen, denn ihr Sohn litt. Der finstere Engel mit den vielen Augen verstand ihren Wink anscheinend und trat die zwei Schritte heran. Sie standen nun beide über die Wiege gebeugt, die mütterlich besorgte Regentin und die hünenhafte Dämonin.

»Das sind sie also. Lichtbringer und das Kind mit der dunklen Saat.«

»Was meint Ihr damit? Ihr habt das vorhin schon erwähnt.«

»Ich meine die Zukunft liegt hier in zweierlei Gestalt vor uns und deine Entscheidung, Glinskaya, weist uns den Weg, welches ihrer Gesichter wir von ihr zu sehen bekommen. Du magst die Rus in ein dunkles Zeitalter führen, wo das Chaos regiert und großen Männern nichts bleibt, außer das Land mit blutigen Schwertern zu befrieden. Beschreitest du jedoch den anderen Pfad, mögen deine Nachkommen ein neues Zentrum der Kultur und der lichten Gedanken in dieser Zitadelle errichten.«

Elena schluckte. Sie kannte im Grunde die Antwort, fragte aber trotzdem: »Wie sieht die Wahl aus?«

»Du lässt deinen kleinen Prinzen sterben oder nicht!«

»Und welcher Weg ist an welche Entscheidung geknüpft?«

»Das verrate ich nicht, das nähme mir ja den Spaß!« Die Regentin war solche Frechheit nicht gewöhnt. Sie schrie die Hexe also an: »Sagt es mir!«

»Nein. Ihr werdet Euren Verstand doch wohl selber nutzen können und wählen. Ansonsten tut es einer dieser Männer sicher gern für

Euch!« Elena schaute zu Kudeyar, der die Finger immer noch an der Bogensehne liegen hatte, bereit, das Monster zu erlegen, wenn das leiseste Zeichen ihn beunruhigte und er zu der Ansicht kam, seine Stiefmutter außer Gefahr bringen zu müssen. Auf der anderen Seite hinter der Hexe stand Obolenski, der unentschlossen schien, ob er etwas sagen sollte. Zweifelsohne bereit, Elena beizustehen. Er würde Ivan retten, sähe er die kleinste Gelegenheit dazu, denn er hatte sich des Jungen angenommen, als Ersatz für den Vater, den das Kind so früh verloren hatte. Aber wie konnte sie wissen, was richtig war? Der Hexe vertrauen oder Ivan sterben lassen?

Ihr Sohn hatte sein Leben noch vor sich. Ihn mit acht Jahren, wo er gerade die Genüsse der Welt kennenlernte und begann, von der Zukunft und seinem Platz darin zu träumen, wieder aus der Existenz zu reißen, war keine Antwort, die Elena bereit gewesen wäre, auf diese Frage zu geben. Davon abgesehen, was meinte die Hexe wohl mit der *dunklen Saat* und der *großen Finsternis*? Sicher doch die Behinderung des taubstummen Yuris. Wer von den beiden sollte der Lichtbringer sein, wenn nicht der eifrige Ivan, der stets die Nase in den Büchern versteckte und sich auch sonst wissbegierig auf seine Rolle als Großprinz Moskaus vorbereitete?

»Ihr werdet meinen Sohn retten!«

»Du weißt, Glinskaya, das hat seinen Preis?«

»Und Ihr werdet ihn mir nicht vorher verraten?«

»Richtig geraten!«

Elena zögerte. Aber nur einen kurzen Moment. Ein Mal sah sie ihren Sohn auf dem Krankenbett an und dann wusste sie, sie würde jeden Preis dafür bezahlen, dass er lebte.

»Das Geschäft gilt.«

Der Schmerz in Elenas Kopf brandete in einer erneuten Welle heran.

»Sag es noch einmal!«

»Das Geschäft gilt.«

Kleine Stiche hinter ihrer Stirn.

»Noch einmal!«

»Wie oft denn noch?« Elena musste das so schnell hinter sich bringen, wie sie konnte. Das Lichtgewitter vor ihren Augen setzte ein und vernebelte ihr Sichtfeld. Ein gräuliches Schneetreiben waberte zwischen ihr und dem Thronsaal. Sie hasste diese Anfälle.

»Nur dieses eine Mal noch«, bat die Hexe. »Gute Dinge sind immer drei.«

»Das Geschäft gilt!« Und plötzlich tilgte eine geschmeidige Woge alle Schmerzen aus ihrem Bewusstsein. Elena sah wieder klar und keine Qual trübte ihren Geist. Sogar dieses leichte, bösartige Rauschen im Hintergrund, das sie nie bemerkt hatte, weil es sie von Kindesbeinen an begleitet hatte, war fort. Sie blickte hinunter auf ihren Sohn. Die Geschwüre waren verschwunden und rosige Farbe auf seine Wangen zurückgekehrt. Sie lächelte Ivan an und er lächelte zurück.

Alles war gut.

Sie sah zu Kudeyar und befahl: »Jetzt!«

In einer perfekten Bewegung, so schnell, dass sie zwischen den Momenten stattzufinden schien, zuckte die Bogensehne zurück und der leuchtende Pfeil bohrte sich durch die Brust der Hexe. Die Hünin sackte auf ihre Knie nieder, nun war sie auf Augenhöhe mit Elena. Die Regentin ging um Ivans Bett herum und stellte sich direkt vor dem Monster auf.

»Tut mir wirklich leid. Meine Wahl war das nicht. Aber Ihr wisst ja, was man sagt. Gibt man einer Hexe einmal Kontrolle über ein Kind, begleitet sie es das ganze Leben. Das werde ich nicht riskieren. Meine Söhne sind alles für mich und wer Hand an sie legt oder auch nur mit dem Gedanken liebäugelt, der stirbt.« Sie lächelte. Es war ein freudloses Lächeln. »Es tut mir wirklich leid, doch Kudeyar hat darauf bestanden.«

Der Hexe entrang sich unter Schmerzen ein Gurgeln. Lag darin ein Hauch von Belustigung? Elena dachte schon, dass sie das letzte Geräusch der Todgeweihten gehört hatte, doch dann fand diese noch einmal die Kontrolle über ihre Stimme: »Du hast falsch gewählt, Glinskaya. Dein kleiner Yuri hätte Moskau ins Licht geführt. Zu Ehren seines Bruders hätte er eine Bibliothek und eine Akademie errichtet, denn so hätte er sich an ihn aus deinen Erzählungen erinnert – als den Kindgelehrten. Jedem Ansturm der Ignoranten und jede Revolution der Unwissenden hätte diese Bastion widerstanden. Aber du hast den dunklen Prinzen gewählt. Sein Wahnsinn ist jetzt noch nicht offensichtlich, doch er wird wachsen und es wird eine Zeit kommen, da wird jeder Russe dich dafür verfluchen, dass du ihn gerettet hast. Sie werden ihn Ivan mit den grausamen Augen nennen, *Ivan den*

Schrecklichen! Er ist der König der Flammen, ein neuer Caesar, der mit den schwarzen Wölfen die Steppen durchstreifen wird und ihnen folgt die Ära des Chaos. Erst eine lange Reihe von Herrschern mit blutiger Peitsche in der Hand wird diese Zeit beenden. Zuerst rechtfertigen sie sich mit Modernisierung, dann mit dem Stolz auf ihr Land, schließlich behaupten sie, für den kleinen Mann einzutreten und am Ende geht es nur noch ums Geld. Alles Lügen! Sie geiern auf die Macht, genau wie du, Glinskaya! Genau wie du!« Und damit holte die Hexe zu einem Schlag aus. Aber Obolenski war schneller. Mit einem kräftigen Hieb seines Reitersäbels trennte er ihr den Kopf ab. Kein Blut spritzte. Das war in den Adern der Hexe schon vor Jahrhunderten erkaltet.

Sie hatte ihren Preis nicht mehr einfordern können.

Später saß Elena auf dem Balkon ihres Gemachs mit ihrer Mutter zusammen. Es war ein kühler Tag in Moskau, aber dicke Bärenfelle hielten die Kälte ab und der erwärmte Wein tat sein Übriges. Aus dem Nebenraum hörte man Ivans Amme ein Lied für ihn singen.

Elena und ihre Mutter betrachteten gemeinsam die große Stadt, die einst Ivans Machtzentrum werden würde, ein neues Jerusalem und ein drittes Rom für den Großprinzen, dem das heilige Erbe des alten Imperiums zustand. Ja, von hier aus würde er in die Welt hinausreiten und sie sich nach seinen Vorstellungen formen. Kurz dachte Elena an die Prophezeiung der Hexe, doch was konnte sie tatsächlich von den kommenden Jahren wissen?

»Es ist erstaunlich«, meinte Elenas Mutter, »was du für eine Macht über die Männer gewonnen hast, während wir anderen uns feige verborgen halten. Dein Ehegatte hat sogar seinen Bart für dich rasiert. Welcher dieser Moskoviten würde das schon tun? Und dieser Obolenski gefällt mir auch. Er würde dir jedes Hindernis aus dem Weg räumen. Treu und dämlich, wie Männer eben sind, wenn sie erstmal um den Finger gewickelt sind.« Elena sah ihre Mutter missbilligend an. Sie mochte es nicht, wenn jemand schlecht über Obolenski redete und schon gar nicht, wenn jemand in dieser Weise über ihre Beziehung zu ihm redete.

»Mutter, du weißt, ich habe Obolenski nicht um den Finger gewickelt. Red dich jetzt nicht raus, ich kenn dich gut genug. Du meinst damit genau eine Sache.«

»Ich würde dir doch keine Vorwürfe machen. Du brauchst nicht gleich aus der Haut zu fahren. Er hat die Gefahr dieser Hexe schon bestens gebannt und er hat es sicher nicht gemacht, weil es ihm Spaß macht. Dafür ist er zu sentimental. Aber sag, wie geht es dem kleinen Ivan inzwischen?«

»Sehr gut. Er ist sofort nach dem Tod dieses Biestes eingeschlafen und seitdem nicht mehr aufgewacht. Wahrscheinlich muss er sich erst einmal von den Strapazen seiner Krankheit erholen. Jedenfalls ist sein Fieber verschwunden und er zeigt auch keine Anzeichen, dass die Schwindsucht zurückkehren könnte.«

»Schön.« Elenas Mutter winkte eine Dienerin aus dem Inneren des Gebäudes, um ihnen warmen Gewürzwein nachzuschenken. Dann prostete sie ihrer Tochter zu. Genussvoll nahm Elena einen ersten großen Schluck. Seitdem die seltsame Krankheit zusammen mit der ihres Sohnes geheilt war, schmeckten die Getränke besser denn je und auch das Essen bekam mehr Reiz. Sie trank noch einen zweiten Schluck.

Doch irgendwas stimmte nicht.

Der Wein begann in ihrem Bauch zu rumoren und zu brennen, als ob jemand ein Schlangennest direkt in ihren Magen gepflanzt hätte und die Tiere sich jetzt ihren Weg in die Freiheit hinausbeißen wollten. Gift! Aber wie? Sie blickte zu ihrer Mutter. Diese hatte ihren Becher nicht angerührt. Mit erwartungsvollem Blick musterte sie ihre Tochter.

»Warum?«, röchelte Elena.

»Was weiß ich? Neid vielleicht. Du bist die einzige Frau seit Sofia Palaiolog, die sich aus den Ketten der Frauengemächer befreien konnte. Du hattest eine Freiheit, die ich nie hatte und nie haben werde! Dafür hole ich mir jetzt etwas deutlich Kostbareres: Macht.« Elena wollte schreien, aufspringen, ihrer Mutter an die Kehle gehen. Doch ihr Körper gehorchte nicht mehr und eine schleimige Masse arbeitete sich ihre Speiseröhre hoch, sodass sie kein Wort mehr herausbrachte. Genauso wie noch wenige Stunden zuvor die Hexe produzierte ihre ersterbende Stimme nur ein kränkelndes Gurgeln. Doch ihre Mutter verstand ihren fragenden Blick.

»Wie? Ein ganz einfacher Plan. Ich habe der Hexe eine Seele versprochen und sie mir Macht. Hexen halten ihr Versprechen immer. Also überredete ich dich, sie freizulassen, um deinen Sohn von seinem

ach so qualvollen Leiden zu heilen, dem ich mit meinen Kräutern etwas nachgeholfen hatte. Es war eine Kleinigkeit für sie. Und jetzt muss ich noch meinen Preis entrichten: deine Seele. Danach kann ich deinen Kleinen ungestört zu meiner Marionette machen; nachdem ich deinen Obolenski entsorgt habe, versteht sich.« Dann kippte Elena vom Stuhl. Ihr Blick wanderte zu ihrer Mutter, die sie teilnahmslos anblickte. Ihre Gestalt verschwamm mit der stahlblauen Einsamkeit des Himmels über Moskau. Das Letzte, was sie wahrnahm, war die Stimme ihrer Mörderin: »Ob das wohl der Preis war, den du für die Heilung deines Kindes zahlen musstest?«

In dem warmen Gemach gleich nebenan hörten weder die Amme noch der beim Großprinzen Ivan wachende Obolenski das Gespräch zwischen Mutter und Tochter Glinskaya. Der Kamin prasselte und die Amme sang mit ihrer sanften Stimme ein Lied für ihren Herrn. Als der letzte Vers über ihre Lippen rollte, erwachte der Großprinz. Die Krankheit hatte die jugendliche Sanftheit aus seinem Blick vertrieben. Stattdessen starrten Obolenski und die Amme grässliche, grausame Augen an, die begierlich nach den Geheimnissen der Menschen forschten.

1530

Gráinne Ní Mháille | Irische Piratin

Terra Marique

Iviane Jakobs

Gráinne wäre nie auf den Gedanken gekommen, sich selbst als die Königin der Piraten zu bezeichnen. Die Falten auf ihrer wettergegerbten Stirn machten klar, dass sie weit über das Alter hinaus war, in dem man mit Krönchen spielte. Nicht, dass sie jemals der Typ für solche Spiele gewesen wäre. Und ihr kräftiges schwarzes Haar sah häufig *lange* keinen Kamm, wenn sie Tag und Nacht auf der aufgepeitschten See verbrachte und ein Schiff der englischen Krone nach dem anderen überfiel. Ihr war gesagt worden, dass die Engländer sie Grace nannten, Grace O'Malley. Als man ihr übersetzt hatte, was der Name bedeutete, hatte sie schallend zu lachen begonnen. Anmut, Gnade? Gut, sie war tatsächlich nicht übermäßig grausam – aber Anmut? Lächerlich.

Nein, Gráinne nannte sich selbst nicht *Königin der Piraten* – aber wenn es andere taten, so wiedersprach sie ihnen nicht. Ihr Wappen zierte der Leitspruch »Terra marique potens« – *Mächtig zu Lande und zur See* – und das war sie. Mit starker Hand führte sie ihren Klan, regierte über ihre Heimat – und anders als die englische Königin benötigte sie dafür kein Heer an Bürokraten und Beratern.

Mit ruhiger Hand zündete sie die kleine Kerze an, die ihr der Wärter gegeben hatte. Sie hatte es in seinen Augen gesehen, groß und fast schon ehrfürchtig. Er wusste, wer sie war – Gráinne Ní Mháille, Grace O'Malley, die Königin der Piraten – schlussendlich doch hinter Gittern. Bei ihrer Ankunft hatte sie Kerzen gefordert, und Bücher – sie

hasse es, sich zu langweilen, hatte sie dem armen Jungen ins Gesicht gespuckt. Sobald die Tür hinter ihr ins Schloss gefallen und verriegelt war, hatte sie aus dem Fenster gesehen und geflucht. Zu hoch, selbst für sie. Gut, dass sie ihre Forderungen gestellt hatte – hier würde sie ohne Hilfe nicht mehr heraus kommen.

Die zweite Kerze brannte, und Gráinne betrachtete mit einem Stirnrunzeln die sich bildenden Rauchfähnchen. Sie sah von ihren Kerzen zur Tür – so wie die Rauchbildung im Moment war, würde sich niemand etwas denken... doch das würde sich später schnell ändern. Sie stand auf, verfluchte ihre Beine, die beim Hocken halb eingeschlafen waren, und holte sich das Bettlaken von der Matratze. Mit ein paar wenigen, geübten Griffen platzierte sie das Stück Stoff am Boden vor der Tür. Sie nickte zufrieden. So sollte die Sache luftdicht sein.

Sie war auf der See geboren, von der See erzogen, gehärtet und geeicht – von der See, und dem Feuer. Rauch hatte sie nie gestört. Am Tag ihrer Geburt hätte eine Unwetterfront das Schiff von Eoghan Ó Mháille beinahe eingeholt – in der Ruhe vor dem Sturm hatte ihr Vater nicht genug Wind, um zu segeln, und nicht genug Männer, um schnell genug zu rudern. Doch wie durch ein Wunder, so sagten die Männer, fand Ó Mháille eine Strömung, die stark genug war, das Schiff samt Mannschaft und gebärender Ehefrau in sichere Gewässer zu treiben. Der rote Keiler, das Schutztier des Klans, so hieß es, habe das Ruder gelenkt. Gráinne hatte den Männern zugehört, als sie noch Jahre später davon berichteten, und sich auf die Zunge gebissen. Ein Keiler? Schön möglich. Aber ein Wunder? Wohl kaum.

Die Kerzen brannten und Gráinne schritt zum Fenster. Sie atmete noch einmal die kühle Abendluft ein, bevor sie zurück an ihr stickiges Werk ging. Sie riss ein paar Blätter aus den Büchern – alles Englisch, also tat es ihr nicht wirklich leid – und begann, die Flammen zu füttern.

Die wenigen englischen Bücher waren das erste gewesen, was bei Lough Corrib dem Feuer geopfert wurde. Gráinne verbrannte Schriftstücke nicht gerne – doch Bingham, der elendige Gouverneur der Englischen Krone in Connacht, hatte ihr keine Wahl gelassen, als er mit einer Armee vor ihrer Burg gestanden hatte, die es nach den 500 Pfund gierte, die auf Gráinnes Kopf ausgesetzt waren. Also hatte sie die Feuer entzündet. Es war kein roter Keiler gewesen, der die Engländer in die Flucht schlug – doch die Ströme geschmolzenen Bleis hatten die Angreifer so zielstrebig verfolgt, als wären sie von Gráinnes Verstand und ihren Absichten beseelt. Bingham war geschlagen und mit eingezogenem Schwanz zu seiner Herrin zurückgekehrt, und die Iren hatten die ganze Nacht wild um die Feuer im Burghof getanzt.

Die Flammen züngelten und Gráinne trat zwei Schritte zurück. Mit kritischem Blick bemaß sie das Ergebnis ihrer Bemühungen – nun, es würde ausreichen müssen. Sie räusperte sich und hoffte, dass die Wache vor der Tür nicht allzu genau lauschte. Sie atmete tief ein, unterdrückte ein Husten als der Rauch ihre Lungen füllte, und sprach einen Namen.

»Tibb.«

Die Flämmchen wuchsen, zunächst nur langsam, dann immer schneller, wanden sich, drehten sich, bogen sich, bis sie eine Gestalt annahmen.

Gráinne runzelte die Stirn als sie erkannte, welche Form Tibb dieses Mal gewählt hatte.

»Wirklich? Muss das sein?«

Die brennende Gestalt eines jungen, gut gebauten Mannes streckte die Gliedmaßen. »Aaah... wieso? Was meinst du?«

Sie unterdrückte ein Lächeln – seine Stimme war wie immer Balsam für ihre Seele.

»Du siehst lächerlich aus.«

Erkannte sie so etwas wie ein Schmollen auf dem feurigen Gesicht?

»Gefalle ich dir nicht?«

Gráinne seufzte. Sie war sich sicher, dass Tibb nie versucht hatte, ihrem Vater schöne Augen zu machen. »Was ist das Problem mit dem Keiler? Du siehst aus, als könntest du mein Sohn sein.«

Tibb zuckte mit den Schulern, ein paar Funken flogen zu Boden. Er blieb bei seiner jugendlichen Form. »Also?« Er sah sich um. »Oh. Ich vermute mal, du willst hier raus?«

»Ganz recht.«

Der Feuergeist deutete auf die – großteils hölzerne – Tür. »Da durch?«

Gráinne verzog den Mund. Auch wenn die Wache ihr englische Bücher gegeben hatte, sie hatte nichts gegen den Kerl. Und wenn sie die Besatzung überfallener Schiffe am Leben lassen konnte, dann wohl auch einen jungen Mann, der so wirkte, als wäre er gerade erst den Kinderschuhen entwachsen.

»Nein.« Sie nickte in Richtung des Fensters. »Wie wär's damit?«

Tibb tänzelte zu der Öffnung in der Wand. Die Stäbe beäugend meinte er: »Nicht zu dick, die krieg ich klein. Aber wie willst du raus, ohne dir den Hals zu brechen, liebste Granuaile?«

Sie trat näher, blieb jedoch eine Armeslänge entfernt stehen. Tibb war nicht an die Schwerkraft gebunden, sie hingegen schon. Und berühren konnte sie ihn auch nicht – ihr rechtes Bein zierten noch immer die Brandmale, die von dem einen Mal herrührten, als sie im Zorn versucht hatte, nach ihm zu treten.

»Bist du sicher, dass du nicht durch die Tür willst?« Tibbs Stimme war einschmeichelnd, doch Gráinne blieb hart. Sie deutete auf einen Baum, gerade außerhalb der Mauern. »Was ist mit dem? Können wir den nicht verwenden?«

Tibb ächzte. »Ernsthaft? Das artet ja in Arbeit aus mit dir!«

Sie spuckte aus. »Kann ja nicht jeder so einfach zu retten sein wie mein Vater.«

Tibb zeigte grinsend seine glühenden Zähne. »War aber lustig. Wer hätte gedacht, dass heiße Luft ein Segel so schön blähen kann! Zu schade ...«

»Dass ich mich nicht erinnern kann, ich weiß, ich weiß. Meine Mutter hatte mich gerade erst `raus gepresst, was erwartest du?!«

Sie stockte.

»Warte.« Sie sah ihn an. »Was hast du gerade gesagt?«

»Zu schade, dass du ...«

»Nein, nein, davor! Das mit der heißen Luft!«

»Du meinst, dass die heiße Luft – oh.« Seine Augen wurden weit. »OH. Gráinne Ní Mháille, du bist ein kluges Kind.«

»Ich geh' schon auf die fünfzig zu, also halt den Rand. Wie kommen wir an ein Segel, Tibb?« Sie sah sich im Raum um. »Einigermaßen fester Stoff sollt's auch tun, nicht wahr?«

»Wie zum Beispiel?«

Sie deutete auf das zusammengeknüllte Bettlaken. »Leinen?«

Wenige Minuten später hatte Tibb das stählerne Gitter vor Gráinnes Fenster geschmolzen. Während er bereits ein paar Meter unter ihr schwebte, bewegte sie sich vorsichtig durch die Öffnung, darauf achtend, die heißen Überreste der Stäbe nicht zu berühren. »Ich bin zu alt für diesen Mist«, brummte sie. »Ich wette, diese Elizabeth ist noch nie aus einem Fenster geklettert!«

»Bereit?«, rief Tibb gedämpft von unten.

Gráinne fächerte das Laken auf so gut es eben ging, während sie die Enden fest in den Händen hielt. »Ich muss einfach nur springen?«

»Ganz genau. Und beten, dass mir nicht die Luft ausgeht.« Er grinste breit, dann wurde er etwas ernster – soweit das bei Tibb überhaupt möglich war. »Vielleicht ist es aber gut, wenn du das Ding vorher schon mal hoch hältst – wenn ich's schaff, schon etwas Luft hineinzukriegen bevor du springst, hast du bessere Chancen.«

»Chancen? Worauf?«

»Darauf, dass du nicht einfach loslässt, wenn du nach den ersten Fallmetern plötzlich Aufwind bekommst. Um, du weißt schon, in deinen sicheren Tod zu stürzen.«

Sie lachte leise. »Das wär dir recht, hm?«

»Ganz und gar nicht. Ich und deine zwei trotteligen Söhne? Kannst du dir das vorstellen? Ich hätte keine ruhige Minute mehr!«

»Das ist wahr.« Sie erlaubt sich nicht, an ihre Kinder zu denken. Sie hob ihre Arme, bereit das Leinen einmal nach oben zu bewegen. »Ich zähl' bis Drei.«

Tibb nickte und holte Luft.

»... also eine weiche Landung war das verdammt nochmal nicht!«

Tibb schwebte über ihr, mit den Resten des Lakens spielend, das ein paar Meter über dem Boden *natürlich* Feuer gefangen hatte. »Ist was gebrochen?«

Gráinne rieb sich das Hinterteil und stand auf. »Denke nicht.« Sie verzog das Gesicht. »Trotzdem. Ich sollte mich bei dieser Königin beschweren.«

Der Feuergeist legte den Kopf schief. »Ich höre?«

Gráinne lachte heiser. »Nur dass die Frau kein Gälisch kann.«

»Und du kein Englisch.«

Sie ignorierte ihn. »Sie kann lesen. Kann sie Latein?«

»Denke schon.« Er klang fast schon zu fröhlich.

Sie richtete sich zu ihrer vollen Größe auf. Krone oder nicht – sie war mindestens so sehr Herrscherin wie diese Elizabeth. Die englische Monarchin konnte sich auf etwas gefasst machen.

»Ich fahre nach England.« Sie schritt wütend vor dem Kamin auf und ab. »Damit ist Bingham zu weit gegangen.«

Tibb sah sie mit schief gelegtem Kopf an, während sie sich zornig durch die Haare fuhr, die bereits von grauen Strähnen durchzogen waren.

»Sie haben Theobald und Murrough, na und? Grad Murrough! Ich dachte, du redest nicht mehr mit ihm?«

»Darum geht es nicht! Niemand rührt meine Familie an. Meinen Halbbruder haben sie auch, das Dreckspack. Diese Königin soll ihren Schoßhund endlich an die Leine nehmen. Ich fahre nach England!«

Sie stand vor dem Saal, in dem die Audienz stattfinden sollte, und sehnte Tibbs Wärme herbei. Sie hatte eines ihrer besseren Kleider an – doch in einem Anfall von Eigenwillen hatte sie beschlossen, keine Schuhe zu tragen. Die Engländer beäugten sie und ihre nackten Zehen, und an der Entrüstung in den Gesichtern einiger Hofdamen erkannte Gráinne, dass ihre Entscheidung nicht die Wirkung verfehlte. So oder so – es wagte niemand, sich ihr in den Weg zu stellen, als sie zu der großen Tür schritt – sie wussten, dass die Königin selbst sie an den Hof geladen hatte.

Die Tore schwangen auf und irgendein Kerl in viel zu farbigen Kleidern kündigte sie an – »Grace O'Malley.« Ihr Blick verweilte kurz wohlwollend auf dem Kaminfeuer in der Mitte des Raumes, doch dann richtete sie all ihre Aufmerksamkeit auf die Gestalt der Königin am anderen Ende des Raums. Ihre nackten Füße trugen sie quer durch den Saal – sie hatte sich nicht die Mühe gemacht, jemanden nach den Vorschriften des Hofes zu fragen. Es interessierte sie nicht, ob die englischen Sitten es verlangten, so und so viel Abstand von der

Monarchin zu halten – sie war keine Untergebene dieser Frau, und das würde sie auch zeigen.

Auf halbem Weg stellte sich ihr ein Mann in den Weg – sie funkelte ihn an und er schrumpfte merklich. »Was?«, fuhr sie ihn auf Latein an, und er antwortete, über die fremde Sprache stolpernd: »Zur Vorsicht...« Er deutete an ihr hinab. »Ob Ihr... Waffen bei euch tragt.«

Sie lachte. »Aber natürlich!«

Mit einer flüssigen Bewegung zog sie ihren Dolch – vielleicht nicht ganz so schnell wie vor 20 Jahren, aber immer noch mit einer Sicherheit, die selbst diesem eitlen Geck klar vermitteln musste, dass es ihr nicht an Übung im Umgang damit fehlte.

Sie hörte erschrockenes Luftholen rund um sich – die Hofdamen – und bemerkte anerkennend, dass Elizabeth selbst unbeeindruckt schien. Sie hob den Dolch und ihr Blick fixierte die Königin.

»Ihr seht, dass ich nicht versucht habe, ihn zu verbergen. Dieser hier...« Sie steckte ihn zurück, ohne die protestierende Wache zu beachten, »...ist zu meinem Schutz. Nicht zu Eurem Schaden.«

Englands Königin erhob sich. Sie war größer als Gráinne gedacht hatte. Doch Gráinne erkannte auch, dass Elizabeths Gesicht ebenfalls die faltigen Zeichen des Alters trug. Ihr rotes Haar hingegen wirkte ungetrübt – Gráinne unterdrückte eine abfällige Bemerkung über Perücken und Eitelkeit. Stattdessen zog sie nur etwas die Nase hoch und schniefte – immerhin, sie war hier um sich als Gleichgestellte Elizabeths zu zeigen, nicht, um sie zu beleidigen. Eine der Hofdamen stand plötzlich neben ihr und bot ihr ein Taschentuch an. Gráinne starrte einen Moment lang verwirrt auf das Stück Stoff, bevor ihr klar wurde, dass die Frau gedacht haben musste, sie hätte eine triefende Nase.

Die Königin begann zu sprechen: »Grace O'Malley – ich schätze es, wenn eine Frau weiß, sich selbst zu verteidigen. Doch ich muss Euch bitten, den Dolch abzulegen – und darauf zu vertrauen, dass Euch in diesem Raum auch ohne ihn kein Leid geschehen wird.«

Elizabeths fehlerloses Latein ließ Gráinne sogar über ihre Verwendung des englischen Namens hinwegsehen. Das Spitzentuch noch immer in den Händen sah sie der Monarchin geradewegs ins Gesicht. »Bürgt Ihr für meine Sicherheit?«

»Das tue ich. Vertraut Ihr auf mein Wort?«

Gráinne sah, wie das Kaminfeuer Elizabeths Haar fast ebenfalls wie Flammen aussehen ließ. »Ja.« Sie gab der Wache ihren Dolch und schritt dann zügig, ohne dem Mann Zeit für weiteren Widerspruch zu geben, an ihm vorbei. Als sie bemerkte, dass sie das Taschentuch noch immer zwischen den Fingern hatte, kam ihr ein Gedanke, der genauso gut von Tibb hätte stammen können.

Knapp vor dem Kamin blieb sie stehen und putzte sich geräuschvoll die Nase. Ohne aufzusehen – sie hätte ohnehin nicht mehr gewusst, welche der gepuderten, zu stark geschminkten Damen ihr das Tuch gegeben hatte – warf sie das Ding danach direkt ins Feuer.

Ein Grinsen unterdrückend drehte sie sich wieder um und sah mit Befriedigung das Entsetzen in den Gesichtern der Anwesenden. Als sie aber zu Elizabeth blickte, musste sie fast widerwillig zugeben, dass sie von der Gelassenheit der Königin beeindruckt war – diese wirkte mehr amüsiert als beleidigt. Inzwischen hatte sie sich wieder gesetzt und winkte Gráinne nun näher.

»Nun, Grace – ich vermute, Ihr seid nicht ohne ein Anliegen hierhergekommen.«

»In der Tat.«

Aus der Nähe sah Elizabeth noch älter aus. Die Falten bedeckten nicht nur ihr Gesicht, sondern auch ihr – Graínnes Meinung nach unnötig freizügiges – Dekolleté. Die Haare waren tatsächlich eine Perücke, auch wenn Gráinne wusste, dass ihr Gegenüber früher wohl tatsächlich eine solche Haarpracht gehabt haben musste. Doch Gráinne sah nicht nur die englische Eitelkeit in Elizabeth – sie sah auch den stolz erhobenen Kopf, den geraden Rücken, den ungebrochenen Blick und die Sicherheit einer Frau, die sich ihre Stellung erarbeitet hatte und wusste, wozu sie fähig war.

»Meine Söhne und meinen Halbbruder. Euer... *Gouverneur*«, sie spuckte das Wort fast aus, »hat sie in Gewahrsam genommen.«

»Sie sind hier, Grace, und unversehrt.« Die Königin lehnte sich vor, die Hände verschränkt. »Aber wir müssen geradeheraus sprechen, denkt Ihr nicht auch?«

Grace nickte, wartete jedoch ab. Das Knistern des Kamins im

Hintergrund beruhigte sie.

»Ihr seid Piratin, Grace. Ihr unterstützt die irischen Rebellen. Warum sollte ich Eure Familie nicht in meinem Gewahrsam behalten, um Eure Taten dieser Art zu unterbinden?«

Gráinne hob stolz ihr Kinn. »Piratin? Das bin ich wohl. Doch ich ernähre lediglich meine Leute. Ich bin mir sicher, Ihr versteht – Ihr herrscht über England, so wie ich über meine Heimat. Ihr kennt die Versorgungsprobleme, wie wir alle sie kennen. Nun...« Sie warf einen etwas abschätzigen Blick auf die Höflinge um sich herum. »Nun, *wir* beide kennen sie.« Zufrieden bemerkte sie Elizabeths Lächeln und das Erröten einiger Anwesender. Sie breitete die Arme aus. »Soll ich meine Leute verhungern lassen? Und was die Rebellen angeht – Eure Politik geht mich nichts an. Doch Euer *Schoßhund Bingham*«, sie ignorierte das empörte Luftschnappen der Berater, »nun, er lässt mir kaum eine andere Wahl. Er missbraucht die Macht, die Ihr ihm in Connacht gegeben habt und er belästigt mich in *meinem* Land. Wenn ich es nicht besser wüsste, so würde ich meinen, er habe ein Problem damit... eine Frau am Steuer zu sehen.«

Elizabeth hatte aufgehört, zu lächeln.

»Grace, ich muss Euch bitten derlei Formulierungen zu unterlassen. Versucht nicht, mich zu umgarnen.« Sie lehnte sich zurück und bemaß Gráinne mit ihren Blicken. »Doch ich verstehe Eure Lage. Was also schlagt Ihr vor?«

Darauf hatte Gráinne gewartet.

»Ich fordere zweierlei: Meine Familie wird sofort – und ich meine *sofort* – freigelassen. Und Bingham wird seiner Stelle als Gouverneur Connachts enthoben.«

Ein Raunen ging durch den Saal, doch Elizabeth hob die Hand und es wurde sofort wieder still. »Und im Gegenzug?«

»Keine weitere Unterstützung der rebellischen irischen Fürsten. Lasst mich segeln – unter Eurer Flagge.« Sie reckte den Hals und fixierte die Königin. »Ich schlage ein Bündnis vor.« Das *musste* sie einfach sagen. Sie konnte sich nicht unterwerfen. »Ich segle unter Eurer Flagge, doch ich segle. Und wenn Ihr Bingham seines Postens enthebt, so gelobe ich, von heute an und für den Rest meines Lebens...« Sie holte Luft, fühlte die Wärme des Kamins. »Ich werde mein Leben

lang mit Schwert und Feuer all Eure Feinde bekämpfen.«

Stille breitete sich aus. Elizabeth taxierte sie, wie um den Wahrheitsgehalt ihrer Worte an ihrem Gesicht abzulesen. Gráinne blickte sie geradeheraus an. Sie hatte die Wahrheit gesprochen. Die irischen Fürsten bedeuteten ihr nichts – sie waren nur Verbündete gegen Bingham. Wenn Bingham vom Tisch war, so waren diese Bündnisse nicht mehr notwendig. Mit einem Mal fühlte Gráinne sich alt. So, so alt.

Elizabeth hob eine Hand und machte eine schnelle Bewegung. Gráinne runzelte die Stirn, doch sie sah nicht, worauf sie gedeutet hatte. Die englische Königin lächelte wieder – und Gráinne sah, dass einer der Berater verschwunden war.

»Er holt Eure Familie.« Die Monarchin seufzte, doch sie hörte nicht auf, zu lächeln. »Grace, ich mag Euch. Wir sind uns sehr ähnlich, Ihr und ich, auch wenn Ihr es vielleicht nicht sehen könnt. Sir Bingham wird zurückbeordert werden – ich werde Euch noch ein Schreiben senden lassen, das all dies festhält.«

Die Flammen tanzten auf dem Gesicht Elizabeths und in ihren Augen war ein Funkeln, wie es oft auch in Tibbs Blick zu finden war. Gráinne nickte knapp. »Ich werde die drei Tunichtgute draußen erwarten.« Ihr stand der Sinn nicht nach einem langen Hin und Her der höflichen Verabschiedung – und zu ihrer Erleichterung schien auch die Monarchin nicht darauf zu beharren.

Also starrte sie nicht mehr länger in deren Gesicht, von den roten Haaren umrahmt als wären es Tibbs Hände, und wandte sich um.

Sie fühlte sich alt, aber zufrieden.

Und es stimmte – Elizabeth war ihr selbst wirklich nicht so unähnlich.

Zu einer anderen Zeit, an einem anderen Ort, wäre diese Königin wohl selbst Piratin.

1524

Maria Stuart | Königin von Schottland

Herrschaftsblut

Cat Dolcium

Die Glocke der Kirchturmuhr ertönte. Ein tiefer Gong, der sich markerschütternd einen Weg über den Platz suchte. Der erste Schlag ließ die Anwesenden aufschauen. Leere, fahle Gesichter die keinerlei Eigensinn oder Einzigartigkeit erkennen ließen. Sie alle standen da wie Schäflein. Brav und Futter für die Wölfe.

Ich trat in meinem nachtschwarzen Satinkleid auf den Platz. Die auf den Glockenschlag folgende Stille umhüllte die Anwesenden. Keiner traute sich, mir in die Augen zu sehen. Mit langsamen, würdevollen Schritten ging ich dem Podest entgegen. Es erwartete mich, alle erwarteten mich. Nur mein Sohn war nicht da.

Der zweite Schlag drang mir bis in die Knochen. Es war kalt und nebelig. Mein blaues Blut schien zu gefrieren. Die versammelten Menschen hatten die Arme um ihre Körper geschlungen, um die Nässe für einige Zeit fernzuhalten. Hoffnungslos. Früher oder später, irgendwann würde die Nässe durch die ach so feinen Kleider kriechen. Doch was mochte einem die Kälte schon anhaben, wenn man im Herzen erfroren war? Man hatte mir meinen einzigen Sohn entrissen. Er war in Sicherheit, getrennt von seiner Mutter. Ein Kind, das ohne die Liebe seiner Mutter aufwachsen musste. Wie sollte er ein König werden? Der neue, kleine König. Mein kleiner König.

Der dritte Schlag folgte nun, genauso tief wie seine Vorgänger. Die Rosenkränze klapperten an meiner Hüfte. Ich spürte die Empörung. Sie drang von tief in der Menge hervor und stolzierte über den Platz.

Verstanden hatten sie mich noch nie, doch jetzt sahen sie mich. Alle meinten, ich sei das Böse, doch sie würden sich noch wundern.

Ein weiterer Schlag hallte hinter mir her. Ein leiser, einsamer Wind kam auf und strich durch meinen weißen Schleier. Mein Haar war bedeckt. Bedeckt von dem Schleier. Doch von der Perücke darunter wusste niemand. Ich wusste, sie würden sich erschrecken. Jeder hier dachte, es würde schnell vorbei sein. Alle freuten sich schon auf ihre wohlig warmen Häuser. Doch sie würden mit einem Schock zurückkehren. Für niemanden hier würde es einfach so vorbeigehen. Sie würden diesen Morgen nicht vergessen. Das Volk nicht, die Königin nicht, ich nicht. Doch mein Sohn, mein Sohn würde sich an diesen Tag nicht einmal erinnern können.

Der Wind schlich vor dem Nebel davon und hinterließ wieder eine unmenschliche Stille. Ich blickte auf den Weg vor mir. Einen Großteil hatte ich schon geschafft, doch meine Schritte ließen die Anspannung immer weiter steigen. Ich schaute in die Menge.

Schlag fünf donnerte auf mich herab. Sie stand dort, vor dem Podest in der ersten Reihe. Ich dachte, ich könnte sie nicht sehen, weil sie für ihre Opfer nie sichtbar werden würde. Doch diese blutunterlaufenen, rot glühenden Augen und die rabenschwarzen Haare, die hatte nur sie. Der Wind schien sie zu fürchten, ihr Gewand hing vollends still und noch gänzlich unbewegt von ihren Schultern herab. Blut klebte an ihren nackten weißen Füßen. Mein mit schwarzem Samt gesäumtes Kleid war nicht annähernd so schwarz wie ihre Haare. Und diese waren blass, im Vergleich zu ihrer verdorbenen Seele. Sie blickte mich an, jedoch konnte ich nicht deuten, ob ihre Augen mit Verachtung oder Spott erfüllt waren.

Mein Weg schien unendlich, doch mein Ziel war so nah. Ich hatte nur noch wenige Schritte vor mir, wenige Meter bis zu dem Podest. Schwäche stieg in mir auf und ich spürte, dass ich aufzugeben drohte. Ich hatte in der Burg darum gebeten, allein gehen zu dürfen. Ich wollte die Blicke unnützer Waffenträger nicht in meinem Rücken spüren. Nicht an solch einem unvergesslichen Tag. Doch ich hatte noch viel schlimmere Blicke vor mir. Rote, stechende Blicke, von schlitzförmigen schwarzen Pupillen abgefeuert, durchstachen mich. Meine Schritte wurden gebremst, als müsste ich, von einem Speer durchbohrt, immer

weiter gehen. Die Last auf meinen Schultern schien mich in die Knie zu zwingen. Der Speer raubte mir mein Leben. Das genoss sie, denn sie wusste es. Sie wusste, wo mein Sohn war und sie sagte es mir nicht. Ließ mich unwissend, ob es ihm gut ging oder nicht.

Der sechste Schlag brachte die Unruhe. Schloss Fotheringhay bebte. Die Menge war ruhig, doch man konnte die Bewegungen spüren. Ihre Gedanken vereinten sich, schlossen sich zu einem großen Wunsch zusammen und wurden aufgesogen. Aufgesogen von dieser blutrünstigen Bestie. Sie stand da, ruhig und begierig. Einen Tropfen von meinem blauen Blut wollte sie schmecken, das wollte sie schon immer. Doch ich würde ihr diesen Triumph nicht gönnen. Ich, als Königin, Herrscherin und Gebieterin würde mich nicht vor ihr entblößen. Sie wusste das, sie wusste alles. Doch das Volk wusste nichts. Die Schafe umringten brav den Wolf im weißen Pelz. Wie naiv sie doch alle waren.

Der siebte Schlag zerstörte die Ruhe endgültig. Die Leute wurden ungeduldiger. Ich stieg zum Schafott hinauf. Der Richter der Königin, ein unerfahrener Bursche schaute auf den Boden und spielte nervös mit der Axt. Wie lächerlich! Nur ein Gott würde mich richten können. Nicht solch ein Würmchen. Er traute sich nicht einmal meinen hasserfüllten Augen Widerstand zu leisten.

Doch sie traute sich. Sie beobachtete mich. Meine langsamen Bewegungen. Jeder Atemzug, das Abnehmen des Schleiers, alles sah sie und alles sog sie in sich auf. Wie Messer stachen ihre Blicke nach mir. Sie wollte mich fallen sehen, sie hatte dieser unrechtmäßigen Königin, dieser Engländerin, die Worte auf der Zunge platziert. Sie wollte meinen Untergang, doch mein Sohn würde mich rächen.

Schlag acht kam und ich legte meine dunkle Bekleidung neben meinen herabgefallenen Schleier nieder. Ich hatte meine Bekleidung schon immer bewusst gewählt. Auch heute. Den dunkelroten Unterrock, die Farbe des Mutes, der Beweis des Blutes auf unzähligen Schlachtfeldern. Die Farbe des königlichen Blutes. Doch ich war nicht nur eine Königin, ich war eine geborene Adlige. Mein Blut blieb blau. Sie würden mich immer so in Erinnerung behalten. Das würde ihr letztes Bild von mir sein. Und ich wusste, dass es dem Bild einer Königin gerecht wurde.

Ich kniete mich nieder, langsam und bedächtig. Die Luft war von Spannung erfüllt.

Der Boden war kalt, das Schafott hatte sich mit der Feuchtigkeit der Luft verbunden, welche sich nun in meinen roten Unterrock sog. Kalt kroch es an mir hinauf, wie Fesseln schlang sich die Eiseskälte um meine Knöchel, meine Beine. Sie sog sich hinauf zu meinen Armen, meinen Schulter, legte sich genüsslich langsam um meinen Hals.

Der neunte Schlag ließ den Richter das Urteil verkünden. Doch was kümmerten einen schon solche Kleinigkeiten. Er hätte vorlesen können, dass in Schottland Frösche durch die Luft flögen und die Leute hätten es ihm geglaubt. Es wäre Urteil genug. Ich spürte ihre Genugtuung. Sie genoss es, sie spürte meinen Herzschlag, mein blaues Blut, wie es durch meine kalten Adern schoss. Sie wollte es spüren, spüren wie mein Herz seinen letzten Schlag tat. Und sie würde es spüren. Sie würde spüren, wie die Macht auf jemand anderen überging, auf meinen Sohn, mein Fleisch und Blut. Das würde ihr nicht gefallen, doch ihre Wut, die würde ich nicht mehr spüren. Denn ich, Maria Stuart, rechtmäßige Königin von Schottland, würde unsterblich sein. Ich würde Geschichte geschrieben haben.

Die Schritte donnerten über das Schafott, als der Scharfrichter neben mich trat. Ich spürte, wie er seine Arme hob. Die Sekunden verstrichen langsam, zogen an mir vorbei wie Schiffe, die ihren Heimathafen verließen, im Bewusstsein, dass sie nicht wiederkehren würden. Ich schaute ihnen hinterher und sah, wie meine Sekunden von den roten Augen aufgesogen wurden. Ich sah ihr Lächeln und ihre messerscharfen Zähne hinter den schwarzen Lippen. Ihr Blut war so schwarz, schwarz wie ihre Seele.

Der Turm setzte zum zehnten Schlag an, ich spürte den Schwung der Glocke in der Luft. Spürte, wie alle aufschauten. Spürte, wie die Axt herabeilte und dachte daran, wie der Henker versuchen würde, meinen Kopf voller Triumpf hochzuheben. Nur meine Perücke würde auf die Menge herabblicken. Meinen Kopf, den würde er nicht bekommen. Und den zehnten Schlag, den hörte ich nicht mehr.

1601

Anna von Österreich | Erzherzogin von Österreich

Wenn ich sprechen könnte ...

Andrea Bienek

Ich bin nur ein einfältiger alter Vogel, der in seinem viel zu langen Leben viel zu viel gesehen und zu wenig gelernt hat. Mein Herz gab ich hin, als ich fast noch ein Küken war. Doch meine große Liebe ist nicht mehr, ich bin allein und alles, was mir geblieben ist, sind die Erinnerungen an ihre Qualen während ihres Strebens nach Glück. Hat sie es schlussendlich gefunden? Ich habe ihr diese Frage nie stellen können. Und auch wenn ich immer bei ihr war, in ihren dunkelsten, wie in den Sternstunden, so finde ich keine Antwort darauf.

Anna. Sie liebte es, wenn ich mit krächzender Stimme ihren Namen sagte. Rief ich sie, antwortete sie stets mit einem Lächeln. Anna. Die Erzherzogin von Österreich, die mich mit nach Frankreich genommen hatte, als ich kaum flügge war. Wir waren unzertrennlich, bis zu ihrem qualvollen Tod. Ich war es, dem ihr letztes Lächeln galt.

Sie war so hold und schön, als sie sich mit dem gleichaltrigen Ludwig XIII. vermählte, den ich übrigens nie leiden konnte. Es war ihre Pflicht gewesen, ihn zu heiraten, eine Wahl hatte sie nicht. Der König von Frankreich hatte ein Herz, so kalt und beständig wie Schnee. Statt sich um seine Frau und deren Wohlergehen zu sorgen, kümmerte er sich nur um sich und seine Lust. Anna war zumeist allein. Nun, nicht ganz. Ich war ja da.

Jahre der Angst und Verzweiflung musste sie durchleiden. Doch den Teufelskreis, dem sie anheimfiel, hatte sie selbst beschworen. Ihre größte Sorge galt ihrer Stellung. Um nicht vom Hof verstoßen zu werden, bedurfte es nur wenig: eines Stammhalters. Und genau diesen zu zeugen war Ludwig nicht in der Lage. Anna musste sich etwas einfallen lassen und entschloss sich zu einem Pakt mit dem Ungewissen. Dieses Ungewisse wucherte in ihrer Brust wie ein Geschwür – und dieses Geschwür war es schließlich, das sie dahinraffte. Mit stoischer Ruhe nahm sie den schleichenden Tod an. Oft hörte ich sie sagen: *Dies ist meine Strafe, von Gott und der Jungfrau Maria gesandt, um mich für meine Sünden büßen zu lassen.* Ich habe nie verstanden, was sie damit meinte.

Wie gern würde ich jemandem von ihr erzählen. Es muss doch einen Menschen geben, der die Wahrheit wissen will! Doch selbst wenn ich Gehör fände, es fehlte mir an Worten. Ich bin nur ein einfältiger alter Vogel, der in seinem viel zu langen Leben, zu viel gesehen und zu wenig gelernt hat.

Meine Anna gebar schließlich drei gesunde Söhne. Einer ist regierender König von Frankreich, der zweite ein Feldherr, der – wie einst sein Vater – Männer liebt, und der dritte trägt seit Neuestem eine eiserne Maske.

Kurz nach Annas Hochzeit mit diesem kaltschnäuzigen Stotterer, der seine Mutter regieren ließ, anstatt es selbst zu tun, hatte ihr Leidensweg begonnen. Wie es sich geziemte, sann Anna darauf, möglichst rasch einen Stammhalter zur Welt zu bringen. Sie wollte aber nicht nur einen Thronfolger, sondern auch etwas Wärme in ihrem hochherrschaftlichen Leben. Zwar hatte sie ihre Mutter längst verloren, trotzdem wuchs sie im Kreise einer liebevollen Familie auf – etwas, das sie bei Hofe schmerzlich vermisste. Ich glaube, dieser unsensible Klotz von einem Gatten wusste nicht einmal, was Liebe war. Nun, kein Wunder bei der Verwandtschaft.

Ich konnte sehen, wie sie des Nachts in ihre Kissen biss, wenn er bei ihr war. Wie sie in Erfüllung ihrer Pflicht den Schmerz zu verdrängen suchte, den er ihr zufügte.

Sie wurde nicht belohnt.

Eines Tages saßen wir beide an dem großen Fenster ihres Gemachs und schauten in das satte Grün der königlichen Gärten. Die Sonne strahlte, meine Anna nicht. Unter Tränen berichtete sie mir, ihr ungeborenes Kind verloren zu haben. Ich weiß zwar nicht, wie es dazu gekommen war, aber ihre Trauer traf mich bis tief ins Herz. Zärtlich

rieb ich ihre Wange und krächzte ihren Namen. Da lächelte sie und es schien ihr besser zu gehen.

Bis zur nächsten Fehlgeburt.

Diesmal kam sie nicht zu mir ans Fenster. Zusammengekrümmt und ohne Unterlass schluchzend lag sie in ihrem Bett. Eine gewaltige Schlafstatt, die, von roten Vorhängen umsäumt, fast die Hälfte ihres Gemachs einnahm. Die Einrichtung war prächtig, mit dicken Teppichen an den Wänden und kunstvoll verzierten Truhen mit goldenen Beschlägen. Auch gab es einen Kamin, der für wohlige Wärme sorgte, und einen zierlichen Spiegeltisch, auf dem sich Schmuck, Schminke und steife schneeweiße Halskrausen aus feinster Spitze türmten. Doch all das interessierte sie nicht. Anna wollte ein Kind. Etwas zum liebhaben, einen Thronfolger. Nun war ihr Traum erneut zerbrochen. Eine neben ihr kauernde Zofe tätschelte ihr schüchtern das Haar, doch meine Königin blieb untröstlich.

Auch diesmal krächzte ich ihren Namen. Zögernd hob sie den Kopf. Das sonst schneeweiße Gesicht war gerötet, die Augen geschwollen. Unsere Blicke trafen sich und ... sie lächelte.

Es war das letzte Lächeln des Sommers.

Anna wurde immer stiller, in sich gekehrter. Fürchterlich abgemagert war sie alsbald nur noch ein Schatten ihrer selbst. Ihr ehrpusseliger Gatte wandte sich nun häufiger seinen Günstlingen zu. Das verletzte sie furchtbar. All ihre Hoffnungen zersprangen wie Glas und schnitten tiefe Wunden in die empfindsame Seele.

Noch bevor der Winter vergangen war, verbrachte Anna mehr Zeit in ihrem Gemach, als sie ihre Pflichten als Königin wahrnahm. Ich betrachtete das mit gemischten Gefühlen. Einerseits war ich froh, sie um mich zu haben, andererseits war ihr Leiden mit ansehen zu müssen, mehr als ich ertragen konnte.

Ihre Kammerzofe, die Annas einzige menschliche Vertraute war, sorgte sich gleichfalls. Eines Nachts eilte sie in das Gemach der Königin, weil sie deren Weinen bis über den Flur hören konnte. Anna war außer sich und als die Zofe neuerlich ihre Anteilnahme bekundete, schrie die Königin sie an, dass sie nicht mitfühlen könne, wie es ihr ginge, da die Zofe zwei gesunde Söhne habe. Das traf die Zofe zutiefst und sie wusste sich nicht anders zu helfen, als ihrer

Königin ihr größtes Geheimnis zu offenbaren. Sie erzählte Anna von ihrer Tante, einer Hexe.

Da ich nur ein einfältiger Vogel bin, habe ich schon damals nicht verstanden, warum Anna die Hexe kurz darauf zu sich rief. Wenn ich daran denke, wie dieses schrullige Weib meine Anna anpackte - eine *Untersuchung* nannte sie das! Am Ende dieses höchst peinlichen Verfahrens, bei dem die Alte ihre Finger in alle Körperöffnungen steckte, Annas Urin probierte und die makellose Haut mit rotblauen Flecken verunzierte, verkündete die Hexe schließlich, dass nicht die Königin der Grund für die Abgänge war, sondern ihr sauberer Gatte. Was ich als gute Nachricht empfand, trieb Anna in den Nervenzusammenbruch.

Kein Wunder, dass sie der Hexe unseligen Rat annahm und mit ihr und der Zofe eine Séance abhielt.

Noch heute möchte ich den gesamten Hofstaat zusammenschreien, wenn ich daran zurückdenke. Hätte ich es damals doch getan! So Vieles wäre meiner Königin erspart geblieben. Als wäre es gestern gewesen, sehe ich sie vor mir, wie sie auf den blanken Dielen sitzen und sich an den Händen halten. Alle drei haben die Augen geschlossen, in ihrer Mitte rauchen fünf Kerzen, die auf den Ecken eines mit Kreide gemalten Sterns stehen. Die Hexe murmelt Worte, die ich nicht verstehe. Immer die gleichen. Einen monotonen Singsang. Es dauert eine gefühlte Ewigkeit, bis sich endlich etwas tut. Anna rutscht bereits unruhig hin und her. Sie ist es nicht gewohnt, derart lange auf einem harten Untergrund auszuharren, das missfällt ihrem königlichen Popo. Gerade denke ich, sie wird die Séance abbrechen, da schält sich eine durchsichtige Gestalt aus der Dunkelheit. Eine Weile schwebt sie über den Köpfen der Frauen und nimmt an Dichte zu. Dabei strahlt sie ein seltsames Leuchten aus. Ein silbriges Schimmern, das einen Teil der Umgebung erhellt, wie ein durchs Fenster scheinender Mond.

Vermutlich wähnt sich die Gestalt unentdeckt. Ich bin ja nur ein unbedeutender Vogel, mir schenkt sie keinerlei Beachtung. Als ich sehe, wie sie sich zum wiederholten Male in die Köpfe der Frauen senkt, gebe ich ein zurückhaltendes Krächzen von mir.

Die Hexe schaut als Erste auf.

Sofort reißt sie ihre Hände zurück und murmelt andere Worte, wird lauter, grollender.

Nun öffnen auch die anderen die Augen.

Die Zofe weicht mit einem Aufschrei zurück, Anna blinzelt irritiert. Genau wie ich versteht sie nicht, was die beiden so in Aufregung versetzt.

Dann vernehme ich die Stimme der Gestalt. Sie klingt sanft und schmeichelnd, erinnert mich an warmes, duftendes Wasser in einem Badebassin.

»Anna Maria Mauricia von Spanien, ich freue mich, Eure Bekanntschaft zu machen.«

»Weiche, du elender Geist einer verdammten Kreatur!«, speit die Hexe der Gestalt entgegen. »Weiche, oder ich banne dich! Auf ewig wirst du in der Hölle schmoren! Wie kannst du es wagen, dich zu zeigen? Du wurdest nicht gerufen. Hinfort! Ich wünsche zu sehen, wen ich beschwor – du warst es nicht. Sei verflucht für jetzt und immerdar!« Weitere Beschimpfungen folgen.

Der Geist beachtet sie nicht, schwebt direkt vor Annas Antlitz und lässt sich langsam nieder.

Die Zofe schlägt sich die Hände vors Gesicht und beginnt zu jammern. Sie zittert am ganzen Körper.

»Ich spüre Eure Traurigkeit, ehrenwerte Königin. Daher bin ich gekommen, Euch zu helfen.«

»Deine Hilfe ist unerwünscht!«, schnappt die Hexe. Sie nimmt eine Kerze und wirft sie dem Geist an den Kopf. Zumindest will sie das. Die Kerze fliegt widerstandslos durch ihn hindurch.

»Wie möchtest du mir helfen?«, haucht Anna.

»Hört nicht auf ihn, Königin!«, ereifert sich die Hexe. »Er ist das Böse, alles was er Euch geben kann, sind Kummer und Pein!«

»Ist das wahr?«

Noch immer beachtet der Geist die Hexe nicht. »Die Menschen fürchten seit jeher das, was sie nicht begreifen können, Madame«, säuselt er mit sonorer Stimme. »Ihr wollt einen Sohn – ich kann Euch geben, wonach Ihr so sehnsüchtig verlangt.«

Die Augen der Königin werden groß.

»Er wird Euch alles versprechen, hört nicht auf ihn!«, kreischt die Hexe.

»Ich bin ein Taltos, Madame. Wisst Ihr, was das ist?«

Zaghaft schüttelt Anna den Kopf. Eine Strähne löst sich aus ihrem dicken Zopf. Sie hebt die Hand und streicht sie hinter das Ohr. Wie wunderschön sie aussieht in diesem geisterhaften Licht.

»Wir sind Wesen, so alt wie die Erde selbst. Uns gab es schon, bevor die ersten Menschen sie bevölkerten. Einst wurden wir als Götter angebetet ...«

»Bevor wir euch als das entlarvten, was ihr wirklich seid: Dämonen!«

»... und unsere Macht der Heilung war in aller Welt bekannt. Möchtet Ihr meine weltliche Gestalt sehen, Madame?«

Madames Mund steht offen. Sichtlich verlegen schließt sie ihn, senkt die Lider. Die verrutschte Haarsträhne klemmt noch immer hinter dem Ohr, trotzdem streicht sie sie erneut zurück. Anna schluckt, hebt den Blick und nickt.

Der Geist steht auf. Nein, er schwebt in die Höhe und streckt sich. Die Beine werden länger und schlanker, auch die Arme, ja selbst die Finger verlängern sich, werden feingliedrig und zart wie die Zweige eines Busches. Sein Kopf hingegen wird größer und rund, wie der eines Säuglings. Aus großen Kulleraugen schaut er Anna an – und lächelt.

»Sieht so ein Dämon aus?«

»Nein«, haucht Anna. »Nur ein Engel.«

Ein spitzer Schrei ertönt aus der dunklen Ecke, in die sich die Zofe verkrochen hat. »Es gibt einen Grund, warum die Taltos nicht mehr sind, meine Königin«, ruft sie. »Sie streben danach, sich uns einzuverleiben, unsere gesamte Art auszulöschen!«

Langsam dreht sich der Geist zu der Zofe um und nähert sich ihr in gemäßigtem Tempo. Schützend hält sie sich einen Arm vors Gesicht, presst den Leib an die Wand.

»Das ist reine Torheit! Wir lebten im friedlichen Miteinander. Waren eure Diener, heilten euch, sprachen zu den Tieren. Für euch – und wie habt ihr es uns gedankt? Die Menschen schändeten unsere Frauen, bis sie durch euren Samen unfruchtbar wurden, und verfolgten die Männer, um mit den Gebeinen eure Felder zu düngen. Wer, frage ich dich, wer hat hier wen ausgelöscht?« Seine Stimme klingt anklagend und traurig zugleich.

»Der Duft eurer Frauen raubte unseren Männern die Sinne, machte sie zu primitivem Gesinde, das nur noch dem Trieb zu folgen in der Lage war und du weißt das«, schaltet sich die Hexe ein. »Darin habt ihr doch euren Vorteil gesehen! Wir waren Störenfriede für euch. Friedliches Miteinander, pah! Ihr wusstet, dass eure Frauen den menschlichen Samen nicht vertragen und habt nichts dagegen getan. Diesen Preis habt ihr billigend in Kauf genommen, denn solange unsere Männer durch eure Weibchen abgelenkt waren, konntet ihr uns unsere kleinen Kinder nehmen, um sie zu euresgleichen zu verwandeln.«

»Wie sonst hätten wir überleben sollen?«

»Indem ihr bei euresgleichen geblieben wärt.«

»Ihr habt uns verfolgt und gemordet, weil euer Vieh lieber bei uns verweilte. So wie ihr es behandelt habt, war das kein Wunder!«

»Es ist Nutzvieh, wir *leben* davon!«

»Ihr *tötet* es!«

»Wovon ernährt ihr euch?«, fragt Anna in das Wortgefecht hinein.

Der Geist fährt herum. »Vom Licht der Sonne und allem, was sie erwachsen lässt. Selten auch von Tieren. Doch wir fragen sie vorher um Erlaubnis. Die Menschen hingegen nehmen sich einfach was ihnen gefällt.« Den Kopf gereckt, stemmt er die Hände in die Hüften. Sieht närrisch aus, denn sie verschwinden halb in seinem Leib. »Es ist ihnen gleichgültig, was sie Mutter Natur und allem, was sie hervorbringt, antun.«

»Warum willst du mir helfen?« Eine schlichte Frage. Sie erstickt alle Proteste im Keim. Ein jeder Blick ist auf den Geist gerichtet.

»Weil ich sehe, dass Ihr anders seid, Madame«, sagt er ruhig und senkt sich wieder zu ihr auf den Boden herab. »In Euch sehe ich eine große Königin. Ihr habt das Herz am rechten Fleck. Ich bin mir sicher, Ihr werdet Eure Kinder weise erziehen, zu pflichtbewussten und gerechten Herrschern. Lasst uns einen Pakt schließen und ich schwöre, so wird es geschehen.«

Es ist derartig still im Raum, eine zu Boden schwebende Feder wäre Getöse. Ich glaube, sie alle halten den Atem an. Sogar der Geist. Obwohl ich bezweifle, dass er das Luftholen nötig hat. Ich finde ihn unheimlich. Aber, was er erzählt, leuchtet mir ein. Ich kenne die Menschen nicht anders. Sie nehmen sich, was sie wollen – ohne zu fragen.

Meine Mutter nahmen sie auch einfach mit. Als exotische Schönheit, die sie war, wurde sie gefesselt, eingepfercht und verschifft. Als ich das Licht der Welt erblickte, lag sie tot und steif neben mir, gefangen in einem Netz. Noch bevor ich wusste, was geschah, wurde ich grob gepackt und in einen Sack gesteckt. Geöffnet hat ihn meine Anna. Sie päppelte mich auf und gab meinem Leben einen Sinn. Beim Anblick ihres Lächelns ging für mich die Sonne auf. Ach, Anna.

Diesen Pakt hättest du nicht eingehen dürfen. Auch du hättest Zweifel haben müssen. Zum einen war da die Furcht von Zofe und Hexe, die offenbar genau wussten, wen sie vor sich hatten, zum anderen erschien er zu glatt. Sein Aussehen und auch der Klang seiner Stimme. Selbst du wiesest bei all deiner Schönheit liebenswerte Fehler auf. Mir erschien das nur natürlich. Warum dir nicht?

Wieder sehe ich meine Anna, sie schaut ihn wie verzaubert an. Ihre Wangen sind gerötet, die Augen glasig und die Lippen leicht geöffnet. Sie blickt zu ihm auf, als wäre er ein wahr gewordener Traum.

»Anna«, krächze ich. »Anna, Anna!« Ich will sie ablenken, sie zurück in die Wirklichkeit holen.

Nur kurz wendet sie mir ihr verträumt lächelndes Gesicht zu, schon versinkt sie wieder in seinem Blick.

»Wie lauten die Bedingungen des Paktes?«, fragt sie mit rauer Stimme.

Die beiden anderen Frauen protestieren.

Eine Zornesfalte bildet sich zwischen Annas Brauen. Energisch gebietet sie ihnen, zu schweigen. »Ich will es hören«, setzt sie leiser hinzu.

»Ich möchte ins Fleisch«, flüstert der Taltos beschwörend. »Verleih mir eine irdische Gestalt und ich werde deinen König heilen, auf dass du so viele Nachkommen von ihm hervorbringst, wie es dir beliebt.«

»Nein!«, kreischt die Zofe. »Ihr dürft nicht einmal darüber nachdenken, Majestät!«

Im selben Moment erglühen kleine bunte Funken in der durchscheinenden Gestalt des Geistes. Die Hexe hat etwas aus einem kleinen Ledersäckchen geholt, das an ihrem Gürtel hängt. Es sind magische Kräuter, die sie in das wirft, was der Leib des Taltos ist, während sie grollend unbekannte Worte hervorstößt.

Der Geist zuckt zusammen, die restlichen Kerzen flackern, eine erlischt. Über die Wände zucken dunkle Schatten. Ein Stöhnen schwingt durch den Raum. Es stammt nicht von den Frauen.

»Haltet ein!«, befiehlt Anna der Hexe. Die Alte setzt zum Widerspruch an. »Entfernt euch, jetzt gleich. Alle beide! Ich wünsche allein zu sein.«

»Aber ... aber meine Königin ...«

»Hinfort!«

Die beiden Frauen sehen einander hilflos an, knicksen halb und tun wie befohlen. Die Zofe ist leichenblass und kurz vor der Ohnmacht, die Hexe bebt vor Wut.

Während meine Königin den beiden bitterböse Blicke hinterherwirft, sehe ich das breite Grinsen auf dem Gesicht des Taltos.

Ich brauche nicht zu erwähnen, dass Anna den Pakt einging und somit ihr Schicksal besiegelte, nicht wahr? Sie verhalf dem Geist ins Fleisch - was ihr eine neuerliche Fehlgeburt einbrachte.

Nur diesmal wusste sie, dass es so kommen würde. Das war Teil der Abmachung.

Der Taltos bestimmte eine besondere Nacht für den Beischlaf mit Ludwig und kurze Zeit später rundete sich Annas Leib. Ihre Schwangerschaft schritt schneller voran als dic Male davor. Viel schneller.

Je mehr sie an Fülle zulegte, desto heiterer wurde ihre Miene. Ihre Gesichtszüge weichten auf, die Augen glänzten wie schon lange nicht mehr und ihre Hände waren damit beschäftigt, den Bauch zu streicheln. Anna war glücklich. Sie ahnte nicht, welch Grauen sie erwartete.

Niemand am Hofe schien am ungewöhnlichen Tempo ihrer Schwangerschaft Anstoß zu nehmen, nicht einmal ihr Gatte. Nur die Zofe und ihre Hexentante beäugten Anna misstrauisch. Ich war froh, dass sie bei ihr blieben, egal wie oft sie sie fortscheuchte.

Dann, ich zählte drei volle Monde, kam sie von Krämpfen geschüttelt in ihr Gemach gewankt. Selbst ein einfältiger Vogel wie ich verstand, sie kam nieder. Auch wenn ihr Leib noch längst nicht so gerundet war, wie es zu einer Geburt hätte sein sollen.

Nach ihrer Zofe brauchte Anna nicht zu schicken, sie war ihr seit Tagen nicht mehr von der Seite gewichen, nächtigte sogar auf dem Boden vor dem Kamin. Nicht einmal die zornigsten Anweisungen hielten sie davon ab.

Ich weiß nicht, wie die Hexe davon erfuhr, sie war jedenfalls innerhalb von fünf Krämpfen da.

Anna muss Höllenqualen ausgestanden haben, doch ihr Gesicht strahlte. »Es ist soweit, er kommt«, flüsterte sie in einem fort.

Dann ging alles sehr schnell. Kaum waren ihre Beine angestellt, glitt das kleine Wesen auch schon heraus. Es sah wie ein ganz normaler Säugling aus. Klein, runzlig und mit zartem blonden Flaum auf dem Köpfchen.

Anna hob es liebevoll auf den Arm, betrachtete ihren Sohn genau. Sie zählte seine Finger nach, die Zehen und betrachtete sein Gesicht. In ihren Augen glitzerten Tränen und sie lächelte glücklich.

»Eustache«, flüsterte sie. »Das soll dein Name sein.«

Ein winziges Glucksen, gefolgt von einem Schmatzen entschlüpfte dem rosa Mündchen.

»Er hat Hunger«, erklärte die Zofe. Sie lächelte nicht. Überhaupt beäugte sie das Kind kritisch, tauschte fortwährend grimmige Blicke mit der Hexe aus, die am Fußende des Bettes stand und mit starrem Blick Beschwörungsformeln murmelte.

»Du hast recht«, stimmte Anna zu und blickte die Zofe freudestrahlend an. Sie entblößte ihre Brust und legte den Kleinen an.

Während dieses intimen Augenblicks, da ihr Sohn schmatzend seine erste Mahlzeit zu sich nahm und sie einander in die Augen schauten, herrschte so etwas wie friedliche Stille. Selbst die Hexe schwieg.

Ein Funken Hoffnung keimte in mir auf. Waren meine Bedenken am Ende umsonst gewesen? Jäh wurde ich eines Besseren belehrt.

Der Säugling ließ die Brustwarze los, legte den Kopf schräg und sagte: »Mama.« Deutlich zu verstehen.

Annas Augen weiteten sich. Und nicht nur ihre. Auch die der Zofe und der Hexe. Letztere fing sofort wieder an, Beschwörungsformeln herunterzubeten.

Nun folgte, was keiner von uns je würde vergessen können: Das Kind wuchs.

Die runzlige Haut wurde glatt wie Marmor, der Babyspeck verschwand. Noch während es in den Armen seiner Mutter lag, legte es an Länge zu. Anna begann zu schreien. Vor Entsetzen krochen ihr beinah die Augen aus den Höhlen. Die Zofe warf sich die Hände vor

den Mund und wich aufstöhnend zurück. Das Murmeln der Hexe schwoll zum Brüllen an.

Das Kind wuchs mit schwindelerregender Geschwindigkeit. Von Panik erfasst, warf Anna es zum Fußende und trat hektisch nach ihm. Die Hexe sprang einige Schritte zurück und griff in ihren Lederbeutel, während die Zofe betend zu Boden sank und die Jungfrau Maria um Gnade anflehte.

Doch es war zu spät. Nichts und niemand konnte die Kreatur mehr aufhalten.

Die magischen Kräuter der Hexe fielen wie schnödes Gewürz auf die samtene Bettdecke, aus der sich ungelenk ein dürrer Knabe zu befreien suchte.

Anna trat weiter auf ihn ein.

»Maman«, flehte das Kind. »Maman, haltet ein! Ich liebe Euch, ich brauche Euch, so seid doch bitte nicht so grob mit mir.«

Doch sie suchte nur, ihre Blößen zu bedecken, schaute sich mit wildem Blick im Gemach um, stets zurückkehrend auf das, was sie soeben geboren hatte.

»Du ... du bist der Teufel!«, schrie sie mit heiserer Stimme. »Bei Gott, was habe ich nur getan?«

»Wie könnt Ihr so etwas sagen, Maman? Gefalle ich Euch etwa nicht?« Umständlich erhob er sich vom Bett. Nackt, wie Gott ihn schuf, mit dem Körper eines schlaksigen Jünglings stand er da, die Arme neben dem Körper baumelnd, und blickte sie hilflos an. »Als ich mich Euch als Geist zeigte, nanntet Ihr mich einen Engel!«

Wer Vorwurf in seiner Stimme erwartet hätte, der irrt. Er sprach sanft zu Anna, voller Liebe und verletzlicher Sehnsucht.

Inzwischen war auch Anna vom Bett gesprungen. Sie hastete durch das Gemach und öffnete eine der Truhen. Mit zitternden Fingern durchwühlte sie den Inhalt. Stoffe flogen durch die Luft, gefolgt von irdenem Geschirr, das klirrend auf dem Boden zerbrach. Scheppernd folgten einige Kupfertöpfe. Dann wirbelte sie herum. In ihren bebenden Händen hielt sie einen mit Edelsteinen verzierten Dolch.

»Ich werde meine Sünde ungeschehen machen«, stieß sie hervor und sprang auf den Jüngling zu. Dieser brachte sich geschickt außer Reichweite.

Tänzelnd umkreiste er sie, während Anna ihn hektisch zu treffen versuchte. Immer wieder stieß sie mit dem Dolch vor.

»So hört doch auf damit, Maman«, jammerte er. »Ich bin Eustache, Euer eigen Fleisch und Blut!«

»Dich hat mir der Teufel in den Leib gesetzt. Die heilige Jungfrau soll mich strafen, wenn ich dich nicht vom Angesicht der Erde tilge, bevor ein Mensch zu Schaden kommt«, keuchte Anna und stieß wieder zu. Geschickt sprang Eustache zur Seite. Hinter ihm hockte die betende Zofe. Unaufhaltsam bohrte sich der Dolch in ihre Brust. Mit schreckensweiten Augen schaute sie zuerst zu Anna und dann an sich herunter. Das Blut troff bereits pulsierend aus der Wunde, der Dolch steckte bis zum Schaft im Fleisch. Mit einem Aufschrei ließ Anna den Griff los und taumelte rückwärts.

Die Zofe hob den Blick wieder und sah Anna mit offenem Mund an. Dann sackte ihr Oberkörper zur Seite. Ein letztes Seufzen kam über ihre Lippen, sie ward dahin.

Sogleich warf sich die Hexe neben ihrer toten Nichte auf die Knie. »Verflucht sollst du sein, Anna von Österreich! Du hast zwei unschuldigen Kindern die Mutter genommen! Möge dich die Strafe der Götter treffen.« Dann packte sie den leblosen Körper, wuchtete ihn sich über die Schulter und schritt von dannen. Ich frage mich bis heute, woher sie die Kraft nahm.

Kaum waren die beiden fort, suchte Anna erneut nach einer Waffe.

»Ich bin bereit, meinen Teil des Paktes auszuführen, Maman.«

»Hör auf, mich so zu nennen, Dämon.«

»Ihr habt mir einen Namen gegeben.«

»Der Teufel braucht keinen Namen.«

»Ich bin Euer Sohn!«

Diesmal förderte sie ein Kurzschwert zutage. Ohne sich umzudrehen stach sie blind nach hinten, in der Hoffnung er stünde dort. Was nicht der Fall war.

Wieder umkreisten sie einander.

»Ich sehe, wir kommen nicht voran«, seufzte er schließlich. »Ihr seid zu aufgebracht, ich werde Euch Zeit zur Mäßigung geben. So sagt mir nur, wann ihr die Zeugung Eures Thronfolgers wünscht, ich werde zur Stelle sein.«

»Der Pakt ist hinfällig. Ich werde dein Antlitz von der Erde tilgen!«, fauchte Anna. Sie war wie von Sinnen. So hatte ich sie nie zuvor erlebt. Merkte sie nicht, dass sie ihn nicht würde töten können?

Eustache schien von diesem Tanz genug zu haben. Mit einem Satz war er bei ihr, hielt ihre Hände am Schwertknauf fest und zog sie dicht an sich.

Beinah zärtlich raunte er ihr ins Ohr: »Bei meiner Liebe zu Euch, Maman, ich werde kommen, wenn ihr mich ruft. Ich werde Euch hören. Solltet Ihr auch niemals den Pakt zu vollenden wünschen, so werde ich stets bereit sein, meinen Teil zu erfüllen. Das schwöre ich Euch bei meinem Leben.«

»Das hier und jetzt endet!«, stieß sie hervor und riss das Schwert zwischen ihnen von unten nach oben. Die scharfe Klinge schlitzte Eustachs Bauch auf, Blut quoll hervor.

Statt aufzuschreien und wegzulaufen, seufzte er nur. Ruhig betrachtete er seine Wunde, dann blickte er Anna an. In ihren Augen glitzerte kalt der Triumph.

»Ach, Maman«, murmelte Eustache und lockerte seinen Griff. »Das bringt doch nichts.«

Der Triumph verwandelte sich in blankes Entsetzen, als er sie losließ und sich mit der flachen Hand über den Bauch strich, das Blut verschmierte, und die Wunde schloss. Von einem Moment auf den anderen war die Haut geheilt und spannte sich glatt über die noch jungenhaften Muskeln. Was blieb, waren die Spuren des Blutes.

Von Grauen geschüttelt wich Anna zurück. Das Schwert glitt ihr aus den Händen, fiel scheppernd zu Boden. »Das ... das ist doch unmöglich«, stammelte sie. »Teufelswerk ...«

»Nein, Maman. Ich sagte Euch bereits, ich bin ein Taltos. Wir verfügen über die Gabe der Heilung. Und das ist es, was ich an meinem Vater wirken werde, sobald Ihr Euch entschließt, mich meinen Teil des Paktes einhalten zu lassen.«

Aus Annas Mund drangen unverständliche Worte. Ich vermute, sie wusste selbst nicht, was sie sagte. Weiter und immer weiter wich sie vor Eustache zurück, bis sie unsanft gegen die Wand prallte. Ihr Blick war auf seinen Bauch geheftet, als wäre er dort festgewachsen.

Noch einmal beteuerte Eustache seine Liebe und Treue, doch ich bin mir sicher, sie hörte es nicht. Zu tief saß der Schock.

Dann ging er.

Viele Jahre der Verbitterung folgten. Anna fürchtete mit Recht um ihre Stellung bei Hofe. Nach dieser neuerlichen Fehlgeburt – von der nur sie, ich und die Hexe wussten, dass es keine war – strafte ihr Gatte sie mit Nichtachtung. Während er sich nun ausschließlich mit seinen Günstlingen vergnügte, wurden Anna Affären angedichtet. Ich weiß aber, sie hatte keine. Es war der Wunsch nach Gesellschaft, nach einfachem Vergessen, der sie dazu brachte, sich mit manch einem öfter zu treffen, als es sich ziemte.

Fast zwei Jahrzehnte vergingen. Inzwischen gebot nicht mehr die Königsmutter über den Monarchen, sondern ein Kardinal. Ludwig XIII. und Richelieu waren Anna ein verhasstes Gespann. Der Pfaffe machte keinen Hehl daraus, dass eine kinderlose Königin nichts am Hofe zu suchen hatte. Anna musste etwas tun.

Eines Abends entzündete sie eine Kerze, setzte sich auf den Boden und ... rief nach Eustache.

Das war durchaus nicht unbegründet. So sehr Anna sich auch vor ihm fürchtete, die Erinnerung daran, wie liebreizend sie ihn als Säugling fand, milderte ihre Angst. Sie sprach sogar von Zuneigung und Muttergefühlen. Ich gebe zu, ich verstand sie nicht. Sie hatte ihn töten wollen und heute war sie geneigt, ihm zu vertrauen? Nun, ein einfältiger, und inzwischen auch alter Vogel, wie ich es war, musste das wohl nicht begreifen.

Eustache hielt Wort. Er arrangierte eine Begegnung zwei Tage nach Vollmond, am 5. Dezember 1637. Nachdem Anna ihren Gatten mit gewürztem Wein trunken und gefügig gemacht hatte, tat der Taltos sein Werk, ohne dass der König es merkte. Danach verschwand Eustache - und blieb es auch. Neun Monate später gebar Anna einen gesunden Sohn. Ludwig XIV., der heute als *Sonnenkönig* bekannt ist. Zwei Jahre später folgte Philipp, aus dem ein Männer bevorzugender Feldherr wurde.

Der Thronfolger wuchs heran und eine neue Sorge beschwerte das Herz meiner Königin: Ludwig sah Eustache zum Verwechseln ähnlich. Zwar war er nicht so groß wie sein geheimnisvoller Bruder,

und auch nicht von der schlanken Statur Eustachs als Jüngling, doch glichen sie sich im Antlitz wie ein Ei dem anderen. Später sagte man dem König nach, er wäre furchtlos dem Tode gegenüber und genese schnell nach Verletzungen. Anna wurde von Alpträumen geplagt, in denen Eustache ihrem geliebten Stammhalter den Thron entzog.

Bis zu ihrem Tod behielt sie das Geheimnis um jene Nacht für sich. Kurz bevor sie starb, wandte sie sich an mich und fragte: »Gustave, mein graugefiederter alter Freund, sag mir, soll ich Ludwig die Wahrheit sagen?«

»Anna«, krächzte ich, während ich meinen Kopf senkrecht auf und ab zucken ließ, wie es uns Papageien zu eigen ist.

Sie lächelte ihr wundervolles Lächeln und flüsterte: »So sei es.«

Wenige Tage später ging sie von mir. Drei Jahre darauf hörte ich von einem Mann, der vom König gefangen genommen worden war und auf dessen Haupt man eine eiserne Maske befestigt hatte. Niemand sollte ihn erkennen. Niemals. Es gab wilde Spekulationen ob seiner Identität. Doch keiner wusste, was ich weiß. Und ich kann es nicht erzählen. Mir fehlen schlicht die Worte. Ich bin eben nur ein einfältiger alter Vogel, der in seinem viel zu langen Leben zu viel gesehen und zu wenig gelernt hat.

1721

Madame de Pompadour | Mätresse Königs Ludwig XV.

Des Todes kleiner Bruder

Tina Somogyi

Mama?

Ein lauter Schrei entkam ihrer Kehle.

Nach Hilfe greifend streckte sie ihre Hände gegen die Decke des Himmelbettes, versuchte zu greifen, was nicht fassbar war. Derjenige, dem die Stimme gehörte, war nicht da. Derjenige, der ihr diese Worte ins Ohr flüsterte, wenn sie Ruhe brauchte, existierte nicht. Zitternd ließ sie die Hand wieder sinken, betrachtete sie einen Moment und versuchte durch ihren starren Blick das Zittern zu mindern. Doch es wollte einfach nicht aufhören.

Mama?

Sie krallte ihre Hand in die Bettdecke, umfasste sie so fest, dass die Knöchel weiß hervortraten und zu schmerzen begannen. Ihre Hand zitterte immer noch und bald begann ihr gesamter Körper der Hand zu folgen. Vorsichtig setzte sie sich auf, zwang ihren schwachen Körper dazu, sich aufzurichten. Jede Bewegung schmerzte und als sie endlich saß, ließ sie ihren Blick durch den dunklen Raum schweifen.

Die Haare klebten an ihrer verschwitzen Stirn und ihre Augen waren glasig, schienen beinahe kein Leben mehr zu beinhalten. Sie wirkte wie eine Hülle, von höheren Mächten bewegt, wie eine Puppe an Fäden. Genauso fühlte sie sich auch. Kaputt und leer.

Mit einem lauten Krachen wurde die Tür aufgestoßen. Kurz zuckten ihre Glieder, ehe sie langsam ihren Kopf hob. Im Türrahmen stand ein Mann. Er war groß und dennoch schlank, wenn nicht sogar ein wenig schlaksig. Früher hätte sie ihn darauf hingewiesen, dass

selbst das Licht bald durch seine Haut scheinen würde, dass er mehr essen und sich von den Dienern ein ganzes Schwein zubereiten lassen sollte. Dieses Mal aber blickte sie ihn nur aus ausdruckslosen Augen an. Er war älter geworden, dachte sie bei sich.

»D'Argenson.« Nur ein Flüstern entkam ihrem Mund und doch wusste sie, dass der andere verstanden hatte. Sofort hob sie ihre Hand, streckte sie nach dem Vertrauten aus und bat ihn somit, zu ihr ans Bett zu treten. Mit schnellem und festem Schritt eilte er an ihre Seite, setzte sich neben sie und ergriff ihre Hand fest mit der seinen, als wäre er ein Anker, der sie davor bewahren könnte, vollkommen verrückt zu werden.

»Ihr habt geschrien, Reinette. Ich konnte es bis in mein Zimmer hören. So kann das nicht weitergehen. Ihr seid schwach.«

»Genauso fühle ich mich auch.« Sie sprach leise, konnte ihre eigene Stimme kaum hören, während ihr Blick weiterhin in eine ferne Leere reichte. »Als hätte mein Körper kaum noch Kraft, um auch nur einen Atemzug zu tun.« D'Argenson hob seine Hand und fuhr durch ihr Haar, konnte nun spüren wie nass es war.

»D'Argenson? Bringt mir eine Hexe!«

Der König hatte ihr verboten, nach einer Hexe zu verlangen. Er hatte seine eigenen Ärzte und Medizinmänner, die unterschiedlichsten Methoden an ihr ausprobiert hatten. Nichts hatte funktioniert und dennoch hatte er ihr nicht erlaubt, nach der Hexe zu verlangen. Er war wütend geworden, hatte geschrien und getobt. Aber in diesem Moment dachte Reinette nicht an den König. Sie dachte nicht an das Land oder daran, dass die Hexe sie umbringen konnte. Sie würde sowieso sterben, wenn sie die nächste Nacht ebenfalls nicht schlafen könnte!

»D'Argenson! Bringt mir eine Hexe!«, forderte Reinette erneut, diesmal bestimmter und energischer. Sie krallte sich mit ihrer Hand in den Rock des Mannes und richtete sich so weit in dem Bett auf wie es ihr möglich war. D'Argenson wich ein wenig zurück.

»Sofort!«

Der Mann nickte, zögerte aber dennoch. Bevor er aufstand, lehnte er sich zu ihr vor und drückte seine feuchten Lippen an ihre verschwitze Stirn. Für einen Moment erlaubte sie es sich, die Augen zu schließen. Sie wollte schlafen. Ihre Glieder waren schwer und sie spürte die Schwäche. Es wäre so einfach, den Kopf zurückzulegen,

auf das wunderbar weiche Federkissen. Der König hatte es für sie anfertigen lassen, damit sie einen sanften und ruhigen Schlaf hatte.

Mama?

Reinette riss die Augen auf. D'Argenson war gegangen und Reinette konnte nicht schlafen. Sie durfte nicht schlafen, denn dann würden sie zurückkehren, diese Stimme zusammen mit den schrecklichen Träumen. Zu viele Nächte schon hatte sie nicht mehr geschlafen, sie waren viel zu kurz und nicht erholsam. Ihr Bett konnte sie nicht mehr verlassen, ihre Beine wollten sie nicht mehr tragen und auch ihr Körper gab langsam auf. Sie hatte Fieber, manchmal musste sie sogar das Wenige, das sie aß, wieder erbrechen. Sie war schwach, viel zu schwach für alles. Schlaf wäre die Lösung, wäre das, was sie so dringend brauchte, aber genau das wurde ihr verwehrt.

Reinette starrte in die Leere und wartete, konzentrierte sich auf die Stille, auf diese wohlige Stille. Kein Ton. Kein Laut. Gar nichts. Es war ruhig. Vielleicht konnte sie es wagen, nur kurz die Augen zu schließen, nur einen Moment zu schlafen, um sich einen Augenblick auszuruhen und genug Kraft zu schöpfen, um die nächsten Stunden zu überstehen.

Mama?

»Sei still!« Reinette konnte nicht mehr. Sie ertrug diese Stimme nicht mehr! Mit beiden Händen fasste sie sich an den Kopf, kratzte an der Kopfhaut, versuchte so, diese Stimme zu vertreiben, aus ihrem Kopf und ihren Gedanken zu holen. Sie hatte sich bereits Haare ausgerissen, hatte man ihr vor ein paar Tagen gesagt. Aber über ihre Haare machte sie sich schon lange keine Gedanken mehr.

Es verging eine gefühlte Ewigkeit und Reinette glaubte, hinter den dicken und schweren Vorhängen bereits den Sonnenaufgang erahnen zu können, als die Tür zu ihrem Zimmer erneut geöffnet wurde. Mit schnellen Schritten eilte eine Person durch den Raum, direkt an ihr Bett. Sie war kleiner, viel kleiner als D'Argenson. Dennoch ließ sie sich nicht aufhalten und setzte sich neben Reinette.

»Madame de Pompadour?«, begann sie mit einer zarten und leisen Stimme. »Ihr habt nach mir gerufen, Madame?«

»Ich habe nach einer Hexe gerufen.«

»Das bin ich, Madame. Man nennt mich Amelie. Was quält Euch?

Wer quält Euch?« Reinette blickte dem Mädchen in die Augen. Alt schien sie nicht zu sein. Sie hatte das sechzehnte Lebensjahr sicher noch nicht hinter sich gebracht. Wer hatte nur dieses Kind zu ihr geschickt? Amelies Augen flogen über den Körper der Madame, versuchten wohl zu erahnen, worum es ging. Ihr Blick war besorgt, wie der einer Mutter, die sich um ihr krankes Kind kümmerte, und ihre Stirn war vor Anspannung gerunzelt.

»Es lässt mich nicht schlafen, hält mich wach«, begann Reinette leise. »Seit Tagen, seit Wochen schon kann ich nicht mehr schlafen. Es quält mich! Es foltert mich!«

Amelie nickte, als hätte sie bereits alles verstanden. Reinette blickte sich um, konnte D'Argenson erkennen, der die neugierigen Diener mit besorgtem Gesichtsausdruck wieder nach draußen scheuchte und die Türen fest schloss. Niemand sollte hier sein. Niemand durfte sie so sehen. Niemand durfte die Hexe an ihrem Bett sehen. Reinette atmete ruhig aus, als die Tür geschlossen war und erlaubte es sich, ein wenig zu entspannen. Amelie sah sich in dem Raum um, ließ ihren Blick schweifen, als versuchte sie zu erkennen, wovon die Mätresse des Königs zuvor gesprochen hatte, als versuchte sie dieses Ding, was auch immer es war, zu erfassen. Aber es war nicht fassbar. Reinette selbst hatte schon oft versucht, es aus ihrem Kopf zu stoßen, einfach herauszureißen.

»Habt Ihr Albträume, Madame?«, fragte Amelie vorsichtig und zögernd nach, als würde sie selbst die anderen Optionen erst abwägen.

Reinette nickte langsam. »Die Albträume verfolgen mich, wie diese Stimme, die mich nicht schlafen lässt und jede Nacht nach mir ruft. Kaum schließe ich die Augen, sehe ich Bilder von den schrecklichsten Momenten im meinem Leben. Ich sehe meine Kinder, meine toten Kinder, die noch in meinem Bauch gestorben sind. Ich sehe die Menschen, die in den Krieg geschickt wurden und gefallen sind. Ich sehe meine Familie, die an Krankheit in meinen Armen stirbt.« Die Bilder waren deutlich, viel zu deutlich. Manchmal glaubte Reinette sogar, den Duft der Verwesung und des Todes wahrzunehmen oder das Blut an ihren Händen zu spüren. Sie hörte die Rufe der Toten, die in ihren Ohren hallten.

»Es ist ein Nachtmahr, Madame.« Amelie legte ihre Hände in den Schoß und drückte den Rücken ein wenig durch.

»Nachtmahr?«, wiederholte Reinette leise.

»Es sind Albträume. Nachtmahre sind schwer zu fassen.« Amelie blickte auf ihren Schoß, schien ein wenig in Gedanken zu versinken. »Albträume sind gefährlich.«

»Jeder Mensch hat Albträume.« Reinette konnte den abfälligen Unterton in D'Argensons Stimme genau hören, aber sie glaubte, dass man ihn auch hören sollte. D'Argenson schien selbst nicht begeistert davon zu sein, ein Kind an ihrem Bett zu sehen.

»Natürlich«, antwortete Amelie leise, D'Argensons Provokation ignorierend. »Die meisten Nachtmahre sind klein und schwach, gerade einmal so groß wie eine Faust. Sie dringen abends in die Häuser ein und laben sich an den Albträumen der Menschen. Da sie aber so klein und schwach sind, verschwinden sie bald wieder, da Sonnenlicht ihnen ihre Kräfte raubt.«

»Nun, dann sollte es nicht schwer sein, dieses Ding von Madame de Pompadour zu entfernen.« D'Argenson verschränkte die Arme vor der Brust und musterte Amelie abwertend. Wieso er sie wohl hergebracht hatte, wenn er sie so missbilligte, überlegte Reinette. Wahrscheinlich hatte er nur nach einer Hexe verlangt, hatte mit einer der Küchenmägde gesprochen und sie hatte das Kind ins Schloss bestellt. D'Argenson war ein guter Mann, aber er war sehr harsch und voller Vorurteile.

»Der Nachtmahr, der sich von Madames Albträumen ernährt, ist selten. Er ist groß und stark. Er würde in etwa Eure Größe haben, Marquis D'Argenson.« Amelie wandte sich nicht zu dem Mann um. »Er ist stark und er ist gefährlich. Ihr könnt ihn nicht sehen, aber ich tue es. Ich sehe, wie er neben Madame auf dem Bett sitzt, wie er ihr übers Haar streicht und ihr leise ins Ohr flüstert, dass sie einschlafen soll, dass sie nur die Augen zu schließen braucht.« Amelie hob ihren Kopf. Ihr Blick war nun nicht mehr sanft, sondern fest und entschlossen. Reinette hob ihre Hand und tastete neben sich, ohne sich umzudrehen, versuchte an Amelies Gesichtsausdruck zu erahnen, wann sie dem Nachtmahr zu nahe kam. Als das Mädchen kurz zusammenzuckte, hielt Reinette inne und ließ die Hand wieder sinken. Er war näher, als sie gedacht hatte. Amelie starrte den Nachtmahr weiter an und hatte nichts mehr von dem Kind, das Reinette noch vor wenigen

Augenblicken in ihr gesehen hatte. Nun wirkte sie tatsächlich wie eine der Hexen, die Reinette schon so oft in Büchern auf dem Scheiterhaufen hatte brennen sehen.

»Wieso sie? Wieso gerade Madame de Pompadour?«, drängte D'Argenson. Amelie zuckte kurz zusammen und wandte ihren Blick von dem Nachtmahr ab. Reinette konnte ein leises Kichern hören. Der Nachtmahr glaubte wohl, ihr überlegen zu sein. Wenn er wirklich so groß war wie D'Argenson und nur halb so stark, dann hatte Amelie keine Chance. Das Mädchen senkte überlegend den Blick, musterte die Hände, die sie immer noch im Schoß zusammengefaltet hatte. Zögern bedeutete immer, dass die richtigen Worte erst gefunden werden mussten, dass es schwierig war, etwas zu erklären oder die wahre Antwort oft nicht gehört werden wollte. Dennoch drängte Reinette sie nicht zu einer Antwort.

»Nun«, begann sie langsam und leise. »Madame sind eine starke Frau. Deshalb sind ihre Träume wohl ebenso stark wie nahrhaft für den Nachtmahr.«

D'Argenson verzog angewidert das Gesicht und verschränkte die Arme hinter dem Rücken. Reinette spürte seinen Blick, weshalb sie kurz den Kopf hob. Tatsächlich musterte D'Argenson sie eingehend, als versuchte er, diesen Nachtmahr zu erkennen, um ihn dann eigenhändig von ihren Schultern zu reißen und in den Boden zu stampfen.

»Dann beginnt damit, diesen Nachtmahr von Madame zu entfernen. Ihr werdet reichlich belohnt werden und ich verspreche Euch, dass Ihr nicht wegen Hexerei hingerichtet werdet. Sollte Euch aber ein Fehler passieren, sorge ich persönlich dafür, dass die Guillotine ungeschliffen ist und Euch besonders viele Schmerzen bereitet, während sie Euren Kopf abtrennt.«

Amelie hielt den Kopf weiter gesenkt, doch ihre Augen waren vor Schreck geweitet. Reinette konnte sehen, wie sie sich nun in ihren Rock krallte. Wahrscheinlich wollte sie ihre Hände davon abhalten, zu zittern. Dabei bebte doch bereits ihr gesamter Körper. Reinette hob vorsichtig eine Hand und legte sie auf die des jungen Mädchens.

»D'Argenson. Sie ist noch ein Kind«, versuchte sie an die Vernunft ihres Freundes zu appellieren. »Ich habe nach ihr gerufen, also werde ich auch über sie entscheiden.« D'Argenson rollte mit den Augen,

ehe er den Kopf abwandte. »Keine Angst, mein Kind, solltest du den Nachtmahr nicht vertreiben können, sorge ich dafür, dass D'Argenson dir kein Haar krümmt.« Der Mann schnaubte abfällig und wandte sich nun gänzlich von dem Bett ab. Er schritt verärgert und mit festem Schritt durch den Raum, und blieb schließlich am Fenster stehen. Vorsichtig zog er die Gardinen zur Seite, um einen Blick nach draußen zu erhaschen.

»Oh, nein. Ich kann den Nachtmahr bannen, Madame. Das ist kein Problem.« D'Argenson drehte den Kopf ein wenig, um das Gespräch besser belauschen zu können, während Reinettes Lippen etwas lächelten. Es war richtig gewesen, dem Kind zu vertrauen. Amelie aber wirkte noch nicht wieder entspannt. Sie zögerte und biss nervös auf ihrer Unterlippe herum.

»Es ist gefährlich, Madame.« Amelie sprach nur leise, flüsterte beinahe. »Ihr könntet dabei sterben.«

»Ich lasse eine andere Hexe holen. Ein Kind ist definitiv nicht geeignet«, entschloss D'Argenson mit fester Stimme, löste sich vom Fenster und trat mit entschlossenem Schritt auf das Kind zu. Er wollte Amelie aus dem Zimmer werfen. Doch Reinette hatte bittend ihre Hand gehoben und brachte D'Argenson so zum Innehalten.

»Du stehst unter meinem Schutz, Amelie. Ich möchte schlafen. Wenn du dieses Ding vertreiben kannst, dann tue es. Beginne, womit auch immer.« Reinette gab dem Mädchen mit einer Handbewegung zu verstehen, dass sie fortfahren konnte.

»Zuerst muss ich den Nachtmahr aus Euch locken. Er hat sich in Eurem Kopf eingenistet, Madame. Auch wenn seine Gestalt neben Euch sitzt, so bildet Euer Kopf seine Zuflucht. Deshalb muss er gänzlich aus diesem gelockt werden.«

Reinette nickte. Wo sollte dieses Monster denn sonst sein, wenn nicht in ihrem Kopf? Der Nachtmahr kontrollierte ihre Gedanken und ihre Träume, sprach mit ihr, hielt sie davon ab, richtig zu schlafen. Reinette atmete tief durch.

»Was muss ich tun, Amelie?«

»Ihr? Gar nichts. Ihr müsst nur stillhalten und den Rest übernehme ich, keine Angst. Es wird Euch nicht wehtun, vielleicht verspürt Ihr ein leichtes Ziehen, aber mehr sollte es nicht sein.«

Amelie stellte die Tasche, die sie mitgebracht hatte, auf dem Bett ab und öffnete sie sorgsam. Vorsichtig begann sie, darin mit beiden Händen nach etwas zu suchen. D'Argenson betrachtete das Mädchen argwöhnisch und stellte sich näher an das Bett, sodass er all ihre Taten genau beobachten konnte. Reinette vermied es, mit den Augen zu rollen. Amelie war ein Kind. Sie hatte wahrscheinlich selbst große Angst vor diesem Nachtmahr und war nervös. Da musste D'Argenson sie nicht noch weiter verunsichern.

»Tretet zur Seite, D'Argenson!« Nicht nur ihr guter Freund, sondern auch Amelie hielt kurz in ihrem Tun inne und sah zu Madame de Pompadour auf. »Ihr macht das Mädchen nervös, D'Argenson und soweit ich es mitbekommen habe, ist sie diejenige, die mich von meinem Leiden erlösen kann. Bitte, seid so gut und tretet ein wenig zurück. Lasst das Mädchen seine Aufgabe erfüllen.«

D'Argenson öffnete bereits den Mund, um zu protestieren, doch Reinette gab ihm mit einer Handbewegung zu verstehen, dass er still sein sollte. Amelie zog schließlich ein kleines Fläschchen aus ihrer Tasche und reichte es Reinette.

»Trinkt das, Madame. Es ist ein Trunk, der die Menschen wach macht. Unterschiedliche Bohnen wurden dafür getrocknet und dann gepresst. Wenn Ihr wach seid, dann fällt es dem Nachtmahr schwerer, sich an Euch zu klammern und er muss seine Gestalt zeigen, um bei Euch zu bleiben. Unsichtbar zu sein erfordert von ihm viel Kraft.«

»Ich schwöre dir, Kind, sollte das ein Versuch sein, Reinette zu vergiften ...«

»D'Argenson!«, mahnte Reinette ihren Freund streng. Sie öffnete das Fläschchen und trank den Inhalt in einem Zug aus. Sie wusste, dass D'Argenson wenig begeistert über das Vertrauen war, das sie dem Mädchen entgegenbrachte, aber Reinette hatte nichts zu verlieren. Entweder sie würde schlafen oder aber sie würde nach wie vor wach bleiben. Nachdem sie das Fläschchen wieder abgesetzt hatte, verschloss sie es sorgsam und reichte es Amelie zurück, welche es dankend annahm und wieder in ihrer Tasche verstaute.

»Wie fühlt Ihr Euch, Reinette?«

»Wach, aber nicht unbedingt stärker. Es fühlt sich so an, als ob eine

unsichtbare Kraft meine Augen offen hält und auch an meinen Gliedmaßen zieht, aber ich weiß dennoch, dass ich müde bin.«

Amelie nickte bei diesen Worten zustimmend, hielt den Blick aber weiter auf Reinette gerichtet, als wollte sie sichergehen, dass alles gut ging. Reinette atmete tief durch, hielt die Hände in ihrem Schoß gefaltet und wartete stumm darauf, dass etwas passierte.

Reinette schloss noch einmal kurz die Augen und als sie diese wieder öffnete entkam ihr ein Schrei. Sie konnte es plötzlich sehen, dieses Wesen, das ihr den Schlaf raubte. Es war sogar drei Köpfe größer als D'Argenson. Seine Brust war breit und seine Finger lang und dürr. Seine Haut war schwarz wie die Nacht und seine Zähne weiß wie Elfenbein und es saß direkt vor Reinette auf dem Bett. Reinette versuchte, etwas zurückzuweichen, weg von diesem Wesen, in Sicherheit, aber ihre Glieder bewegten sich nicht. Ihr Blick huschte zu D'Argenson, der von dem Anblick des Wesens ebenfalls erstarrt zu sein schien.

»Nachtmahr!« Amelie sprach mit fester Stimme. Sie hatte sich vom Bett erhoben und stand nun neben Reinette, beide Beine fest am Boden, den Rücken gerade und den Kopf gehoben. Sie wirkte nicht mehr wie das kleine, schwache Kind, das gerade noch auf dem Bett gegessen hatte. Amelie wirkte stark, wenngleich auch nach wie vor schwächer als dieses Monster.

Der Nachtmahr wandte sich zu Amelie um, legte den Kopf ein wenig schief, als würde er sie mustern. Seine hellblauen Augen wanderten gierig über den Körper des jungen Mädchens und Reinette wollte ihn nur zu gerne davon abhalten, das Kind mit solch lüsternem Blick zu betrachten.

»Verlasse diesen Körper! Ich befehle dir, verlasse Madame de Pompadur!«

Das Wesen schien unbeeindruckt, wog den Kopf nur auf die andere Seite, ehe er sich mit seiner langen dunklen Zunge über die Lippen leckte und etwas mehr grinste. Reinette ahnte, dass Amelie nichts gegen dieses Wesen ausrichten konnte. Ein Kind gegen ein Monster.

»Hast du mich sichtbar gemacht?«

Reinette erschauderte, als sie die Stimme des Wesens hörte. Es war jene, die ihr den Schlaf raubte, die ihr die grässlichen Träume

bescherte, die lachte, wenn sie litt. Diese Stimme war es, die sie in den Wahnsinn trieb und nun konnte Reinette endlich den Körper sehen, der zu dieser Stimme gehörte.

»Das habe ich!« Amelie sprach schnell. »Verlasse diesen Körper freiwillig.«

»Nein!«

Reinette konnte aus den Augenwinkeln sehen, wie Amelie schwer schluckte und ihre Hände noch fester zu Fäusten ballte und auch D'Argensons Blick sich endlich von dem Monster löste und zu Amelie wanderte. Kurz nur schloss das Mädchen die Augen, während sie ruhig, aber fest durchatmete. Und dann geschah alles ganz schnell. Amelie warf etwas nach dem Nachtmahr, das sich als Pulver entpuppte, sobald es ihre Hand verlassen hatte. Der Nachtmahr reagierte nicht, ließ zu, dass sich das Pulver an seine schwarze Haut klebte. Er neigte den Kopf zur anderen Seite. Reinette sah ruhig dabei zu, wie zuerst die langen Beine des Ungeheuers nachgaben und es dann zu Boden sackte. Nun schien es auch zu verstehen, dass etwas passierte, denn seine Augen weiteten sich sehr und noch als es versuchte, seine Hand zu heben, um sich das Pulver von der Haut zu wischen, fiel es zurück.

Der Nachtmahr zischte und fluchte, doch Amelie blieb unbeeindruckt. Schnell krabbelte sie auf das Bett, schob irgendetwas in den Mund des Wesens, ehe sie diesen mit einem Tuch verband und einen festen Knoten zog.

»Er ist nur betäubt!«, murmelte Amelie leise. »Er ist nach wie vor gefährlich, wir müssen vorsichtig sein. Er muss eingesperrt werden.«

Amelie begann, in ihrer mitgebrachten Tasche zu kramen und Reinette bemerkte, wie sehr ihre Hände dabei zitterten. All die Stärke war wieder aus ihren Gliedern gewichen und das Mädchen wirkte wieder klein und verletzlich. Reinette hob vorsichtig die Hand, wollte sie nach dem Kind ausstrecken und ihr durch die Haare fahren, wollte irgendetwas tun, um das Kind zu beruhigen. Doch Amelie schien ganz in Gedanken zu sein, murmelte immer wieder leise vor sich hin und ab und zu entkam ihr sogar ein Fluch.

Reinette konnte sehen, wie D'Argenson vorsichtig an das Bett trat und sich über das dunkle Wesen beugte, es ehrfürchtig musterte. Seine Augen flogen über den Körper der Kreatur und sein Mund

murmelte leise irgendwelche Wörter vor sich hin. Reinette wollte sich gerade wieder zu Amelie wenden, wollte sie fragen, was nun weiter mit diesem Monster geschehen würde, als sie etwas in der Hand ihres Freundes aufblitzen sah. Ein Dolch.

»Nicht!«, schrie Amelie mit angsterfüllter Stimme, doch D'Argenson hatte den Dolch bereits über seinen Kopf gehoben und stieß ihn nun in die Brust des Ungeheuers. Dieses bäumte sich kurz auf, streckte den Rücken durch, ehe es in das Laken zurückfiel.

War es tot?

»Er war nur betäubt! Habt Ihr nicht zugehört?«, drang Amelies Stimme an Reinettes Ohr. Das Mädchen hatte sich zu D'Argenson umgewandt und ihr Blick hastete immer wieder zwischen ihm und dem Nachtmahr hin und her.

»Nun ist er tot und kann niemandem mehr schaden!«, sprach D'Argenson, während er den Dolch zurück in seinen Gürtel steckte und abfällig auf das junge Mädchen hinabblickte.

»Er ist nicht tot! Nachtmahre können nicht getötet werden! Er war noch nicht von Madame gelöst!«

D'Argenson hielt mitten in der Bewegung inne und blickte zu Reinette. Die Frau atmete schwer, rang um Luft und keuchte immer wieder. Ihre Brust schmerzte. Es fühlte sich so an, als ob das Messer immer noch darin stecken würde. Ihr Herz schlug weiter, schlug schnell, sorgte somit aber nur dafür, dass die Schmerzen sich in ihrem ganzen Körper ausbreiteten.

»Madame! Madame!« Amelie rief nach ihr, war an ihre Seite des Bettes gekrochen und starrte sie ängstlich an. Musste sie sterben? Reinette krallte ihre Hände in das Bettlaken und blickte zu dem Monster, welches immer noch auf ihrem Bett lag. Ein leichtes Grinsen umspielte seine Lippen und ein Blinzeln von Reinette genügte, damit es zu Staub zerfiel.

War es tot? War sie endlich befreit?

»Reinette!« D'Argenson war an ihrer Seite, löste ihre Hand vom Bett und griff fest danach. »Reinette, hört Ihr mich?«

»Kann ich schlafen?« Ihr Körper war schwach und Reinette spürte, wie ihre Glieder in sich zusammensackten. Auch ihre Augen wurden schwer und es fiel ihr nicht leicht, sie noch länger offen zu halten.

D'Argenson sprach mit ihr, fasste ihre Hand fester, schien sogar zu brüllen, doch Reinette konnte ihn nicht mehr hören.

Sie drehte den Kopf zur Seite, blickte zu dem Mädchen, das mit schreckgeweiteten Augen einfach nur dastand und auf sie hinabblickte. Sie hatte das Wesen vertrieben. Reinette schloss kurz die Augen, zwang sich aber dann dazu, diese wieder zu öffnen. Würde sie nun endlich schlafen können?

Amelie nickte, ganz langsam, aber bestimmend.

Gut. Endlich schlafen.

Reinette spürte, wie ihr Körper schlaff wurde, dass ihre Arme nicht mehr stark genug waren, um die Hände zu heben und ihr Oberkörper zurück in das Bett fiel. Sanft wurde sie von der weichen Matratze aufgefangen.

Madame de Pompadour schloss die Augen und ahnte innerlich, dass sie diese wohl nie wieder öffnen würde.

Es regnete in Strömen, als die Kutsche den Hof verließ. Er stand am Fenster, die Arme hinter dem streng durchgedrückten Rücken verschränkt. Mit traurigem Blick sah er der Kutsche hinterher. Nun hatte sie der Tod doch dahingerafft, hatte diese wunderschöne Frau von ihm genommen und ließ ihn allein zurück. Der Regen klopfte an das Fenster, als buhlte er um die Aufmerksamkeit des Königs. Sein Blick aber galt weiterhin der Kutsche mit seiner Geliebten, Madame de Pompadour.

»Die Marquise hat kein gutes Wetter für ihre Reise«, murmelte Ludwig zu sich selbst. Er wusste, dass er alleine im Zimmer war und dennoch hatte er das Bedürfnis verspürt, seine Worte jemandem mitzuteilen. Vor wenigen Minuten hatte er seine Diener weggeschickt. Er wollte alleine sein und sich diesen Moment der Schwäche gönnen. Ein schweres Seufzen entkam seinen Lippen, während er gleichzeitig die Schultern etwas sinken ließ. Er würde die Marquise vermissen. Sie war eine besondere Mätresse gewesen. Beinahe glaubte Ludwig, dass ein seltsamer Zauber auf ihr gelegen hatte, schön und erschreckend zugleich. Er konnte es nicht benennen, selbst jetzt nicht.

Ludwig wandte sich schwerfällig vom Fenster ab. Er musste zurückkehren, zu seinen Verpflichtungen. Er konnte ihr nicht nachtrauern,

nicht vor all den Blicken der Menschen und nicht so, wie sie es verdient gehabt hätte.

Wenn er die Augen schloss, glaubte er, ihre Stimme hören zu können. Aber die Worte, die sie sprach, waren seltsam.

Einbildung.

Erinnerung.

Mehr war es sicher nicht. Er brauchte Schlaf, musste sich nach diesen Strapazen unbedingt ausruhen. Schlaf würde ihm gut tun und dann würde er auch sicher diese Stimme endlich aus seinem Kopf bekommen, die immer weniger seiner Geliebten zu ähneln schien.

Papa?

1797

Mary Shelley | Britische Schriftstellerin

Oh düster träumt´ ich in der Nacht

Tanja Hanika

In einer verregneten Woche zwischen Mai und August 1816 am Genfersee in der Villa Diodati.

»Immer nur Regen, Regen und nochmals Regen! Nicht einmal warm ist es hier«, schimpfte Claire und lehnte sich näher zum Kaminfeuer. Sie wurde nicht müde, ihren Unmut über den Sommer zu verkünden.

Mit gerunzelter Stirn antwortete Mary: »Du bist schon seit Wochen unleidlich! Dabei inspiriert dieses Wetter ungemein. Beende eben dein schon so lange liegen gebliebenes Theaterstück. Auch mir sausen so einige Ideen durch den Kopf.«

Mary war froh, dass die Tür aufging, und die drei Männer ihrer Runde eintraten, denn so wurde ein weiterer Schwall Meckerei ihrer Stiefschwester Claire unterbrochen. Diese verstummte augenblicklich und betrachtete aufmerksam das Opfer ihrer Leidenschaft: Lord Byron. Dicht hinter dem stattlichen Gecken betrat sein Leibarzt John Polidori den Raum, der seinem Freund und Patienten stets wie ein achtsamer Schatten anhaftete. Zuletzt kam Percy Shelley, der Mann, auf den Mary Godwin selbst gewartet hatte. Ihr Verlobter und die anderen beiden sahen aus, als wären sie im See schwimmen gewesen. Die drei Männer kamen zu ihnen und wärmten sich die kalten Finger am Kamin.

»Nun, es scheint, als sei der Ausflug ins sprichwörtliche Wasser gefallen«, merkte Mary an.

»Kommen Sie mir nicht mit dem Wetter, Verehrteste!«, brauste George Byron sogleich auf, der das Wetter ebenso wie Claire verteufelte. Nicht in allen Fragen waren die beiden allerdings einer Meinung. Uneinigkeit herrschte vor allem darüber, ob ihre Affäre noch andauern sollte oder nicht. Byron stemmte eine Hand in die Hüfte und sagte: »Ich will nicht wieder den ganzen Abend hier sitzen und immer dieselben schnöden Geschichten lesen! Ich will, dass wir alle selbst etwas schreiben. Wir machen einen Wettbewerb!«

»Zu Diensten, meine Lordschaft!«, erwiderte Percy eifrig und verbeugte sich rasch und tief, damit Byron seines ironischen Lächelns nicht gewahr wurde.

Diesem war die Spitze gegen sein Verhalten aber nicht verborgen geblieben und so wandelte er für seine Freunde den Befehl in eine Bitte ab. Mit der rechten Hand wedelnd, als vertriebe er eine lästige Mücke, korrigierte er sich: »Gut, gut, Percy hat recht. Meine Freunde, lassen Sie uns doch – bitte – eigene Geschichten schreiben und uns gegenseitig vortragen. Auf dass der Beste sein Haupt mit Lorbeer geziert sehe!«

Mary tat ihre Begeisterung knapp kund und stand sodann abrupt auf, um sich zurückzuziehen und angeblich mit dem Schreiben zu beginnen. Sie zog allerdings Percy am Ellenbogen hinter sich her, was die Glaubhaftigkeit ihres Arbeitseifers ungemein minderte. Byrons Lachen folgte ihnen zur Tür hinaus. An diesem Abend wurden die beiden nicht mehr gesehen und trotzdem sollten ihre Schreibehefte am nächsten Morgen nicht eine Zeile enthalten.

Byron verkündete, dass auch er nun seiner Kreativität freien Lauf lassen wollte und verschwand noch bevor Claire hätte aufstehen und ihm hinterhereilen können.

Wie vor den Kopf gestoßen stand Polidori da, sah kurz aus dem Fenster und näherte sich nach einigem Zögern wenige Schritte Claire Clairmont, die wie hypnotisiert in das Kaminfeuer sah.

»Ich weiß, Ihr seid guter Dinge.« Das war ihm schon seit Tagen auf der Seele gelegen, aber dieses Gespräch begonnen zu haben, erleichterte ihn keineswegs. John Polidori sah sich jedoch gezwungen, seinen ärztlichen Pflichten nachkommen.

»Ich bin ganz und gar nicht guter Dinge! Dieses Wetter und jetzt soll ich auch noch arbeiten!«

»Ich meinte, Sie sind guter Hoffnung.«

Miss Clairmont wurde noch blasser als zuvor, hauchte »Oh!« und verstummte erneut.

Als hätte man ihr das Blut aus den Adern gesaugt, dachte John, erstarrte, und verschwand wortlos aus dem Zimmer, da nun auch er einen Geistesblitz hatte. Seinem Freund George wollte John eine Schauergeschichte schreiben, die ihn mehr als zufriedenstellen würde.

Am nächsten Morgen, als das Frühstück gemeinsam eingenommen wurde, sahen alle fünf übernächtigt aus. Die beiden Frauen hatten mit Albträumen zu kämpfen gehabt, Percy war durch Marys unruhigen Schlaf wachgehalten worden, da sie den Gepflogenheiten zum Trotz die Nacht als seine Verlobte bei ihm verbracht hatte, und Byron und Polidori hatten lange gearbeitet.

»Byron, Polidori, ich beneide Sie!«, gab Mary Godwin aufrichtig zu, »Ich fühle, dass sich in mir eine Geschichte zusammenbraut, die einfach hinaus muss. Aber ich kann sie noch nicht fassen. Meine Träume heute Nacht haben damit zu tun, aber ich kann mich leider nicht an sie erinnern. Düster waren sie jedoch mit Sicherheit.«

»Vielleicht hat ja Johns Lord Ruthven Sie besucht«, scherzte George Byron.

»Gewiss nicht«, gab Percy trocken zurück, woraufhin die Männer lachten.

Mary wollte auf dieses Gespräch nicht eingehen und fragte Claire nach ihrer Arbeit, diese schüttelte aber nur den Kopf und meinte, dass sie gestern eine Erkenntnis hatte und ihr danach nicht nach schreiben gewesen sei.

»Eine Erkenntnis? Die musst du mit uns teilen«, sagte Percy, noch immer heiteren Gemüts.

»Ich glaube nicht, dass hier alle ...«, stockte Claire mit geröteten Wangen, woraufhin Mary sie sorgenvoll betrachtete.

Byron bemerkte ihre gedrückte Stimmung nicht und forderte: »Nun teile uns doch deine Erkenntnis endlich mit!«

Nach einer kurzen Pause schaute Claire trotzig auf und sagte: »Ich erwarte ein Kind von dir!«

Seine Tasse klirrte, als Lord Byron sie auf den Tisch stellte. »Du kannst doch nicht einfach so ...«

»Nein, einfach so sicher nicht«, konterte Claire mit angriffslustig gerecktem Kinn. »Du warst dabei und solltest wissen, wie das passieren konnte!«

Die Stille am Frühstückstisch lastete schwer auf ihnen allen.

»Gräme dich nicht, liebe Schwester. Auch Percy und ich waren von meiner Schwangerschaft überrascht«, sagte Mary schließlich und legte Claire die Hand auf den Unterarm, während sie Percy Shelley liebevoll anschaute. »Und unser kleiner George ist heute eine Bereicherung für uns alle.«

»Nicht für mich«, grummelte Lord Byron, der dafür einen vernichtenden Blick Shelleys zugeworfen bekam. »Ich meine ja nur. Ich kenne euren Sohn ja kaum.«

Damit war das Frühstück beendet, Polidori und Byron kehrten zu ihren Manuskripten zurück, während Mary, Claire und Percy den Tag gemeinsam mit George und dessen Kindermädchen verbrachten.

Mit dem Abend kam dann auch eine gewisse Unruhe, die Mary Godwin quälte. Würden die düsteren Träume zurückkehren? Sie hatte schreckliche Angst gehabt, als sie aufgewacht war. Wovon würden ihre Träume handeln?

Eine gemütliche Runde mit den anderen sollte Mary von ihren Ängsten der letzten Nacht ablenken, wie sie inständig hoffte. Alle fünf setzten sich zueinander. Byron trug als Erster etwas vor. Es war ein schauriges Gedicht, das die anderen vier kritisch betrachteten und es lange hin- und herinterpretierten. Er wusste einfach nicht, wie er es zu Ende gehen lassen sollte. Es ging um einen Mann, der seine Liebste an den Sensenmann verloren hatte. Er hatte sie wiedergesehen, wusste jedoch nicht, ob es tatsächlich seine wiederauferstandene Geliebte war, oder lediglich eine Doppelgängerin.

Als es spät geworden war, und dennoch die Uneinigkeit nicht beseitig werden konnte, erzählte John Polidori kurz von seiner Idee, einen Vampirroman zu verfassen. Ungewohnt wortgewandt führte Polidori aus: »Ich hoffe, genug Ideen für einen Roman zu haben, aber zumindest eine ausgefeilte Kurzgeschichte soll es werden. Der Vampir soll allem Anschein nach ein Gentleman sein, doch bald wird seine wahre Natur aufgedeckt. Oder nein, er soll sterben, und dann wiederkehren. Ich muss noch darüber nachdenken! Mir Notizen machen.«

Polidori stand auf, verbeugte sich andeutungsweise und hastete zur Tür hinaus. Daraufhin wurde die Runde aufgelöst.

Mary verfluchte sich selbst und die Situation, in der sie war, aber sie brachte einfach nichts zu Papier. Eine solche kreative Blockade hatte sie nie zuvor erdulden müssen. Es war, als läge ihr etwas auf der Zunge, aber sie kam einfach nicht dahinter, was es war. Resigniert blies sie schließlich die Kerze aus und legte sich fröstelnd in ihr Bett.

Mitten in der Nacht schreckte sie mit schweißgetränkter Kleidung auf. Schwer atmend saß sie im Bett und konnte nicht aufhören, heftig zu zittern. Mary schimpfte sich kindisch und versuchte, sich wieder hinzulegen, aber immer weiter wachsende Panik schnürte ihr die Kehle zu. Nach einigem Hin- und Herwälzen entschied sie, dass es keinen Sinn hatte. Sie stand auf, hüllte sich in ihren Morgenmantel und tappte über den Flur hinüber zu Percys Zimmer. Dort kletterte sie in sein Bett und fiel in einen unruhigen Schlummer.

Auch am nächsten Tag wurde geredet und gearbeitet. In ihre Diskussionen und Gespräche vertieft, fiel den anderen Marys Schweigen nicht auf. Sie fühlte sich zunehmend unwohl, da alle, sogar Claire, Ansätze und Ideen für Geschichten oder Gedichte hatten. Nur sie konnte nicht formulieren, was sie in sich spürte. Etwas Großes wuchs in ihr, aber es nahm noch keine Gestalt an.

Als sich am Nachmittag das Wetter ein wenig besserte, schlug ihr Verlobter Mary einen kleinen Spaziergang am Genfersee vor, damit sie ihren Kopf endlich frei bekäme.

Die frische Luft zeigte schnell ihre Wirkung und Mary fand wieder mehr zu sich selbst. Sie vergrub ihre Finger undamenhaft in ihrer Frisur und sagte: »Früher oder später müssen die Gedanken, die sich in den Windungen meines Hirns verstecken, einfach greifbar sein. Bis dahin halte ich eben still und genieße Eure Werke.«

»Meine Liebe«, antwortete Percy und legte Mary aufmunternd den Arm um die Schulter, »ich bin sicher, das ist eher früher der Fall.«

»Vielleicht hören dann ja auch endlich die Albträume in der Nacht auf.«

»Kannst du dich denn gar nicht erinnern, was dich geplagt hat?«

Nachdenklich blieb Mary Godwin stehen und ließ ihren Blick über den See schweifen. Der Himmel war noch immer grau und keine Spur

von Sommer zeigte sich in der tristen Landschaft. Als Percy schon beinahe nicht mehr erwartete, eine Antwort von ihr zu bekommen, sagte Mary: »Düster träumte ich in der Nacht! Ich habe das Gefühl, dass schreckliche Abgründe in meiner Seele lauern. Ich kann mich nicht an Bilder, nur an Gefühle erinnern. Fürchterliche, schreckliche Angst. Bedrohung. Gefangensein. Warten auf das sichere Verderben. Aber all das beschreibt es noch nicht annähernd. Und ich bekomme so schlecht Luft. Wenn ich aufwache, spüre ich noch immer einen schweren Druck auf der Brust und ich bin völlig außer Atem.«

Percy kratzte sich am Kopf. »Das klingt gar nicht gut.« Mit einer Hand schob er seine Verlobte weiter. Nach einigen Schritten machte er den Vorschlag, dass sie doch mit Polidori sprechen sollte, der immerhin Byrons Leibarzt war.

»Ach, Dr. John Polidori hat doch fast schon Angst vor uns Frauen«, winkte Mary lachend ab.

»Aber er hat eine Dissertation zum Thema Schlafwandel verfasst. Vielleicht kennt er sich doch mit deinen Problemen aus. Und ihr müsst ja nur reden. Er muss dich ja nicht anfassen, geschweige denn untersuchen.«

»Ich glaube, vorerst erspare ich das mir und unserem geschätzten Herrn Doktor lieber.«

Zurück in der Villa ging es recht fröhlich zu: Es floss reichlich teurer Wein, man hatte gut gespeist und die bisher produzierten Texte gefielen. Aber als die Nacht mehr und mehr fortschritt, wuchs auch Marys Beklemmung zusehends. Sie wurde immer blasser und verkrampfter: War sie zuvor lediglich still gewesen, wirkte ihr bewegungsloser Körper nun wie eine leblose Hülle. Ihre zusammengepressten Lippen hatten jede Farbe verloren, ganz so wie auch der Rest ihrer Haut. Das Kaminfeuer knisterte und eine drückend dichte Finsternis lag hinter den Fensterscheiben. Mary fühlte sich erdrückt von dieser Dunkelheit, aber die anderen plapperten munter weiter. Niemand ahnte, welcher Schatten sich über Marys Gemüt legte.

Lord Byron löste die Runde auf: »Spät ist es geworden und ich möchte noch ein paar Seiten schreiben, bevor ich mich zur Ruhe lege. Aber sagen Sie, Miss Godwin, wann werden Sie uns endlich mit ihrer Kunst beglücken?«

»Ich fürchte, das wird noch warten müssen!« Die Angesprochene seufzte aus tiefster Brust. »Leider bin ich momentan noch immer etwas blockiert, aber ich hoffe sehr, dass sich die Barriere bald lösen möge. Ich fühle eine Unruhe in mir. Irgendetwas braut sich da zusammen.«

Als Mary an diesem Abend alleine in ihrem Bett lag, raste ihr Herz schon in Erwartung dessen, was kommen könnte, wenn sie erst eingeschlafen war. Mit feuchten Händen rieb sie sich über ihr Gesicht und mahnte sich zur Ruhe. Sie brauchte sich doch nicht vor Albdrücken zu fürchten, es waren immerhin nur Träume. Ihren Sohn George beruhigte sie stets damit, dass er über seine grenzenlose Fantasie staunen sollte, und versuchte dies nun bei sich selbst.

Es dauerte lange, aber schließlich schlief sie ein. Ihr Traum nahm dieses Mal deutlichere Gestalt an. Sie rannte einen schmalen Weg entlang. Rechts und links ging es in die Tiefe und dort unten brannte Feuer, das nach Schwefel stank. Wenige Schritte vor ihr war der Weg zu Ende, aber hinter ihr näherte sich ein düsterer Schatten. Sollte sie sich von dem Schatten einholen lassen oder hinab in die Schlucht springen? Sie atmete schwer vom schnellen Lauf und bekam kaum Luft. Mary blickte zwischen dem Schatten und dem Abgrund hin und her. Sie zögerte, wusste nicht, was sie tun sollte, während der beißende Schwefelgeruch ihr fast den Verstand raubte. Kurz bevor der Schatten sie eingeholt hatte, sprang Mary in die Tiefe und damit dem Feuer entgegen. Von dem Gefühl zu fallen wachte sie, einmal heftig zusammenzuckend, auf.

Verschwitzt und mit wackeligen Beinen ging sie zum Fenster, öffnete es und setzte sich auf die Fensterbank, wo sie die kalte, aber klare Nachtluft genoss, die ihr eine Gänsehaut auf die Arme malte. Der Stand des Mondes verriet ihr, dass es noch mitten in der Nacht war und sie sich wieder schlafen legen sollte. Aber es war Mary noch immer schwer ums Herz, und ihre Angst hielt sie noch einige Minuten am offenen Fenster.

Schließlich zwang sie sich zurück ins Bett zu gehen und schlief in dessen Wärme überraschend schnell wieder ein. Plötzlich veränderte sich das Traumgebilde vor ihrem inneren Auge und sie befand sich fast erneut genau da, wo sie zuletzt aufwachte. Sie stand wieder oben auf dem engen Weg und der Schatten war nur wenige Schritte

von ihr entfernt. Sie blieb wie angewurzelt stehen, nicht fähig, sich zu bewegen. Ihr Herz raste, eine leise Stimme, die wie ihre eigene klang, schrie sie an, erneut zu springen. Aber Mary konnte sich einfach nicht bewegen. Der Schatten kam immer näher. Je näher er war, desto langsamer verringerte sich dieses Mal die Distanz, als koste er die Spannung aus. Sie müsste nur den Arm ausstrecken, dann könnte sie ihn erreichen. Dann schwanden zusehends auch die letzten Zentimeter Abstand dahin.

Schwärze umhüllte sie voll und ganz. Keiner ihrer Sinne nahm mehr etwas wahr. Dann hörte sie plötzlich schrille Schreie. »Maaarrryyy! Maaary!«, rief eine, ihr in den Ohren schmerzende, Stimme.

Sie schlug die Augen auf, war wieder wach und rang nach Atem. Es kam kaum Luft in ihre Lunge. Mary blinzelte einige Male, aber der dunkler Schatten direkt über ihrer Brust verschwand nicht. »Was ist da nur?«, fragte sie sich panisch, konnte aber durch das spärliche Mondlicht in ihrem Zimmer kaum etwas erkennen. Langsam bewegte der Fleck sich. Er rutschte noch ein Stück auf ihr Gesicht zu und drückte den letzten Rest Luft aus ihrer Lunge. Er drehte den schattenhaften kahlen Kopf zu ihr um. Tiefgelbe leuchtende Dämonenaugen sahen sie an.

»Endlich bist du bereit, Mary Godwin!«, krächzte das Wesen mit grinsender Fratze.

Mary bekam keinen Ton heraus. Nur Tränen liefen ihr über die Wangen. Sie war erstarrt.

»Heule nicht, Weib. Ich lasse dir sogar die Wahl. Entweder ich schicke dich sogleich zu deinem Schöpfer, dass er über dich richten möge. Oder du gibst deine Seele mir. Im Gegenzug darfst du nicht nur dein Leben weiterleben. Ich mache dich sogar durch dein schriftstellerisches Werk unsterblich. Ich flüstere dir eine Geschichte ein, die auf der ganzen Welt niemals vergessen wird. Dein Name soll für immer in den Köpfen der Menschen sein, aber du, du kommst nach deinem Tod zu mir und meinem großen Meister in den höllischen Schlund.«

Marys Kehle brannte. Sie wollte jetzt noch nicht sterben. Sie wollte George aufwachsen sehen, Percy heiraten und, wenn sie ehrlich zu sich selbst war, wollte sie auch erfahren, welche Geschichte das war, von der die grauenvolle Kreatur auf ihrer Brust sprach.

Der Alb sprach weiter: »Beeile dich mit deiner Entscheidung. Ich sitze hier, bis du erstickt bist, dann ist die Entscheidung für dich getroffen. Dein Tod würde voller Qual und Pein noch lange dauern. Ich zeige dir Bilder, bis du mir deine Seele schenken willst, nur damit du nichts mehr sehen musst. Also quäle dich nicht selbst und willige unverzüglich ein.«

Mary wurde klar, dass sie eigentlich keine Wahl hatte. Ihre Lunge brannte immer mehr und ihre Angst vor dem Tod wuchs. Vielleicht würde sie ja einem schlimmen Schicksal entgehen und der Herr hielte seine Hand über sie, wenn sie ein gottgefälliges Leben führte. »Lass mich am Leben und dein soll meine Seele sein«, hauchte sie mit letzter Kraft, aber der Alb verstand sie. »Und gib mir die verdammte Geschichte. Lass mich für immer in Frieden und kehre zurück in den teuflischen Schwefelpfuhl.«

Grausiges Lachen schrillte durch Marys Kopf. Der Albtraum-Dämon streckte seine klauenartige Hand nach vorne und berührte ihre Stirn. Mit einer seiner Krallen zog er einen schnellen Strich über ihre bloße Haut. Aus dem Kratzer lief Blut, das er sich vom Finger leckte. Sein Grinsen entblößte faulige Reißzähne. »Ich werde dich am Ende holen und zu meinem Gebieter bringen. Deine Seele hole ich mir sehr bald, wenn du die Geschichte geschrieben hast. Du bist markiert und kannst meinem Meister nicht entrinnen.«

Mary fiel in eine tiefe Ohnmacht.

Sie erwachte früh am nächsten Morgen. Die Sonne war gerade aufgegangen und tauchte den glitzernden See in wunderschönes Licht. Mary hatte aber nur Augen für ihren Schreibtisch. Sie wusste nun, was sie schreiben musste. Sie hatte Bilder gesehen, Stimmen gehört. Die Worte formten sich von alleine in ihrem Kopf. Sie musste sie auf Papier bannen, denn sie waren für die Ewigkeit bestimmt. Das ewige Eis. Ein Wissenschaftler, der tote Materie zu neuem Leben erweckt. Sein Name: Frankenstein. Das Monster entwickelt ein Eigenleben, auf der Suche nach einer Frau, so abartig wie er selbst. Sie war in einem Rausch. Der Dämon hatte sein Versprechen gehalten und ihr eine besondere Geschichte eingeflüstert. Und sie musste diese nun nur noch aufschreiben.

Die Sonne stand schon hoch am Himmel, da klopfte es an ihrer Tür. Obwohl sie keine Antwort gab, kam Percy herein.

»Liebes, hast du denn gar keinen Hunger? Wir haben alle schon gefrühstückt.« Nachdem Mary keine Reaktion zeigte, näherte er sich ihr und sagte: »Schön, wie ich sehe, schreibst du ja. Hat deine Geschichte dich endlich gefunden?« Wieder blieb Mary Godwin still. »Ich möchte dich ja nicht stören, aber du bist so blass und du hast da ...«

»Dann störe nicht!«, zischte Mary, ohne den Schreibfluss ihrer Feder auch nur im Geringsten zu unterbrechen.

Unverrichteter Dinge, aber mit sorgenvoller Miene verließ Shelley seine Verlobte. Als aber Stunde um Stunde vergangen war und sie ihr Zimmer nicht ein einziges Mal verlassen hatte, schickte er ihre Stiefschwester Claire.

»Siehst du nach ihr?«, bat er sie. »Sie war heute Morgen so vertieft und wollte mich nicht sehen. Mary war irgendwie nicht sie selbst, so habe ich sie noch nie erlebt. Sie hat sich irgendwie am Kopf verletzt. Vielleicht ist das ja so ein Frauending und du kannst...«

»Keine Sorge, Percy, ich gehe schon.«

Auch Claires Klopfen blieb unbeantwortet. Sie öffnete trotzdem die Tür und blieb erstarrt stehen. Tief über ihren Tisch gebeugt saß Mary mit wirren Haaren da. Keine einzige Kerze erhellte den sich langsam verdunkelnden Raum. Beständig kratzte die Feder über das Papier. Ansonsten war keine Regung von Mary zu erkennen. Es war sehr kalt im Zimmer, Claire glaubte fast, dass sie ein kleines Atemwölkchen sehen müsste, würde sie in die Luft vor sich hauchen. Vorsichtig räusperte sich Claire und wurde erneut ignoriert.

»Mary, es gibt Abendessen, du bist doch bestimmt ...«

»Nein.«

»Aber die anderen ...«

»Nein!« Marys Stimme klang dieses Mal noch gereizter.

Claire wagte einen letzten Versuch, trat einen Schritt vor und sagte laut und deutlich: »Du musst aber doch ...«

»Raus!«, schrie Mary mit einer Stimme, die ihre Stiefschwester nicht kannte. Als wäre sie gegen eine unsichtbare Mauer gerannt, taumelte sie rückwärts. Kurz blieb sie noch in der offenen Tür stehen, drehte sich dann aber ruckartig um und schloss sie hinter sich.

Zu Percy, der die Szene vor der Tür mit angehört hatte, sagte sie: »Ich habe Angst vor ihr. Angst vor Mary! Da stimmt etwas nicht.«

»Dann gehe ich noch einmal zu ihr.«

»Ich glaube, dass es besser wäre, wir ließen sie erst einmal noch in Ruhe schreiben.«

In der Nacht war Percy Shelley noch viele weitere Male an die Tür seiner Verlobten gegangen und hatte in ihr Zimmer geschaut. Sie saß noch immer wie am Morgen da, inzwischen brannte aber eine Kerze. Abgesehen von einem ständigen Federkratzen zeugte nichts davon, dass dort ein lebendiger Mensch am Tisch saß. Auf dem Rückweg in sein Zimmer kam Percy am Billardraum vorbei und hörte, dass Claire und John Polidori sich darin stritten.

»Sie sind Arzt und kennen sich mit Schlafwandeln aus. Warum sehen Sie nicht nach ihr?« Claires Stimme klang so hoch, dass Percy meinte, bald müssten die Fensterscheiben bersten.

Johns Stimme war noch immer ruhig und höflich, als er sagte: »Ich wiederhole mich gerne noch hundert Mal, sollte Ihnen das helfen: Mary schlafwandelt nicht und ist nicht krank. Lassen Sie sie doch einfach arbeiten. Sie schreibt. Jeder Schriftsteller braucht da seine Ruhe.«

»Sie kennen Sie nicht, Dr. Polidori. Etwas stimmt nicht mit ihr. Sie müssen ihr helfen!«

»Und Sie sollten Byron helfen und ihn in Ruhe lassen. Sie blockieren seine Kreativität nicht nur mit Ihrer Anwesenheit, sondern auch mit Ihrer Schwangerschaft. Miss Clairmont, ich fürchte, Sie schaden Lord Byrons Werk.«

Eine kurze Pause folgte und Percy entschied, dass ihn das weitere Gespräch nichts angehe. Im Weggehen konnte er ein Rumpeln hören, als wäre eine Billardkugel auf den Boden geworfen worden.

Am darauffolgenden Morgen saß Mary schon mit Polidori am Frühstückstisch, als Claire und Percy fast zeitgleich hinzustießen. Sie blickten sich kurz bedeutungsvoll an, setzten sich und grüßten die beiden. Mary sah müde und überarbeitet aus, saß aber am Tisch. Ihre Bewegungen waren fahrig und sie blickte sich immer wieder hektisch über die Schulter.

»Guten Morgen, meine Lieben«, sagte Mary, »ich habe einen Roman geschrieben. Es ist endlich heraus, was heraus musste.« Damit wandte sie sich wieder ihrem Frühstück zu und beantwortete die darauffolgenden Fragen einsilbig und mit dem Hinweis, dass sie den Text einfach lesen sollten.

Als Byron die Tür aufriss und lauthals seine Muse lobte, schreckte Mary so sehr zusammen, dass sie fast vom Stuhl fiel. Sie wurde blass und wirkte tief erschüttert.

Auch den Rest des Tages war Mary nicht mehr sie selbst und zog sich sehr früh am Abend auf ihr Zimmer zurück, um etwas Schlaf nachzuholen. Sie versuchte, sich die Furcht vor ihrem Bett nicht anmerken zu lassen. Mary wusste nicht, was sie von dem Traum halten sollte, in dem ihr ein Dämon erschienen war und ihr eine Geschichte versprochen hatte. Am nächsten Morgen, dem gestrigen Tag, hatte alles deutlich vor ihrem geistigen Auge gelegen, sie hatte schlichtweg gewusst, was sie hatte schreiben müssen.

Durch ihre Übermüdung schlief Mary schneller ein, als sie es mit ihrer schrecklichen Angst für möglich gehalten hatte. In ihrem Traum wurde sie dieses Mal jedoch nicht von einem Schatten verfolgt. Sie befand sich von Anfang an auf dem schmalen Weg, der unter grauem Nebel fast verschwand. Keine Flammen loderten in der Tiefe, nur wabernde Düsternis schien sie verschlucken zu wollen.

Mary wachte schlagartig auf und spürte wieder eine schwere Last auf ihrer Brust, doch die Luft wurde ihr dieses Mal nicht so sehr abgedrückt. Noch bevor sie ihre Augen öffnete, wusste sie, was das zu bedeuten hatte. Die Geschehnisse der letzten Nacht waren nun für sie unumstößliche Tatsache geworden, bestätigt durch den erneuten Besuch.

Würde der Alb sie nun doch töten? Ihre Seele hatte er doch schon, was würde es ihm nützen? Marys Herz schlug schneller und sie fühlte, wie ihre Kehle enger wurde. Schließlich überwand sie sich und öffnete die Augen.

»Mary Godwin«, zischte der Dämon, »unser Handel ist erfüllt. Meinem Herrn gehört nun deine Seele und du hast dein Meisterwerk verfasst. Wir sehen uns wieder, wenn es für dich Zeit ist, zu sterben.« Erneut schoss eine Klaue des Albs hervor und ritzte einen weiteren blutenden Strich auf Mary Stirn. Wieder leckte sich der Dämon das Blut genüsslich von der Klaue und sie fiel in eine tiefe Ohnmacht.

Von der Begegnung der vergangenen Nacht wurde Mary auch nicht durch das Lob Percys oder Claires abgelenkt. Sie hatten ihr Werk, das den Titel *Frankenstein oder Der moderne Prometheus* bekommen sollte, beide noch am vorhergehenden Tag beziehungsweise in der Nacht gelesen und waren restlos begeistert.

»Ich wusste schon immer, dass du noch etwas Großes vollbringen wirst, Mary!«, wiederholte Claire wieder und wieder, woraufhin Mary nur nickte und sich abwesend über die Stirn strich.

Percy fragte: »Bist du denn gar nicht nervös? Wenn wir das einem Verleger schicken, wirst du garantiert auch seine Begeisterung wecken.«

»Ja, ich freue mich sehr«, erwiderte Mary ohne die geringste Spur von Freude im Gesicht, »aber ich habe das Gefühl, dass mich das Manuskript Vieles gekostet hat und noch Vieles kosten wird. Wahrscheinlich zu viel.«

Und Recht sollte sie behalten: Die nächsten Jahre ihres Lebens verbrachte sie voller Angst vor der Verdammnis, der sie sich selbst ausgeliefert hatte. Sie fühlte sich stets verfolgt und versuchte, Schatten zu vermeiden, wo es nur ging. Sie konnte nicht vergessen, was ihr bevorstand, und doch versuchte sie, ihr Leben mit Freude zu füllen. Sie hatte sich mit ihrem *Frankenstein* zwar unsterblich gemacht, am Ende aber träumte sie wieder den einen düsteren Traum.

1815

Ada Lovelace | Britische Mathematikerin

Es war nicht ganz ein Traum

Nina C. Egli

14. September 1844, Ockham Park
Brief von Augusta Ada King, Gräfin von Lovelace an Charles Babbage

Lieber Charles,

Ich hoffe, dass die Gerüchte, die zu mir vordringen, falsch sind. Doch da ich ihrer Quelle stets mit großem Vertrauen begegne, wage ich nicht, sie anzuzweifeln. Also wird es sie nie geben, die »Analytical Engine«? Sie sei zu teuer und es gäbe zu wenig Interessenten, sagen sie.

Als ich vor einem Jahr den Artikel zu Ihrem Modell geschrieben habe und damit auch den Algorithmus zur Berechnung der Bernoulli-Zahlen, war ich der glücklichste Mensch der Welt. Endlich konnte ich mich in etwas vertiefen, was mir lieb ist, und war nicht länger nur an meinen Mann und die Kinder gefesselt.

Doch nun ist diese Arbeit abgeschlossen und mit dem Gerücht, dass Ihr Modell nie umgesetzt werden wird, stirbt auch meine Hoffnung, weiterhin daran arbeiten zu können.

Dennoch werde ich weiterforschen. Ich habe so viele Ideen und alle wollen verfolgt werden. Ich weiß, dass wir uns diesbezüglich nicht in allen Punkten einig sind. Dennoch halte ich an meiner Ansicht fest, dass Apparate wie die »Analytical Engine« irgendwann nicht nur dazu verwendet werden können, einfache Berechnungen anzustellen. Sie könnten zu so viel mehr fähig sein und der Gesellschaft gute Dienste leisten. Daran werde ich arbeiten.

Falls sich die Gerüchte als falsch erweisen, lassen Sie es mich bitte wissen. Bis dahin wünsche ich Ihnen alles Gute.

Hochachtungsvoll,
Ihre Lady Fairy,
Ada Lovelace

Ada legte den Federkiel zur Seite und blickte aus dem Fenster. Es regnete, wie so oft um diese Jahreszeit und das Wetter spiegelte ihre Stimmung wider. Seit der Fertigstellung ihres Berichtes zur Rechnungsmaschine von Charles Babbage hatte sie sich auf nichts konzentrieren können. Unzählige Ideen geisterten in ihrem Kopf herum, doch es gelang ihr nicht, auch nur eine davon einzufangen und zu verfolgen.

Ada ließ den Blick über all die Notizhefte auf ihrem Tisch schweifen und blieb an einem hängen, das offen zuoberst lag. Es handelte sich dabei um ihre Überlegungen über die Zusammenhänge von Musik und Logik. Sollte man einer Maschine die Relationen zwischen Klängen, Harmonien und Kompositionen beibringen können, so müsste sie eigentlich in der Lage sein, von selbst komplexe Stücke zu komponieren.

Doch so sehr die Thematik sie reizte, auch dieses Projekt hatte Ada wieder auf Eis gelegt.

Seufzend erhob sie sich und suchte ihr Schlafzimmer auf. Es war bereits spät und ihr Ehemann war noch nicht zu Hause. Also würde sie sich ein weiteres Mal alleine schlafen legen. Die Kinder waren bereits von ihrem Kindermädchen, Miss Carpenter, zu Bett gebracht worden.

Als sie sich ausgezogen und das Nachthemd übergestreift hatte, schauderte sie auf einmal. Ohne genau zu wissen weshalb, fühlte sie eine plötzliche Angst und ihr Mund wurde trocken. Mit langsamen Schritten näherte sie sich dem Fenster und starrte eine Weile in die Dunkelheit. Noch immer prasselte der Regen unaufhörlich gegen die Scheiben und zeichnete seine Muster darauf. Mit einer bestimmenden Bewegung zog sie die schweren Vorhänge zu und wandte sich um.

Ein leiser Schrei entfuhr ihr, als sie rückwärts gegen das Fenster stolperte. Mitten im Zimmer stand ein Mann und es war nicht ihr Ehegatte.

Er war wohl etwas älter als dreißig Jahre und hatte krauses, volles schwarzes Haar. Sein Blick war stechend und die dunklen Augen fassten sie fest in den Blick. Er trug einen teuer aussehenden Mantel mit hohem Kragen, der seine restliche Kleidung verdeckte.

Ada war zu überrascht, als dass sie hätte reagieren können.

Da breitete der Fremde seine Arme aus und lächelte sie an. Es war ein verschmitztes, leises Lächeln und Ada wurde kalt und heiß zugleich, als sie es sah.

»Ada. Du bist schöner, als ich es mir je hätte ausmalen können.«

Seine Stimme war sanft und wohlklingend und Ada kam nicht umhin, sich geschmeichelt zu fühlen. Dennoch war etwas falsch, denn sie kannte diesen Mann irgendwoher. Auf einmal erinnerte sie sich und wäre sie nicht bereits mit dem Rücken zur Wand gestanden, hätte sie einen weiteren Schritt rückwärts gemacht.

»Vater?«, sprach sie und ihre Stimme zitterte.

Der Mann lächelte weiter und schwieg.

»Das ist unmöglich. Sie sind tot, seit zwanzig Jahren!«

Nun ließ der Fremde die Arme sinken und trat auf sie zu.

»Vielmehr seit zweihundert Jahren, meine Liebe. Aber deswegen bin ich nicht hier.«

Ein großer Klumpen in ihrem Hals verhinderte, dass Ada etwas erwidern konnte. Der Mann, der aussah wie ihr verstorbener Vater, betrachtete den Stoff der Vorhänge und fuhr ohne Umschweife fort.

»Ich habe deine Arbeit gelesen und bin beeindruckt. Ich gebe zu, dass ich nichts davon verstanden habe, doch das scheinen grundsätzlich nur wenige zu tun.«

Er wandte sich von den Gardinen ab und ihr zu.

»Ich brauche deine Fähigkeiten, Ada.«

Erst jetzt gelang es ihr, sich zu fassen und die Sache durchzudenken. Sie hatte ihren Vater nie getroffen, da die Ehe mit ihrer Mutter nur einen Monat nach ihrer Geburt gescheitert war. Bis sie zwanzig Jahre alt gewesen war, hatte ihre Mutter ihr sogar Bilder von ihm vorenthalten. Er starb 1824 als Kommandant im griechischen Unabhängigkeitskrieg. Das war das Einzige, was sie über ihn wusste.

Und nun stand er vor ihr und er sah exakt so aus wie auf den Bildern. George Gordon Noel Lord Byron.

»Wer sind Sie?«, fragte sie mit fester Stimme.

»Das hast du doch bereits erkannt, meine kluge Tochter. Ich bin Dichter, wenn man den Kritikern glaubt. Ein Kriegsheld, wenn man den Griechen glaubt. Gefährlicher Liebhaber, wenn man Lady Lamb glaubt und verrückt, wenn man deiner Mutter glaubt.«

Er lächelte wieder sein leises Lächeln.

»Ich bin Lord Byron. Unter diesem Namen kanntest du mich zumindest. Aber ich trage viele Namen: Master Eadfrid, Lord Ruthven, Vyron ...«

»Mein Vater ist tot und ich habe ihn nie gekannt«, unterbrach ihn Ada.

»Du hörst mir nicht zu, liebste Ada. Das habe ich nicht abgestritten.«

Nun öffnete er seinen Mund und Ada erkannte die angespitzten Eckzähne, welche ihm auf einmal ein beinahe bestialisches Aussehen verliehen. Sie konnte sich keinen Reim darauf machen, was genau sie sah, doch irgendetwas alarmierte sie dabei.

»Was wollen Sie von mir?«, fragte sie zaghaft, als sie erkannte, dass sie alles andere nicht verstehen würde.

»Ich will, dass du etwas entwickelst. Wie diesen Bernoulli-Algorithmus, nur etwas weitgreifender. Es ist bereits alles arrangiert.«

Bevor sie etwas erwidern konnte, reichte er ihr einen Brief.

»Eine Kopie dieses Briefs wurde in deinem Namen an Greig gesendet.«

Immer noch sprachlos nahm Ada den Brief entgegen und öffnete ihn. Ein Schaudern lief ihr über den Rücken, als sie ihre eigene Handschrift erkannte.

»Aber wie ...« Sie verstummte, als sie aufblickte. Ihr Vater, oder wer auch immer der Mann gewesen war, war verschwunden.

Eine Stunde später saß Ada mit einem heißen Tee in ihrem Arbeitszimmer. Mit zittrigen Fingern las sie den Brief immer und immer wieder. Wie angekündigt richtete er sich an Woronzow Greig, einen Anwalt und Wissenschaftler sowie langjährigen Freund Adas. Darin bat sie ihn, ein Treffen zwischen ihr und seinem Bekannten Andrew Crosse in die Wege zu leiten. Sie wolle ein mathematisches Modell davon entwickeln, wie das Gehirn Befehle an die Nerven sendet. Eine Berechnung des Nervensystems.

Sie legte den Brief zur Seite und vergrub ihr Gesicht in den Händen. Was sollte sie tun? Sie konnte nicht abstreiten, dass die Handschrift ihre war. Sie würde sich anhören, wie eine Verrückte.

Mit einem zynischen Lächeln dachte sie daran zurück, wie ihre Mutter ihr immer erzählt hatte, dass ihr nichtsnutziger Vater von einer Art Wahnsinn befallen war. Möglicherweise hatte sie Recht und die Krankheit war erblich. Andererseits hatte ihre Mutter sie immer belogen, was ihren Vater anging.

Ein letztes Mal las sie den Brief, dann legte sie ihn in eine Schublade und beschloss, alles bis zum Morgen zu vergessen.

Über die nächsten Tage und Wochen redete sich Ada ein, dass alles ein Traum gewesen war, den zu deuten sie nicht wagte. Sie öffnete die Schublade mit dem Brief nicht und versuchte, sich möglichst beschäftigt zu halten.

Bis zu dem Tag, an dem eine Nachricht von Greig sie erreichte. Mit trockener Kehle überflog sie ihn und entnahm ihm Datum und Ort für ein arrangiertes Treffen mit Crosse.

Erschöpft ließ sich Ada in den großen Ohrensessel in ihrem Arbeitszimmer fallen und massierte sich die Stirn.

Diese Situation war gänzlich unmöglich. Wer auch immer in ihrem Zimmer gestanden hatte, konnte nicht ihr Vater sein. Aber warum sollte er es behaupten? Und was wollte er von ihr?

Entschlossen kam sie auf die Füße und eilte in das Dachgeschoss ihrer Residenz. Dort holte sie die Kiste hervor, in welcher die wenigen Dinge verstaut waren, die man ihr nach Lord Byrons Tod als Nachlass hatte zukommen lassen. Sie schob lose Blätter und Notizhefte hin und her, bis sie ein Bild ihres Vaters in den Händen hielt.

Er war es und daran bestand kein Zweifel. Das Bild war datiert auf 1807 und der Mann, der vor einigen Wochen bei ihr gewesen war, sah kein Jahr älter aus.

Während Ada versuchte, eine Erklärung zu finden, stach ihr auf einmal ein Wort auf dem losen Papier ins Auge.

Lord Ruthven

Ein Name, den ihr Vater in der Nacht damals erwähnt hatte.

Ada sammelte die Seiten zusammen und fand schlussendlich das Deckblatt des Manuskripts.

Der Vampyr von John Polidori, geschrieben im Jahr ohne Sommer

Ein furchtbares Zittern überkam Ada, als sie die einzelnen Puzzlestücke zusammenzusetzen versuchte.

»Polidori war nie sonderlich einfallsreich«, ertönte auf einmal eine dunkle, tiefe Stimme.

Ada schreckte hoch und blickte um sich, die zerknitterte Manuskriptseite noch in ihrer Hand. Lord Byron stand direkt vor ihr und hatte sein typisches Lächeln aufgesetzt.

»Das Jahr ohne Sommer. Das Jahr deiner Geburt. Und das Jahr der hundert Ideen.«

Ada streckte ihm die Seite entgegen.

»Was bedeutet das?«

»Du weißt, was es bedeutet, meine kluge Tochter.«

Er machte einen Schritt auf sie zu und nahm das Papier aus ihrer Hand.

»In dieser Nacht haben viele Dinge ihren Anfang genommen.«

Eine Weile lang starrte er nachdenklich auf den Titel.

»Polidori hat sich damit begnügt, meine persönliche Geschichte aufzuschreiben, anstatt sich etwas Neues auszudenken. Im Gegensatz zu uns anderen.«

Er machte wieder einen Schritt zurück in die Schatten.

»Du hast den Brief erhalten, nehme ich an?«

Ada nickte abgehackt.

»Das habe ich. Aber ich werde nicht hingehen.«

Nun lachte Byron leise. »Das wirst du sehr wohl, liebste Ada.«

»Warum sollte ich?« Ihre Stimme war wieder fest und auch ihre Selbstüberzeugung kehrte zurück. Es hatte ihr nie gefallen, wenn ihr jemand Vorschriften machte.

»Ganz einfach.«

Plötzlich war Byron verschwunden. Ada blinzelte und wollte bereits an die Stelle treten, wo er gerade noch gewesen war, als sie einen Luftzug an ihrem Nacken spürte und starke Hände ihre Arme umfassten.

»Weil du es willst. Seit ich dir von der Idee erzählt habe, lässt sie dich nicht mehr los, nicht wahr? Auch wenn du es zu verdrängen versuchst, so denkst du doch jede Sekunde daran.«

Ada schluckte, da sie ihm recht geben musste. Auch wenn sie die Herkunft der Idee verdrängt hatte, so war sie fest verankert in ihrem Verstand. Sie hatte sich dabei erwischt, einschlägige Literatur zu lesen und sich über diesen Elektroingenieur Crosse zu erkundigen.

»Außerdem«, fuhr Byron in ihr Ohr flüsternd fort. »Ist dies das einzige Projekt, an dem du an etwas Handfestem arbeiten kannst. Ich finanziere alles, was du brauchst.«

Als sie spürte, wie sein Griff nachließ, wurden ihre Beine schwach und sie fiel auf die Knie. Sie brauchte sich nicht umzusehen, denn sie fühlte, dass er gegangen war.

Ada atmete tief durch und versuchte, ihre Gedanken zu ordnen. Dann stand sie auf, reckte den Kopf und verließ den Dachboden, ohne sich um die Unordnung zu kümmern.

Das Jahr ohne Sommer.

Ada ließ den Federhalter sinken und blickte nachdenklich aus dem Fenster. Auf ihrem Arbeitstisch türmten sich ihre Unterlagen und Teststücke und es war ein Wunder, dass sie selbst einen Überblick behalten konnte.

Sie griff nach ihrem Tee, der schon lange kalt war, und nippte daran.

Das Jahr, in dem ihre Mutter ihren Vater verlassen hatte.

Byron war danach aus Scham vor der Gesellschaft in die Schweiz geflüchtet, wo er sich mit seinem Leibarzt Polidori in eine Villa am Genfersee zurückgezogen hatte. Das Jahr ohne Sommer, deshalb, weil es ungewöhnlich kalt und unfreundlich gewesen war.

Ada verzog das Gesicht wegen des kalten Tees.

Sie hatte Recherchen angestellt in den letzten Wochen und das eine und andere über ihren Vater herausgefunden. In einer dieser düsteren Sommernächte entstanden im Hause Byron viele Geschichten.

Polidori begann mit dem Manuskript für *Der Vampyr*, welches kurz darauf verlegt wurde und großen Erfolg feierte. Das Buch erzählte die Geschichte vom zweigesichtigen Lord Ruthven, der sich schließlich als Vampir entpuppt. Die Geschichte, die Byrons Aussage zufolge auf seinem eigenen Leben basierte.

Ada hatte die Gedanken daran, was dies alles bedeuten konnte und sollte, weit hinter ihrer Stirn weggeschlossen. Es nützte nichts, wenn sie zuließe, dass ihre Arbeit davon beeinträchtigt würde.

Lord Byron hatte Recht behalten. Natürlich war Ada vor einem Monat zum Treffen mit Crosse gegangen und hatte sich zeigen lassen, wie man elektrische Experimente durchführt. Und natürlich war sie davon fasziniert gewesen, und in ihr hatte sich die Leidenschaft geregt, die sie immer verspürte, wenn der Wissensdrang überhandnahm.

Ada erinnerte sich daran, wie sie im Alter von zwölf Jahren den Entschluss gefasst hatte, fliegen zu lernen. Sie hatte ein Jahr mit der Planung verbracht und dann einen Prototyp von Flügeln gebaut. Obschon sie keinen Erfolg hatte verzeichnen können, hatte sie immerhin erkannt, wie befriedigend diese Arbeit war.

Ada streckte sich und bemerkte, wie die Müdigkeit sie überfiel. Es war noch nicht spät, aber sie hatte die letzte Nacht durchgearbeitet und konnte sich nicht daran erinnern, wann sie das letzte Mal etwas Anständiges gegessen hatte.

Dennoch zog es sie nicht ins Bett. Also setzte sie sich in den Ohrensessel und fasste nach dem Buch, das auf dem Tischchen daneben lag. Sie musterte den Einband lange.

Ada las nicht viel, das nicht Fachlektüre war. Früher hatte sie Prosa und Lyrik gelesen, doch heute nicht mehr. *Der Vampyr*, welches sie die letzten Tage verschlungen hatte, war das erste Buch seit Jahren gewesen. Und nun starrte sie auf die goldenen Lettern *Gedichte* auf einem Notizbuch, welches sie im Nachlass ihres Vaters gefunden hatte.

Sie wollte das Buch bereits aufschlagen, als sie das Rascheln von Vorhängen vernahm.

»Ich hoffe, wir stören deine Arbeit nicht, Ada.«

Ada zuckte bei der Berührung an ihrer Schulter zusammen und erhob sich dann sehr schnell vom Sessel. Dahinter stand Lord Byron, so wie er sie bisher immer besucht hatte, doch heute war er nicht alleine. Neben ihm stand eine Frau, die etwas älter war als Ada. Sie hatte wunderschönes, dunkelbraunes Haar, welches sie an den Seiten hochgesteckt hatte und sie trug ein einfaches Kleid mit einem langen Schal um die Schultern. Sie lächelte Ada freundlich an, doch irgendetwas in ihren tiefschwarzen Augen beunruhigte sie.

Byron deutete eine Verbeugung an und wies auf die Fremde.

»Ich habe eine Freundin mitgebracht, welche sich sehr für deine Arbeit interessiert. Vielleicht wäre es möglich, ihr zu zeigen, was du bereits erarbeitet hast?«

Ada wusste nicht, was sie darauf erwidern sollte und gleichzeitig beschlich sie auch das eiskalte Gefühl, dass ihr keine Wahl blieb. Sie beobachtete die Fremde genau, während sie mit langsamen Schritten an ihren Arbeitstisch trat. Als diese die Skizzen entdeckte, trat ein Leuchten in ihre Augen und auf einen Schlag waren Adas Bedenken weggefegt. Diese Frau teilte offenbar ihre Leidenschaft, warum sollte sie ihr also misstrauen? Immerhin arbeitete Ada für ihren Vater und der hatte die Fremde mitgebracht. Vielleicht würden sie sich austauschen können? Vielleicht konnte sie etwas lernen?

Stunden später verabschiedete sich die Fremde und Ada schwirrte der Kopf. Sie hatte nicht einmal bemerkt, dass Byron schon längst fort war und es war ihr auch nicht in den Sinn gekommen, die Frau nach ihrem Namen zu fragen. Offenbar war sie eine Naturwissenschaftlerin, verstand aber nicht viel von der Arbeit, die Ada leistete. Sie war äußerst wissensdurstig und hatte allerlei Dinge gefragt, sodass die Zeit wie im Flug vorbei gegangen war.

Nun fühlte sich Ada erschlagen und sie wollte sich nur noch zu Bett begeben. Als sie dort lag, kreisten ihre Gedanken aber um alles Mögliche und der Schlaf wollte nicht kommen.

Warum war Lord Byron nach England zurückgekehrt? Und warum hatte er sie aufgesucht? Adas nicht sonderlich warmherzige Mutter hatte immer nur schlecht von Byron gesprochen und alles, was mit ihm zusammenhing, von ihr fernzuhalten versucht. Doch dadurch, dass Ada den größten Teil ihrer Kindheit bei ihrer Großmutter verbracht hatte, hatte sie sich schon bald ein eigenes Bild von ihrem Vater gemacht. Es hatte sich nun zwar herausgestellt, dass auch dieses komplett falsch war, aber es hinderte sie nicht daran, sich danach zu verzehren, ihren Vater besser kennenzulernen.

Was auch immer seine Absicht war, es musste sich um etwas Großartiges handeln.

Der Besuch von Byrons Bekannter hatte Ada solchermaßen motiviert, dass sie die nächsten Wochen pausenlos durcharbeitete. Sie stellte Berechnungen an, erstellte Prototypen, verwarf alles und begann wieder von vorne. Doch von Ermüdung war keine Spur zu erkennen.

So dauerte es weitere zwei Wochen bis Ada spät abends wieder mit einer Tasse Tee im Sessel saß und Byrons Notizbuch zur Hand nahm. Als sie es aufschlug, fiel ein Stück Papier aus den Seiten in ihren Schoß. Es handelte sich um das Porträt einer jungen Frau, die Ada bekannt vorkam. Dann erinnerte sie sich.

Es war das etwas jüngere Abbild der Frau, der sie vor zwei Wochen ihre Arbeit erläutert hatte. Als Ada das Bild umdrehte, sah sie, dass dort etwas geschrieben stand.

Mary Shelley (1832)

Ada legte die Stirn in Falten während sie nachdachte. Sie hatte Shelleys Werk gelesen, welches Gerüchten zufolge ebenfalls im Jahr ohne Sommer entstanden war, als sie Lord Byron in der Schweiz besucht hatte. *Frankenstein oder Der moderne Prometheus* war ein verstörendes Buch und Ada erinnerte sich daran, wie fasziniert sie als Mädchen davon gewesen war.

Als sie sich bewusst wurde, dass sie mehrere Stunden mit der Autorin verbrachte hatte, ohne zu wissen, wer sie war, wurde Ada seltsam flau im Magen. Und dann, auf einmal erstarrte sie. Bild und Buch glitten aus ihren Händen und sie war für eine Weile unfähig zu atmen.

Mary Shelley interessierte sich für ihre Arbeit. Und diese Arbeit beinhaltete, wie sie die Nervenbahnen eines Menschen elektrisch nachbilden konnte.

Ich bin Frankenstein.

Diese drei Worte brannten sich tief in ihren Verstand. Je mehr sie sich an den Schweizer Wissenschaftler Victor Frankenstein und sein von ihm geschaffenes Monster erinnerte, desto klarer wurde das Bild vor ihren Augen.

»Du wirkst nervös, meine schöne, kluge Ada.«

Ada war bereits zu erschöpft, als dass sie noch zusammengezuckt wäre. Byrons Hände legten sich auf ihre Arme und drückten sie sanft. Die Geste verströmte ein warmes Gefühl in ihrem Körper und die Worte klangen süß in ihren Ohren. Doch dann löste er seinen Griff und trat um den Sessel herum vor sie hin. Wieder dieses Lächeln.

»Du bist für Großes bestimmt, das ist dir bewusst.«

Es war keine Frage, also antwortete Ada auch nicht.

»Du weißt nun, was ich von dir will, nicht wahr?«

Ada nickte und Lord Byron kniete sich neben sie, während er ihre Hand erfasste. Ein erneuter Wärmeschub fuhr durch ihren Körper, auch wenn seine Finger eiskalt waren.

»Du wirst Leben schaffen, Ada.«

In seiner Stimme lag große Aufregung und in seinen Augen ein sonderbarer Glanz.

Adas Gedanken flohen zum Buch und sie dachte an das unglückliche Ende, bei dem Frankenstein und sein Monster ums Leben kamen.

»Es wird nicht so enden, meine Liebe«, fuhr Byron fort, als könnte er ihre Gedanken lesen. »Du hast es selbst gelesen. Hätte Victor einen zweiten Menschen geschaffen, so wäre es nie so weit gekommen. Alles, was sein erstes Experiment brauchte, war ein Gefährte.«

Trotz der Müdigkeit spürte Ada, wie ihr Herz zu rasen begann. Künstliches Leben erschaffen. Es gab nichts Blasphemischeres als diesen Gedanken und doch war er so furchtbar verlockend und nachvollziehbar. Sie hatte die Möglichkeit in ihren Händen, wie könnte sie sie von sich weisen?

Fliegen? Maschinen, die Musik komponierten? Lächerlich, wenn man bedachte, was viel Größeres und Weltbewegenderes sie erreichen konnte.

Sie blickte ihren Vater an und spürte, wie ein Lächeln sich auf ihren Lippen ausbreitete. Sie würde Leben schaffen. Leben durch Berechnung, durch Logik und Formeln.

Sie schloss die Augen und atmete tief durch.

Seit vielmehr 200 Jahren, hatte Byron über seinen Todeszeitpunkt gesagt.

Die Wiedergeburt nach 200 kalten, toten Jahren. Nun erkannte Ada, was die Absichten ihres Vaters waren.

Byron war bereits wieder verschwunden, aber Ada wunderte sich nicht mehr über die lautlose Art, wie er kam und ging. Sie nahm das Notizbuch zur Hand, jedoch mehr, um ihre aufgeregten Finger zu beschäftigen, als wirklich zu lesen. Sie blätterte wahllos durch die Seiten und blickte auf die Buchstaben, ohne sie zu erfassen. Doch dann fiel ihr etwas auf.

Sie begann langsamer zu blättern und erkannte, dass das Buch voll war mit Gedichten, die alle denselben Namen trugen: *Finsternis*

Das erste war datiert auf 1816, das Jahr ohne Sommer. Die Gedichte waren in ihrer Art dieselben, offenbar über eine lange Zeit abgeändert und immer wieder neu geschrieben.

Ada blätterte auf die hinterste Seite und begann die zuletzt verfasste Version zu lesen.

Mir kam ein Traum – es war nicht ganz ein Traum.
Die schöne Sonne war verglüht; die Sterne verdunkelt
kreisten in dem ew'gen Raum.

Ada las weiter und sie konnte die Augen kein einziges Mal vom Text nehmen, bis sie ihn zu Ende gelesen hatte. Es war ein erschütterndes Gedicht über das Ende der Welt und die Degenerierung der Menschheit. Mit zitternden Fingern blätterte sie vor und zurück und las einige Zeilen noch einmal durch, während in ihr nach und nach die Erkenntnis reifte.

Die Menschen sahen nicht mehr irdisch aus.

Zeichnungen von Frankensteins Monster, die sie früher gesehen hatte, huschten durch Adas Verstand.

Mit Wahnsinns Unruh blickten sie auf zum Himmel.

Die Worte ihrer Mutter über den geistigen Zustand Byrons hallten in Adas Ohren wider.

Bestien kamen.

Bestien, die sie erschaffen würde. Sie, Ada Frankenstein.

Lebendig waren zwei zuletzt.

Byron, zuletzt wieder lebendig, und Shelley.

Nur ein Gedanke war auf Erden und der war – ruhmloser Tod.

Das Buch glitt aus Adas Fingern.

Auf einmal breitete sich alles ganz klar und deutlich vor ihr aus. Es ging nicht darum, Lord Byron wieder zum Leben zu erwecken. Es ging darum, eine Horde von Monstern zu erschaffen, die die Erde ihrem Untergang entgegenführen würden.

Sie war Frankenstein. Lovelaces Monster. Sie würde dafür verantwortlich sein.

Ihr Hals wurde trocken, als sie den Kopf zu ihren Forschungsergebnissen wandte.

»Du siehst müde aus, liebste Ada.«

Ada nickte bloß. Zwei Wochen waren vergangen, ohne dass sie den geringsten Schlaf hatte finden können. Mit verschwommenem Blick beobachtete sie, wie Mary Shelley ihre Notizen und Forschungsmaterialien an sich nahm und aufmerksam durchblätterte.

Sie streckte ihr eine aufgeschlagene Seite in dem Heft hin und ihre Augen glühten vor Erwartung.

»Dies ist er? Der entscheidende Algorithmus?«

Ada nickte abermals. »Das ist das Herzstück.«

Ein Strahlen breitete sich auf Shelleys Gesicht aus und Ada fragte sich plötzlich, ob sie wohl wusste, was Lord Byrons Pläne waren. Und gleich daraufhin fragte sie sich selbst, ob sie es so genau wusste. Es spielte keine Rolle. Es gab nichts, was Ada tun konnte.

Ihr Vater trat auf sie zu und bedachte sie mit einem Blick, in dem Stolz und Freude lagen. Seine Hand fuhr über ihre Wange und Ada schoss die Wärme in den Kopf. Sie begann zu zittern – wie immer, wenn er sie berührte. Dann schloss er sie in die Arme und Ada versuchte, ihre Verkrampftheit zu verbergen. Ihr entfuhr ein kleiner Schrei, als sie seine langen Eckzähne über ihren Hals kratzen spürte. Dann löste er sich wieder von ihr.

»Ich komme zurück, liebste Tochter. Schon bald. Und dann werde ich dich ausgiebig belohnen.«

Ada wusste nicht, weshalb diese Worte so fürchterlich bedrohend auf sie wirkten.

Als die beiden fort waren, ließ sich Ada in den Sessel fallen. Ihr war übel und schwindlig und sie zitterte am ganzen Körper. Tränen stiegen ihr in die Augen und eine stumme Verzweiflung machte sich breit.

Ada schlief schlecht in dieser Nacht. Sie rollte sich hin und her, und als der Schlaf endlich kam, träumte sie von Vulkanen und wilden Bestien, von Menschen, die sich gegenseitig erschlugen und verzehrten und davon, wie sie Hand in Hand mit ihrem Vater über die verwüstete Erde wandelte.

Die Nächte der folgenden Wochen verliefen ähnlich und auch ihr Ehemann bemerkte, dass es Ada nicht gut ging. Er wollte bereits einen Arzt rufen, doch sie hielt ihn davon ab. Sie fühlte sich schlecht, wusste jedoch, dass keine Medizin etwas daran ändern würde.

Knapp ein Monat nachdem sie Byron das letzte Mal gesehen hatte, kehrte ihr Gatte mit Neuigkeiten nach Hause.

»Letzte Nacht gab es ein Feuer in einem alten verlassenen Landhaus in der Nähe«, erzählte er beim Abendessen. Ada horchte nervös auf.

»Offenbar wurden mehrere Leichen darin gefunden. Ich kenne das Haus. Dort lebt seit Jahren niemand mehr. Seltsam, nicht wahr?«

Ada nickte etwas abwesend und entschuldigte sich dann. Sie eilte in ihr Arbeitszimmer und schloss die Türe hinter sich. Dort ließ sie sich in den Sessel fallen und krallte ihre Finger in die Lehne, um ihre Nerven zu beruhigen.

»Du warst es, nicht wahr?«

Die Stimme ließ Ada zusammenschrecken und sie war sofort auf den Füßen.

Als sie sich umwandte stand dort Mary Shelley im Fenster. Sie war schwer verletzt, Brandwunden überzogen ihren Körper und die Hälfte ihres Gesichtes war entstellt. Doch noch während Ada sie geschockt ansah, schien es ihr, als würden die Wunden nach und nach verheilen.

Shelley trat auf sie zu und Ada erkannte nun, dass ihre Eckzähne länger und spitzer waren als gewöhnlich.

»Sag schon. Du warst es.«

Adas Blick fiel auf ihren Arbeitstisch, wo sich noch immer einige Aufzeichnungen befanden. Sie rief sich den Abend in Erinnerungen, an dem sie alle ihre Notizen überarbeitet und die vielen kleinen Fehler eingebaut hatte, die dafür sorgen würden, dass alles schieflief.

Es hatte funktioniert.

Sie nickte stumm.

»Byron ist tot«, sagte Shelley ohne Regung in ihrer Stimme. »Endgültig. Ich konnte mich retten, da ich früh genug bemerkte, was geschah. Leider habe ich zu spät realisiert, was sein Plan war.«

Als Ada sie anblickte, waren die Wunden in ihrem Gesicht schon beinahe verschwunden.

Shelley trat einen Schritt auf Ada zu und hielt dann inne. Sie fuhr mit den Fingern über das Gedichtbuch von Byron, welches noch auf dem Nachttisch lag und ein leises Lächeln umspielte ihre Lippen.

»Er war immer etwas düster, weißt du. Aber ich wusste nicht, dass er derart verrückt ist.«

»Was war es?«, brachte Ada über die Lippen. »Was ihn dazu veranlasst hat.«

Shelley wiegte unschlüssig den Kopf.

»Ich weiß es nicht. Ab und zu glaubte ich, dass er ganz einfach einen tiefen Hass hegte gegen das Leben, das er nicht haben konnte. Vielleicht wollte er auch nur seine Macht demonstrieren. Er war ein egozentrischer Mann.« Sie seufzte tief. »Ich ließ mich von ihm und seinen Geschichten blenden. Ich wollte nur etwas erschaffen, nicht zerstören.

Sie schenkte Ada ein Lächeln und wandte sich dann zum Fenster.

»Lebt wohl, Ada Lovelace. Ich werde Euch nicht weiter belästigen, sondern mein Leben so führen, wie es ist.«

Mit diesen Worten war sie verschwunden.

Tagebucheintrag von Ada Lovelace, 15. April 1845, Ockham Park

Vor 18 Monaten beendete ich den Artikel für Charles Babbage, welcher meinen Algorithmus enthielt. Vor sieben Monaten stand ein toter Mann in meinem Zimmer, der die Welt untergehen lassen wollte.

Wie viele von ihnen werden da draußen sein? Byron, Shelley, Polidori ... Wie viele Menschen führen ein totes Leben? Und wie viele von ihnen sind dem überdrüssig?

Was ich nicht weiß, ist, wer die anderen Leichen waren, welche man im Landhaus gefunden hatte. Man konnte keine von ihnen identifizieren, auch nicht Lord Byron. Waren es Leute wie er? Oder waren es arme Opfer, die seinem Zweck dienen sollten?

Auch wenn sich mein Vater als verrückt herausgestellt hat, so schätze ich mich dennoch glücklich, ihn kennengelernt zu haben. So viele Jahre rankten sich die Geheimnisse um diesen Mann und nun weiß ich, dass nichts, was ich oder meine Mutter uns ausgemalt hatten, auch nur im Geringsten an das Mysterium heranreichte, welches er tatsächlich wahrte.

Mary Shelley lebt ein normales Leben, so scheint es mir. Sie bereiste Europa mit ihrem Sohn und schrieb, so habe ich vernommen. Ich hüte mich davor, mit ihr in Kontakt zu treten und sie hat ihr Versprechen bisher ebenfalls nicht gebrochen.

Ich frage mich häufig, was alles möglich gewesen wäre mit meinen Berechnungen zum menschlichen Nervensystem und ob sie akademische Aufmerksamkeit erlangen würde, sollte ich meine Arbeit publizieren. Doch es behagt mir nicht, dies zu tun. Ich habe die Aufzeichnungen, welche nicht im Feuer verbrannt wurden, nachträglich zerstört.

Vor drei Monaten hat mein Vater mir gesagt, dass ich zu Großem bestimmt sei.
Heute spricht man von mir. Man kennt meine Arbeit. Der Algorithmus zu den Bernoulli-Zahlen hat mich populär gemacht und das, obwohl meine Familie so viel Skandalöses getan hatte.
Er mag recht gehabt haben. Doch meine Größe habe ich erreicht, bevor ich ihn getroffen habe.

Ruhe wohl, Vater. Für immer.

1820

Florence Nightingale | Begründerin der modernen Krankenpflege

Die Engel der Krim

Markus Cremer

»Was für eine gottverdammte Scheiße!«, fluchte Joyce und riss den Verbandsmull in zwei Streifen. Der blutüberströmte Soldat wimmerte auf seinem von Flöhen verseuchten Strohlager. Mit der rechten Hand hielt er seinen linken Armstumpf umklammert. Sein Blick glitt durch sie hindurch.

»Wir haben einfach nicht genug von diesem verfluchten Stoff!« Sie sah in den Saal und erblickte dahindämmernde Verwundete. Keiner der Männer hatte noch die Kraft zum Schreien, obwohl ihre Verletzungen ungeheuer schmerzhaft sein mussten.

Vielleicht betäubte sie auch der Geruch von Scheiße und Pisse, dachte Joyce und fühlte sich an ihre Kindheit in verschiedenen Armenvierteln von London erinnert. Keines davon war der Hölle so nah gewesen, wie dieses Hospital auf der Krim. Der schwachsinnige Angriff der britischen Reiter hatte viele Opfer gefordert. Wie viele würden noch sterben?

»Ein Pint käme jetzt echt gut, Soldat, was?«, fragte sie scherzhaft, um ihm die Angst zu nehmen.

»Schweigen Sie!«, fuhr die schleierverhängte Nonne dazwischen. »Wir tun unsere Pflicht. Gott hört jedes Wort und er wird Sie wegen der Flüche und lästerlichen Reden verdammen! Genau wie Ihre Anführerin, diese ...«

»Kein Wort gegen Florence Nightingale, verstanden?« Joyce richtete sich auf und ihre burschikose Statur überragte die der zierlichen Nonne um Haupteslänge. »Sie versucht wenigstens, die Umstände zu verbessern, statt nur zu beten.«

»Ich vertrete das Wort Gottes und ich werde mich nicht mit einer bäuerlichen Dirne streiten.«

»Einer was?« Joyce zog den rechten Arm zurück. Ihre Hand war zur Faust geballt.

»Schluss damit!«, erklang eine scharfe Stimme, unter der sowohl Joyce, als auch die Nonne zusammenzuckten. »Der Mann leidet und ihm sollte jede Aufmerksamkeit gelten. Sofort!« Die Öllampe in der Hand war eines von Florence Nightingales unverwechselbaren Erkennungszeichen. Der Soldat stöhnte und drehte den Kopf in ihre Richtung.

»Joyce, träufle bitte etwas von dem Salzwasser auf die Wunde. Es wird die Infektion mildern.« Florence schmerzte es, den armen Mann in einem derart schlechten Zustand zu sehen. Wenigstens waren in der Nacht die Fliegen nicht mehr aktiv, doch am Morgen würden sie erneut ausschwärmen und ihre Eier auf Wunden und Eiter legen. Ein Teufelskreis. Die weißen Eier auf dem Armstumpf konnte sie sogar im schlechten Licht der Lampe erkennen.

Sie hatte den Krimkrieg als Chance gesehen, ihre Ideen der Hygiene und der modernen Krankenpflege umzusetzen. Mit ihrer Hartnäckigkeit war es ihr gelungen, Gelder einzutreiben und die bizarre britische Militärbürokratie zu umgehen. Dieser Einsatz war jedoch keine Bewährungsmöglichkeit, sondern die wahre Hölle. Jeden Tag karrten britische Fuhrleute verletzte und tote Soldaten an. Sie war mit ihren drei Dutzend Pflegerinnen erst seit vier Tagen in Scutaria, doch die Kämpfe dort draußen standen den Konflikten mit Doktor Menzies und seinen treu ergebenen Nonnen in nichts nach.

»Sie könnten ruhig helfen, Schwester ...«

Die Frau reagierte nicht auf ihre unausgesprochene Frage, sondern sagte: »Der Doktor wird davon erfahren.«

»Soll er ruhig«, sagte Florence in leisem Ton, um den Verletzten nicht zu beunruhigen, »ich werde trotzdem damit fortfahren, dieses Gebäude von Ratten, Flöhen und Fliegen zu reinigen. Salzwasser und Zitronensaft sind dabei nur der erste Schritt.«

»Salzwasser schmerzt auf der Haut«, entgegnete die Nonne, »ich kann mir nicht vorstellen, dass es den Soldaten angenehm ist ...«

»Es soll nicht angenehm sein, es soll ihnen helfen. Das Empire wird diese Behandlung überall einführen, wenn ...« Florence stutzte,

blickte an der Nonne vorbei. Sie erkannte den jungen Soldaten in der Ecke wieder. Er hatte bei dem schwachsinnigen Reiterangriff auf das Tal von Balaklawa ein Bein verloren. Die glühende Kartäsche hatte die Wunde verödet, so hatte er nur wenig Blut verloren. Ein Wunder, in all dem Elend. Sie hatte noch vor zwei Stunden mit ihm gesprochen. Jetzt lehnte er bleich und leblos an der brüchigen Mauer. Rasch eilte sie an seine Seite und fühlte seinen Puls. Nichts. Fassungslos blickte sie auf seinen entsetzten Gesichtsausdruck. Der Tod war nicht mit sanften Schwingen herbeigeschwebt, sondern hatte ihn gewaltsam geholt. Was war geschehen? An der Kehle waren dünne Linien zu sehen. Sie bewegte den Kopf des Toten und die Schnitte öffneten sich zu tiefen Schlitzen. Trotzdem war kein Blut zu sehen. Seltsam. Anders sein Hemd, welches blutbesudelt war. Sie zog eine Verbandsschere aus ihrer Kitteltasche und trennte den derben Stoff auf.

»Was tun Sie da?«, wollte die Nonne wissen. »Dem Mann geht es schlecht, lassen Sie ihn in Ruhe.«

»Tot«, antwortete Florence und strich zärtlich über die bleiche Stirn des jungen Mannes, »er ist tot. Ich will wissen, warum.«

»Ich hole Doktor Menzies, nur er ist befugt, diese Dinge zu tun.« Die Nonne hastete davon.

»Das war Schwester Aethel«, rief Joyce hinüber, »die Oberhexe.«

»Wir müssen Marjorie informieren«, sagte Florence, »sie kann diesen Toten gleich in das Hauptbuch aufnehmen.«

»Ihre Zählung stimmt doch ohnehin nie«, hielt Joyce dagegen.

»Stimmt, aber vielleicht gibt es dafür einen Grund«, sagte Florence nachdenklich. Sie zog den Hemdstoff auseinander und blickte durch ein Loch direkt in das Innere des Toten. Nur ihre strenge Erziehung verhinderte, dass sie sich übergab oder abwendete. Sie zwang sich, die Dinge objektiv zu betrachten. Soweit es in dem Licht erkenntlich war, fehlten einige Organe.

»Joyce, ich brauche hier Hilfe.« Die Pflegerin aus dem Londoner Armenviertel kniete neben ihr nieder.

»Heilige Scheiße«, entfuhr es ihr. »Ratten?«

»Dachte ich zuerst auch«, erwiderte Florence. »Andererseits knöpfen Ratten das Hemd nicht wieder zu, oder?«

»Ich kenne keine, die sowas macht«, sagte Joyce. »Zumindest keine

mit vier Beinen.« Sie kicherte. »Ich könnte jetzt echt was zu trinken gebrauchen.«

»Meine Damen, was tun Sie dort?«, erklang die leise Stimme von Doktor Menzies. Der untersetzte Mann mit der blassen Haut hielt eine Lampe in den zitternden Händen. Florence wollte es der Belastung inmitten dieser Vorhölle zuschreiben, doch sie roch den Atem des Doktors zu oft. Sein Fluchtmittel aus dem täglichen Horror war der Alkohol, da war sie sich sicher. Sie wunderte sich, dass die Nonnen ihm trotzdem so treu ergeben waren.

»Dieser Mann wurde ermordet und ein Teil seiner inneren Organe fehlt«, erklärte sie die Lage.

»Unsinn«, kam postwendend die Antwort, »wer sollte Teile von Toten stehlen? Lächerlich.« Er kam heran und beugte sich über die Leiche. Nach einer Sekunde fuhr sein Kopf hoch und er verkündete: »Ein typischer Fall von Leichenzersetzung. Habe ich bereits hundert Mal gesehen. Etwas im Inneren zerfrisst die Organe. Ungewöhnlich für Laien, aber für einen Mann der medizinischen Akademie von Liverpool natürlich absolutes Grundwissen.«

Florence sah, wie ihn jedes seiner Worte zu größerer Unwichtigkeit aufblähte. Sie unterbrach seinen Vortrag und sagte hartnäckig: »Der Mann wurde ermordet. Die Schnitte an der Kehle beweisen es und ihre Theorie der spontanen Verwesung ist so ernst zu nehmen wie der Schatz irischer Kobolde am Ende des Regenbogens.«

Der stolzgeschwellte Brustkorb Doktor Menzies sackte in sich zusammen. Sie bemerkte, dass sein Zittern zunahm.

»Wie dem auch sei, ich kann mich nicht länger hier aufhalten, da weitere Verwundetentransporte der ruhmreichen Attacke der leichten Brigade erwartet werden.«

»Ruhmreich?«, warf Joyce ein. »Sechshundert Dummköpfe reiten in ein Tal des Todes und werden zu Kanonenfutter für die Russen.«

»Jeder hat seine Meinung«, sagte Doktor Menzies und zog sich zurück.

»Ein seltsamer Vogel«, urteilte Joyce.

»Ein Mann, der ein Geheimnis verbirgt«, sagte Florence nachdenklich. Sie bückte sich nach ihrer Öllampe und bemerkte dunkle Flecken auf dem Steinboden. Frisches Blut in einer geraden Linie.

»Diese Spuren führen vom Toten fort«, murmelte sie.

»Klar, da hat die zweibeinige Ratte ihre blutige Beute fortgeschafft«, kombinierte Joyce. »Jetzt käme mir ein Pint wirklich recht.«

»Später«, sagte Florence und griff nach ihrer Lampe. »Wir folgen dieser Spur.« Sie schritt voran und beugte sich dicht über den Steinboden. Die Blutstropfen wurden seltener, doch die Richtung war zweifelsohne zu erkennen. Die Angst kroch ihr Rückgrat entlang. Langsam, aber stetig intensiver werdend. Was ging hier vor? Sie war froh, dass die stämmige Joyce ihr Gesellschaft leistete.

Der Geruch nach Fäkalien wurde stärker, als sie den Trakt mit den absolut Hoffnungslosen betrat. Schwaches Licht drang aus den rußenden Fackeln an den Wänden. Die Männer in diesem Saal warteten auf den Tod. Ein kurzer Blick offenbarte Florence, dass einigen die Wartezeit verkürzt worden war. Blicklose Augen starrten sie an. In einer Ecke sah sie eine der Nonnen. Joyce zog die Luft ein. Die verschleierte Frau beugte sich tief über den Schoß eines der Soldaten.

»Donnerwetter!«, entfuhr es Joyce. »Von wegen Jungfrauen, was? Die wird doch nicht etwa ...«

»Ich fürchte es ist anders«, flüsterte Florence, der die blutigen Hände der Nonne auffielen. Sie stellte ihre Lampe ab. Das Stöhnen der Todgeweihten überdeckte ihre Schritte, als sie sich der schmatzenden Frau näherte. Sie blickte ihr über die Schulter und erstarrte. Die Klosterfrau wühlte im Inneren der Bauchhöhle. Ihre Hände glichen scharfen Instrumenten. Die langen Fingernägel bohrten sich in Gewebe und Arterien.

Was geschah hier? Instinktiv trat Florence einen Schritt zurück, doch die Nonne fuhr herum. Ohne den Schleier konnte sie einen Blick auf das Gesicht erhaschen. Eine missgestaltete Fratze, die nichts Menschliches an sich hatte. Grau, eingefallen und mit den Zähnen einer Hyäne ausgestattet. Die lidlosen Augen waren übergroß und tiefschwarz.

»Was bist du?«, rief Florence geschockt aus.

»Dein Tod!«, kam die krächzende Antwort, die Florence entfernt an die zierliche Schwester Aethel erinnerte. Konnte das sein?

»Hinfort, du Monster!«, schrie Joyce und kam herangelaufen. Das Ding sprang auf, wobei eine der Darmschlingen an seinen Krallen hängenblieb. Mit der anderen Hand holte die Kreatur aus und verletzte Florence an der Stirn. Der Schmerz war erstaunlich intensiv

und augenblicklich sprudelte ein Strom Blut daraus hervor. Taumelnd wich sie zurück. Sie sah, wie Joyce auf das absurd zierliche Monster einschlug, doch keinen sichtbaren Schaden erzeugte. Geschickt wich Joyce zurück, doch sie fiel über die Beine eines toten Soldaten. Gebückt näherte sich das Ding, welches sie als Schwester Aethel gekannt hatte, der gestürzten Joyce. Florence sah sich um, entdeckte aber keine Waffe, außer ihrer Lampe und dem Becken mit Salzwasser. Der Raum war voller Menschen. Sterbenden, wie sie nur zu gut wusste, aber es waren ihre Schutzbefohlenen. Einen Brand konnte sie nicht riskieren. Ohne weiter zu überlegen, nahm sie die Schale und schüttete der Bestie das Wasser ins Gesicht. Sie hatte damit gerechnet, dass sie sie damit ablenken würde. Was folgte, klang nach dem Gewimmer der armen Seelen im Fegefeuer. Kreischend riss das Ungeheuer seine Hände vor das Gesicht. Fetzen lösten sich daraus und fielen zu Boden. Irritiert bemerkte Florence, dass sich in der grauen Haut tiefe Krater bildeten.

Lag es am Salzwasser?

Die Kreatur fauchte und fletschte die beeindruckenden Zähne. Mit einem wütenden Heulen drehte sich die Bestie um und verschwand im nächsten Ausgang. Der schwarze Habit machte die flüchtende Kreatur im Dämmerlicht nahezu unsichtbar.

Florence half Joyce auf. »Irgendeine Idee?«, fragte sie. »Irgendeine Erklärung? Ich finde keine«, gab Florence zu.

»Du bist verletzt«, stellte die große Frau fest und holte etwas Verbandsmaterial hervor. Mit den Resten des Salzwassers reinigte sie die Kopfverletzung. »Diese Wunde sollte sich besser der Doktor ansehen.«

»Ich traue Doktor Menzies nicht«, sagte Florence. »Etwas stimmt nicht mit ihm.«

»Was hier nicht stimmt, habe ich eben gesehen. Ich habe es doch gesehen, oder?«, fragte Joyce.

»Da gibt es keinen Zweifel«, erwiderte Florence und deutete auf den ausgeweideten Soldaten.

»Verdammte Schweinerei!«

»Wir müssen diese Nonne aufhalten«, bestimmte Florence.

»Wieso sind die nicht schon vorher aufgefallen?«, fragte Joyce. »Warum jetzt, wo wir hier sind? Gehören die zu den Russen?«

»Glaube ich nicht«, erwiderte Florence, »ich denke, meine

Maßnahmen haben sie ans Licht gescheucht.«

»Du meinst ...«

»Richtig, ich denke mittlerweile, dass Marjorie sich nicht dauernd verzählt hat. Es sind wirklich Leichen verschwunden, allerdings nicht mehr so viele wie zu Beginn.«

»Leichen verschwinden nicht!«, sagte Joyce.

»Was passiert mit einer toten Katze im East End von London?«

»Landet im Fleischtopf von einem armen Schlucker«, gab Joyce zurück.

»Genauso ist es passiert«, sagte Florence zu sich selbst. »Mitten im Krieg, genau vor meinen Augen.«

»Aber der Doktor muss das doch merken ...«, meinte Joyce.

»Eben«, sagte Florence und marschierte los.

»Wartet«, erklang eine leise Stimme aus einer dunklen Ecke. Argwöhnisch leuchtete Florence mit ihrer Öllampe die Stelle aus. Ein abgemagerter Soldat mit grauem Backenbart lehnte mit dem Rücken an einer schimmligen Ecke. Seine Bewegungen wirkten fahrig, als er sie heranwinkte.

»Ich habe alles g-gesehen«, sagte er und hustete. Blut tropfte von seinen Lippen herab. Der Verband an seinem Oberschenkel roch faulig.

Wundbrand, schoss es Florence durch den Kopf. Fortgeschrittenes Stadium, was bedeutete, dass er noch weniger als einen Tag hatte. Schmerzen inklusive. Sie bemühte sich, das Gesicht nicht zu verziehen.

»Was kann ich für Sie tun?«, fragte sie in sanftem Ton.

»I-Ich habe a-alles gesehen. Diese Viecher k-kommen jede Nacht.«

»Es gibt mehrere?«

»Die S-Schwestern sind es, a-aber mich wollen sie nicht. Warum a-auch immer. Vielleicht bin ich i-ihnen zu zäh.« Er lachte und weitere Blutstropfen fingen sich im Backenbart.

»Sie sind ein zäher Bursche, was?«, fragte Joyce.

»Darum lebe i-ich noch.« Weiteres Husten.

»Was zum Kauen?«, fragte Joyce und bot etwas von ihrem Tabak an.

»Ihr seid richtig, d-deshalb möchte i-ich Euch was geben.«

»Was denn?«, fragte Florence.

»Meinen Schatz. Ich habe i-ihn behalten, obwohl wir i-ihn abgeben sollten.« Er griff unter das Stroh und holte ein in Öltuch gewickeltes Paket hervor. Florence ahnte, was sich in dem Bündel befand. Der

Soldat reichte ihr das Paket. In seinem Inneren fand sie einen nagelneuen Revolver.

»Ein Colt?«

»Colt Navy. Aus der Londoner Fertigung, nicht aus Amerika.«

Joyce pfiff durch die Zähne. Florence sah verwirrt zu ihr hinüber.

»Flammneu die Teile.«

»Woher ...«, startete Florence ihre Frage, doch Joyce winkte ab.

»In London kannte ich einen Seemann, der mir von den Dingern erzählt hat. Ein stattlicher Bursche mit großem ...«

»Schon gut«, unterbrach Florence. Die Ausdrucksweisen ihrer Pflegerinnen waren ihr manchmal zu direkt.

»Die L-Laderamme befindet s-sich unter dem Lauf«, erläuterte der Todgeweihte mit fester Stimme. »Er i-ist geladen. Sechs Schuss. Machen Sie d-das Beste daraus.« Erneut schüttelte ihn ein Hustenanfall.

Er zog einen Packen Papierpatronen aus seiner Jacke und drückte ihn Florence in die Hand.

»Wie kann ich Ihnen danken?«, wollte sie wissen.

»Besuchen Sie mich, wenn die gottlosen Viecher tot sind. Sollte ich dann nicht mehr hier sein, lassen Sie eine Messe für mich lesen. Mein Name lautet Errol Lloyd, Sergeant.«

»Werde ich tun. Mein Wort darauf«, entgegnete sie in feierlichem Ton.

»Danke«, der alte Soldat sank zurück. Ein langgezogenes Stöhnen begleitete diese Bewegung. Im Geiste schwor sich Florence, sich um den Mann zu kümmern. Falls sie die Verfolgung der Bestien überlebte.

»Wir gehen auf Jagd!«, sagte Florence, steckte den Revolver ein und marschierte los. Mit ausholenden Schritten durchquerte sie den Saal und trat in den schmutzigen Korridor. Ihre Lampe warf groteske Schatten an die unverputzten Wände. Auf klapprigen Feldbetten lagerten Verwundete und Tote gleichermaßen. Florences Zorn stieg, als sie an die Ursache dieser Verwahrlosung dachte. Diese Bestien verkleideten sich als Nonnen und labten sich an den Unschuldigen und Wehrlosen. Zu allem Überfluss ließen sie das Hospital vollständig verkommen.

Ihr Weg führte Florence unverzüglich zum Quartier von Doktor Menzies. Sie bat Joyce, draußen zu warten, dann trat sie ohne Vorankündigung ein. Der bleiche Doktor fuhr zusammen, als sie die Tür

mit lautem Knall öffnete. Auf seinem schäbigen Schreibtisch befand sich eine Flasche Wodka. An einer Wand stand ein Feldbett mit einem menschenähnlichen Umriss unter dem gelblichen Betttuch. Sie wandte sich dem Doktor zu.

»Was wooollen Sie?«, lallte dieser und versuchte aufzustehen. Es blieb bei dem Versuch.

»Sie sind eine Schande«, begann Florence, »und ein elender Lügner.«

»Waaas?« Er richtete seine blutunterlaufenen Augen auf sie.

»Ich fürchte allerdings, dass Sie noch mehr sind«, fügte sie hinzu, »Sie sind ein Mörder und stecken mit entsetzlichen Monstern unter einer Decke.« Ihr Blick fuhr über die Buchrücken der gestapelten Werke auf seinem Tisch. Widernatürliche Anatomie und Nekromantie. Üble Machwerke, die nach ihrer Meinung auf dem Scheiterhaufen brennen sollten.

Der Mann sackte in sich zusammen und murmelte: »Sie wiiissen es?«

»Ich weiß nur nicht, warum sie die Bestien schützen.«

»Sie meinen meeeine Engel deeer Krim?« Er lachte.

»Warum?« Ihre Kehle war trocken.

»Wegen meiner anaaatomischen Studien«, lallte er.

»An Leichen unschuldiger Gefallener?«, fragte sie, obwohl es eher wie eine Feststellung klang.

»Ich war neeeugierig«, verteidigte er sich. »Es waaar eine Chance auf Wiiissen, wie es noch keiner vor mir erlangt hat. Sie halfen mir und dafür wooollten sie im Gegenzug ... wooollten immer mehr ...« Er nahm noch einen Schluck aus der Flasche. »Heute habe ich das Maß vollgemacht!« Aus seiner Stimme war jede Unsicherheit gewichen. »Ich bin kein Mensch mehr.«

»Was haben Sie getan?«, fragte Florence und zog den Revolver. Er kicherte bei diesem Anblick.

»Dieser Angriff der leichten Brigade heute, den habe ich veranlasst.«

Sie glaubte, Stolz in seiner Stimme zu hören. Ungläubig sah sie ihn an. »Unmöglich!«

»Ich habe gesagt, der Kurier wäre erkrankt, weshalb ich den eiligen Brieftransport übernommen hätte. Was für ein Witz!« Sein Lachen erfüllte den kleinen Raum mit einem widerwärtigen Echo.

»Über sechshundert Reiter sind in das Tal des Todes geritten«,

sagte Florence matt. »Getötet, um was zu erreichen?«

»Futter für die Bestien«, sagte Menzies. »Ihre Anwesenheit und Ihre neuen Methoden haben die Futtersuche erschwert. Es sollte wieder Chaos herrschen. Ein Festmahl sollte es werden.«

»Sie sind Abschaum!«, entfuhr es ihr. In dieser Sekunde war sie geneigt, dem Doktor eine Kugel in sein lachendes Gesicht zu jagen. Die Gefühlsregung verschwand aber wieder. Sie hatte nicht gewusst, dass diese Regungen überhaupt in ihr schlummerten.

»Ich weeeiß«, antwortete der Doktor. »In der Hölle häääLt mir der Teufel bereits einen Platz waaarm.« Erneut lachte er schallend und nahm noch einen Schluck.

»Was sind diese Kreaturen?«, fragte Florence ruhig.

»Ghoule auuus dem Abyssus der Erde. Abbbscheuliche Leichenfresser. Der Krieg ziiieht sie an.«

»Keine Russen?«, fragte sie.

»Pooolitik interessiert siiie nicht.«

Sie steckte den Revolver weg und schritt zum Apothekerschrank. Nach einer Weile fand sie die kleine Glasflasche mit dem versiegelten Korken darauf. Sie stellte diese auf den Schreibtisch.

»Dies sind fünf Gramm Morphium«, erklärte Florence. »Es sollte reichen.«

»Mehr als genug«, stellte Doktor Menzies fest. »Mehr als genug.«

»Ihre Entscheidung«, sagte Florence, drehte sich um und ging. Kaum hatte sie die Tür erreicht, als sie hinter sich ein Röcheln hörte. Ein weiterer Schritt. Ein leichter Körper fiel zu Boden. Sie schloss kurz die Augen. Diese Nacht würde lang werden.

Joyce sah sie mit großen Augen an, doch Florence verzichtete auf eine Erklärung.

»Trommle alle Pflegerinnen zusammen«, befahl sie, »richte ihnen aus, dass sie sich mit Salzwasser und Waffen ausrüsten sollen. Kavalleriesäbel liegen genug herum. Wir treffen uns vor dem Heim der Schwestern. Solltet ihr Schüsse hören, bin ich bereits drin.«

»Du kannst doch nicht ...«, entfuhr es Joyce, doch Florence schnitt ihr das Wort mit einer Handbewegung ab.

»Rasch jetzt!« Sie beobachtete, wie Joyce sich auf den Weg machte. Schnell begab sich Florence zum abgelegenen Heim der Nonnen.

Dieses Gebäude grenzte an den Friedhof und das Hospital.

Wie gerissen, dachte Florence und rieb sich die juckende Kopfwunde.

Das Heim der Schwestern lag im Dunkeln. Florence hatte auch ihre Öllampe verdunkelt. Im Hauseingang entdeckte sie die Gestalt einer Nonne. Die Ordenstracht verbarg die Bestie im Inneren, doch die schmatzenden Geräusche und das Reißen von Fleisch verrieten ihre wahre Natur. Florence schlich näher heran und erkannte im Mondlicht einen abgetrennten Arm in den Krallen der abscheulichen Kreatur.

Wieder ein Toter, dessen Ruhe gestört wurde. Ein Verwundeter, der nicht gerettet werden konnte. Sie dachte an den Verrat des Doktors und heiße Wut stieg in ihr auf. Sie hob den Revolver und feuerte. Die Kugel schleuderte die Ghoulin zu Boden. Der abgenagte Arm rollte über die Erde und blieb vor Florence liegen. Zögernd näherte sich Florence dem Monstrum einen Schritt. Zuckend stemmte es sich auf die Beine und bewegte sich blutend und fauchend auf sie zu.

Kugeln können diese Dinger nicht töten, fuhr es ihr durch den Kopf. In ihrer Panik nahm sie die Lampe und schmetterte diese auf den Schädel der Bestie. Das Glas zersprang, das Öl lief heraus und setzte sich sofort in Brand. Die Kreatur schrie auf. Mit brennendem Oberkörper taumelte die Ghoulin in den Hauseingang und verschwand darin. Flammen loderten aus dem Hausinneren heraus. An den Fenstern tauchten Schatten auf. Schnell sprangen drei Ghoule in Ordenstracht aus den oberen Stockwerken. In rascher Folge gesellten sich weitere vier dazu.

Verdammt, dachte Florence. Ich sterbe hier!

Die fauchenden Bestien kesselten sie unverzüglich ein. Im Licht der Flammen erschienen ihr die maskenhaften Gesichter wie Abbilder aus der Hölle.

Drohend hielt sie ihren Revolver ausgestreckt. Der Atem der Kreaturen roch nach Tod und Verwesung. Fieberhaft überlegte sie, wie sie der Übermacht entkommen könnte.

»Ihr seid erledigt!«, rief Florence. »Ich weiß, was Ihr seid! Der Doktor ist tot. Eure Herrschaft endet heute! Der Herr ist mein Zeuge!« Sie zitterte nicht, da sie sich in das Unvermeidliche fügte. Der Kampf würde kurz sein, da sie die letzte Kugel nutzbringend

einsetzen wollte.

»Du wirst hier sterben«, fauchte eine der Kreaturen.

»Keiner rührt unsere Florence Nightingale an«, erklang die tiefe Stimme von Joyce. Zur Unterstreichung ihrer Worte warf sie Florence einen Weinschlauch zu. Diese fing ihn und spritzte den Inhalt der nächststehenden Ghoulin in die Fratze. Zischend löste sich das graue Fleisch in Rauch auf.

Salzwasser, dachte Florence erfreut. Joyce hatte ihre Lektion gelernt.

Der Gestank des versengenden Fleisches raubte ihr den Atem. Weitere Pflegerinnen, mit Säbeln und Salzwasser bewaffnet, tauchten aus den umliegenden Schatten auf und stürmten auf die zahlenmäßig unterlegenen Bestien ein. Kreischend wichen die Ghoulinnen zurück. Sie hatten nur noch die Wahl zwischen den angreifenden Frauen und dem brennenden Inferno in ihrem Rücken. Binnen weniger Minuten vereinten sich die Fronten und die letzte Kreatur fiel geköpft und mit Salzwasser getränkt zu Boden. Die rauchenden Kadaver warfen sie ins Feuer. Irgendwo erklang das Signal der Feuerwache, doch dies schien in einer anderen Welt zu geschehen.

»Haben wir alle erledigt?«, fragte die korpulente Marjorie mit hochrotem Kopf.

»Ich glaube schon«, antwortete Joyce.

»Nein!« Etwas ragte hinter Marjorie auf.

Entsetzt beobachtete Florence, wie die Bestie der ahnungslosen Pflegerin die Kehle zerfetzte. Die keuchende Schwester Aethel war aufgetaucht. Grau, schleimig und mit zerfurchter Fratze. Die Kleidung hing zerfetzt an der hageren Gestalt. Die Blutfontäne aus Marjories Kehle schien der Bestie frische Kraft zu verleihen. Fauchend rannte die Ghoulin auf Florence zu. Die Krallen weit vorgestreckt, glich die Kreatur dem Inbegriff eines seelenlosen Monsters.

»Du bist Geschichte«, sagte Florence, hob den Colt und drückte ab. Die Kugel zerfetzte die Stirn der Bestie. Ein weiterer Schuss traf den Brustkorb. Salzwasser aus Joyces Weinschlauch folgte und brachte die zuckenden Überreste endgültig zum Stillstand.

»Endlich Ruhe«, sagte Joyce und schlug das Kreuzzeichen.

»Nicht ganz«, erwiderte Florence und hob die Hand an ein Ohr.

Ein Hornsignal verkündete die Ankunft neuer Verwundeter. Joyce stöhnte auf.

»Keine Müdigkeit jetzt«, rief Florence, »wir müssen die Arbeit der Schwestern schließlich auch noch übernehmen.«

Der Tag spülte eine Flutwelle aus Verletzten in das ohnehin überbelegte Hospital von Scutaria. Am Ende des Tages brachen zwei der Pflegerinnen erschöpft zusammen.

»Sergeant Errol Lloyd ist tot«, stellte Joyce fest, als sie von ihrer letzten Runde heimkehrte.

»Wenigstens ist sein Leichnam unversehrt geblieben«, sagte Florence.

»Die Leichen sollen morgen abgeholt werden«, fügte Joyce müde hinzu. »Sie kommen in ein Massengrab.«

»Nicht, wenn ich es verhindern kann«, knurrte Florence und straffte sich. Joyce wich vor ihr zurück.

Die Wut gab ihr neue Kraft. Ungewohnte Kraft, besonders nach den ermüdenden Ereignissen der langen Nacht.

Ihr nächster Gang führte Florence zum Befehlshaber des Hospitals. Sein Adjutant versuchte vergeblich, die zornige Frau aufzuhalten, doch etwas in ihren Augen ließ ihn auf das Polster seines Sessels zurücksinken. Eine Stunde später hielt sie die offizielle Genehmigung für Sergeant Errol Lloyds würdiges Begräbnis in den Händen.

Florence weinte nicht, als der schmucklose Sarg in der dunklen Erde versank. Der Priester hatte seine Aufgabe gut gemacht.

Ihr Blick blieb hart und ihre Entschlossenheit, gegen Schmutz und Ungeziefer zu kämpfen, wurde von ungewöhnlicher, beinahe aggressiver Energie getragen. Sie spürte an sich selbst Veränderungen. Jeden Tag mehr. Ihre Haut schien blasser zu werden. Grauer. Sie arbeitete jetzt überwiegend nachts.

Nach dem Krimkrieg zog Florence Nightingale sich aus dem öffentlichen Leben zurück. Vollständig.

1837

Elisabeth von Österreich | Kaiserin von Österreich & Königin von Ungarn

Kalte Spiegel

Isabel Schwaak

Elisabeth wartete. Und wie es sich für die Kaiserin von Österreich ziemte, hatte sie sich angewöhnt, das Warten zu verabscheuen. Das nutzlose Herumsitzen gab den Dämonen zu viel Macht und lud die finsteren Gedanken ein, einen schauerlichen Ball der Angst in Elisabeths Kopf zu veranstalten.

Der Spiegel, vor dem die Kaiserin saß, machte sie wahnsinnig. Er war ihr Freund und Feind zugleich. Er erinnerte sie aufs Neue daran, dass Schönheit ein Instrument der Macht war. Damals, nach ihrer Hochzeit, war Elisabeth naiv und völlig unvorbereitet nach Wien gekommen. Die Welt war außer sich gewesen, als Franz Joseph sie, das unscheinbare Mädchen, ihrer bildhübschen Schwester Helene vorgezogen hatte. Ihre Augen seien so sanft, ihre Lippen so rot, hatte er damals gesagt, und die junge Liebe hatte all ihre Zweifel verstummen lassen. Aber am verhassten Wiener Hof halfen ihr weder Franz Josephs Liebe noch ihr Erdbeermund. Das Hofzeremoniell war ihr eine Qual, das strenge Diktat ihrer Schwiegermutter Sophie die reinste Folter, die unfreiwillige Trennung von ihren Kindern hatte ihr das Herz gebrochen. Den Teufelskreis der Hilflosigkeit hatte Elisabeth erst durchbrochen, als sie sich von einem blassen Mädchen in die legendäre Märchenkaiserin verwandelt hatte, die man mittlerweile in ganz Europa bewunderte. Sie hatte ihre Schönheit zu einer Waffe zurechtgefeilt und damit die Spielregeln ihres Lebens verändert. Sie hatte sich die Freiheit genommen, die Zwänge und Erwartungen des Hofes zu unterwandern und sich das Leben im goldenen Käfig der Monarchie erträglicher zu gestalten.

Ja, Schönheit war etwas Wunderbares – zumindest solange man den Luxus der Jugend genoss.

Doch als Elisabeths ungnädiger Blick erneut über ihr Spiegelbild wanderte, erlosch alle Sanftheit in ihren Augen. Schönheit war etwas Grausames, wenn man ihr beim Schwinden zusehen musste! Die ersten Fältchen gruben sich neben ihre Mundwinkel. Und obwohl Elisabeth große Strapazen auf sich nahm, um ihre zierliche Figur zu halten, gefiel es ihr nicht, wie schmal ihr Gesicht infolge ihres strengen Diät- und Sportprogramms geworden war. Es ließ sie *alt* aussehen.

Sie war keine zwanzig mehr. Im Gegenteil: Ihr vierzigster Geburtstag näherte sich mit großen Schritten, und die Zeit umtanzte die Kaiserin wie ein böses Gespenst, das jeden Monat einen kleinen Schluck von ihrer Schönheit trank.

Mit jedem Tag kostete es mehr Mühe, ihren Körper ins rechte Licht zu rücken (und schon wegen ihrer unerhört langen Haare war die Prozedur seit jeher aufwändig gewesen). Elisabeth ertrug kaum, wie die Jahre ihr die Kontrolle über den Körper entrissen, in den sie täglich so viel Zeit und Anstrengung investierte. Die Angst vor dem Verlust ihrer mächtigsten Waffe schnürte ihr die Kehle zu. Für jede Falte schuftete sie eine Stunde länger in ihrem Gymnastikraum. Wenn sie die verstrichene Zeit nicht aus ihrem Gesicht radieren konnte, dann wollte sie wenigstens ihre Wespentaille behalten! Sie würde nicht tatenlos zusehen, wie ihr die Macht zwischen den Fingern zerrann.

Mittlerweile gestattete sie es niemandem mehr, Portraits und Fotografien von ihr anzufertigen. Man sollte sie so in Erinnerung behalten, wie sie vor wenigen Jahren ausgesehen hatte – damals, als ihre Schönheit die Menschen wortwörtlich bezaubert hatte. Zumindest in den Köpfen der Leute wollte sie die Märchenkaiserin bleiben – fleischgewordene Poesie.

Vielleicht würde ihre Waffe dann nicht ganz so schnell abstumpfen.

Mit steifen Fingern strich sich Elisabeth durch das lange Haar, das seit jeher ihr ganzer Stolz gewesen war. Die dichte kastanienbraune Mähne trotzte der Zeit und glänzte wie Seide. Die weichen Strähnen glitten ihr durch die Hände. Allein für dieses Gefühl lohnte sich der tägliche Aufwand des Frisierens!

Heute jedoch graute es der Kaiserin vor der Prozedur. Warum musste Fanny ausgerechnet diese Woche krank werden? Franziska Feifalik war eine Koryphäe auf ihrem Gebiet. Nur ihr vertraute Elisabeth ihre Haare an – zu diesem Zweck hatte sie die Friseurin sogar dem Wiener Hoftheater abgeworben. Fannys Grippe kam äußerst ungelegen. Zwar würde Elisabeth Wien bereits in einer Woche wieder verlassen, doch solange sie hier war, würde sie sich wohl oder übel dem Hof präsentieren müssen.

Elisabeths Lieblingshofdame, Ida Ferenczy, hatte den Nachmittag damit verbracht, auf die Schnelle eine Ersatzfriseurin zu finden. Von den besten Kandidatinnen hatte sie sich ihr eigenes Haar aufstecken lassen, um der Kaiserin eine Kostprobe abliefern zu können. Die Ergebnisse hatten Elisabeth zufriedengestellt, doch die Kaiserin tat sich weiterhin schwer damit, ihr Haar in fremde Hände zu geben. Nun wartete sie auf die Dame, die es fertiggebracht hatte, Idas Haar mit schlichten Mitteln zu einer raffinierten Abendfrisur zu ordnen. »Ihr werdet sie mögen, Majestät«, hatte Ida gesagt. »Sie kommt aus gutem Hause, weist ordentliche Referenzen vor... und sie spricht fließend Ungarisch«, hatte sie mit einem Zwinkern hinzugefügt. Elisabeth hatte sich ein Lächeln nicht verkneifen können (sie machte keinen Hehl aus ihrer Liebe für Ungarn, seine Sprache und seine Bewohner) und Ida gebeten, die Dame zu ihr zu schicken.

Nun endlich klopfte es an der Tür.

Elisabeth drehte sich nicht um, als die Fremde ihr Gemach betrat. Durch den Spiegel beobachtete sie, wie sich eine außergewöhnlich hübsche Dame mit dunklen Augen rasch in dem eleganten Ankleidezimmer umblickte. Die Frau hatte ein blasses Gesicht mit feinen Zügen; ihr dichtes schwarzes Haar fiel ihr in einem ordentlichen Zopf über die Schulter. Der schlanke Körper steckte in einem schlichten dunkelgrünen Kleid.

Die Dame verneigte sich. »Majestät.« Ihre Stimme klang tief und angenehm.

»Guten Abend.« Elisabeth lehnte sich zurück, ohne das Spiegelbild der Dame aus den Augen zu lassen. Sie sah so jung aus. Sicher war sie noch keine dreißig. »Wie ist Euer Name?«

»Báthory Erzsébet«, antwortete die Fremde.

Die Kaiserin runzelte die Stirn. Der Name rührte etwas in ihrem Hinterkopf. Sie hatte ihn schon einmal gehört, doch ehe sie nach seinen Wurzeln greifen konnte, entwischte ihr der Gedanke.

»Erzsébet? Eine Namensvetterin also?«

»In Ungarn nennt man Euch Erzsébet, nicht wahr, Majestät?« Die Dame schmunzelte, ohne die Zähne zu zeigen. »Wenn es Euch stört, könnt Ihr mich auch mit Gräfin ansprechen. So halten es die meisten meiner Bekannten.« Ihr Deutsch war perfekt. Nur in wenigen Wörtern blitzte ihr ungarischer Akzent auf.

»Gräfin?« Elisabeth hob die Augenbrauen. »Ida sagte mir, ihr kämet aus gutem Hause, aber wie kommt es, dass eine Gräfin es nötig hat, sich als Friseurin zu betätigen?«

»Ich habe das Talent dazu, und ich hatte Töchter, an denen ich üben konnte.« Erzsébet Báthory erwiderte amüsiert ihren Blick. »Warum sollte ich mich von meinem Stand von Dingen abhalten lassen, die ich gerne mache?«

Elisabeth schüttelte den Kopf. »So etwas ist mir noch nie untergekommen!«

Die Gräfin lächelte verhalten, schwieg jedoch. Wie sie ihrerseits das Spiegelbild der Kaiserin studierte, erinnerte sie Elisabeth an eine Katze, die in aller Seelenruhe abwartete, bis die Maus in ihre Reichweite spazierte. Ihr Blick verunsicherte Elisabeth. Sie atmete tief durch.

»Nun gut, Gräfin. Kommt zu mir, damit wir anfangen können.«

So durchquerte die Gräfin den Raum. Erst als sie hinter Elisabeth trat, drehte sich die Kaiserin zu ihr um. Prompt zuckte diese zusammen. Erzsébet Báthorys Augen waren schwärzer als der Spiegel es hatte vermuten lassen. Sie schimmerten wie blank polierte Kohlensteine. Ein unaufdringlicher Jasminduft ging von ihr aus, doch darunter lag ein weiterer Geruch... etwas Dunkles, ja beinahe Magisches ...

»Ihr seid wirklich so schön, wie alle Welt behauptet. Ich kannte Euch bisher nur von Bildern.« Die Augen der Gräfin wanderten über das Gesicht der Kaiserin – so eindringlich, dass Elisabeth erschauderte. Bildete sie es sich bloß ein oder lag ein gewisser Hunger in diesem stechenden Blick?

»Ihr *seid* Österreichs Märchenkaiserin«, stellte die Gräfin fest. »Zu schade, dass Ihr Euch nicht mehr malen lasst. Es gibt nicht genügend Gemälde, die Eure Schönheit einfangen.«

Obwohl die Kaiserin sich geschmeichelt fühlte, straffte sie bloß die Schultern. »Danke. Können wir anfangen? Wir haben nicht den ganzen Abend Zeit.«

Die Gräfin legte ihre kleine Tasche auf den Frisiertisch. Ohne den Blick von Elisabeths Spiegelbild abzuwenden kämmte sie mit den Fingern durch die langen Haare der Kaiserin. »Sehr schön«, murmelte sie und begann mit ihrer Arbeit.

Elisabeth beobachtete jeden Handgriff mit Argusaugen, soweit der Spiegel es ihr erlaubte. Die Finger der Gräfin waren blass und kühl. Wie junger Schnee spielten sie im Haar der Kaiserin. Durch das kalte Glas wirkte Erzsébet Báthory, als wäre sie nicht von dieser Welt. Diese Augen! Als hätten sie in dunkle faszinierende Sphären geblickt, weit entrückt von dieser Erde ... Wieso betätigte sich eine solche Aristokratin als Friseurin? Erst, als es an ihrem Hinterkopf ziepte, wurde die Kaiserin aus ihren Grübeleien gerissen.

»Vorsichtig! Ich mache Euch für jedes einzelne Haar verantwortlich, das ich verliere!«

»Und jedes Haar zählt, wenn einem die Jahre durch die Finger rinnen, nicht wahr?« Die Gräfin strich Elisabeth sanft über den Kopf. »Ich weiß, wie wichtig es ist. Keine Sorge, Ihr werdet nicht ein einziges Haar verlieren, Sisi.«

Ihre Worte erstaunten Elisabeth so sehr, dass sie der Dame nicht einmal die dreiste Anrede übel nahm. Es war der verständnisvolle Ton, der sie verärgerte.

»Was wisst Ihr schon vom Schwinden der Jahre?«, fragte die Kaiserin düster, während die Gräfin begann, ihr Haar zu scheiteln und zu ordentlichen Strängen zu flechten. »Ihr seid noch so jung ...«

Erzsébet Báthory hob den Kopf. »Ich weiß mehr als genug darüber«, sagte sie ernst.

Als Elisabeth die Gräfin im Spiegel fixierte, fiel ihr auf, dass diese kaum einmal geblinzelt hatte, seit sie in den Raum gekommen war. »Wie alt seid Ihr noch gleich?«

»Würdet Ihr mir glauben, dass ich älter bin als Ihr, Majestät?«

»Ich würde Euch für eine ausgemachte Spinnerin halten.«

Die Gräfin flocht Elisabeths linke Haarhälfte zu einem ebenmäßigen Zopf. »Dann bin ich wohl eine ausgemachte Spinnerin.«

»Ihr könnt unmöglich älter sein als ich!« Die Kaiserin hielt sich davon ab, den Kopf zu schütteln, um der Gräfin nicht das Haar aus den Händen zu reißen. »Die Zeit muss es unverschämt gut mit Euch meinen!« Der Neid biss mit spitzen kleinen Zähnen in ihr Herz.

»Man tut, was man kann«, erwiderte die Gräfin. »Leider ist ein hübsches Gesicht gerade für uns Frauen ein unbezahlbares Gut, nicht wahr?«

Sie machte sich daran, die Zöpfe am Hinterkopf der Kaiserin aufzustecken. Zu Elisabeths Erstaunen gelang es ihr, die beiden dicksten Stränge ohne jedwede Hilfsmittel zu einem Knoten zu formen. Erst, als sie sich den drei dünneren Zöpfen widmete, musste sie nach den Haarnadeln greifen.

Die Gräfin schürzte die Lippen. »Normalerweise brauche ich diese Dinger nicht.«

Elisabeth griff nach einem kleinen Handspiegel, um zu beobachten, wie die Gräfin die kleinen Flechtzöpfe geschickt umeinander wickelte, sodass es aussah, als würden sich die Haare der Kaiserin in einer unendlichen Spirale winden. Während die Gräfin das Kunstwerk mit Nadeln befestigte, achtete sie kaum auf ihre Hände, sondern sah unentwegt in den Spiegel, um Elisabeths Blick einzufangen. So kam es, dass sie die dritte Haarnadel zu fest in das Zopfgeflecht drückte. Die Nadel bohrte sich tief in Elisabeths Kopfhaut.

»Au!« Erschrocken sprang die Kaiserin auf und betastete die schmerzende Stelle an ihrem Hinterkopf. Als sie die Hände sinken ließ, glänzten ihre Finger rötlich. Im Spiegel hatten die Bewegungen der Gräfin gar nicht so rabiat ausgesehen! »Passt doch auf! Seid Ihr verrückt?«

»Verzeihung Majestät, es war keine Absicht ...«

Doch die Gräfin schaute der Kaiserin nicht in die Augen. Fasziniert starrte sie auf ihre eigenen Hände und verrieb die winzigen Blutstropfen zwischen den Fingerkuppen. Sie machte ganz und gar nicht den Eindruck, als täte es ihr leid. Sie machte nicht einmal den Eindruck, als wäre sie *versehentlich* mit der Haarnadel ausgerutscht! Zu Elisabeths Entsetzen hob die Gräfin ihre Finger nun an ihre Lippen und ließ die Zunge darüber schnellen.

»Ihr *seid* verrückt!« Elisabeth erbleichte, wich zurück und prallte gegen ihren Frisiertisch. Ida hatte eine Irre in ihr Gemach geschleppt!

»Keine Angst, Majestät.« Die Gräfin sprach so sanft, als hätte sie ein Kind vor sich. »Es tut mir leid, ich wollte Euch nicht verletzen ...«

Erneut leckte sie über ihre Fingerkuppen. Und da erwachten die Geschichten in Elisabeths Geist. Folklore, Ammenmärchen, Erzählungen, die sie auf ihren Reisen aufgeschnappt hatte – schauderliche Geschichten über Wesen, die nie starben und sich am Blut der Lebenden labten ...

»Wer seid Ihr?«, fragte sie noch einmal.

»Das sagte ich Euch doch bereits.« Die Gräfin blickte sie verständnislos an. »Erzsébet Báthory.«

Elisabeth wusste, dass ihr dieser Name etwas sagen sollte. Sie hatte ihn ein- oder zweimal gehört, doch sie konnte sich nicht mehr erinnern, in welchem Zusammenhang er gefallen war ...

»*Was* seid Ihr?« Die Hände der Kaiserin umklammerten die Kante des Frisiertischs. Sie vermutete die Antwort, doch sie wollte es *hören* ... sie musste hören, dass ihr Geist ihr keinen Streich spielte, dass ihre strenge Diät und der beißende Hunger sie nicht halluzinieren ließen ...

»Würdet Ihr Euch bitte wieder setzen, Majestät?«, fragte die Gräfin ruhig. »Ihr wollt doch nicht mit einer halben Frisur herumlaufen? Ich verspreche, dass ich vorsichtiger mit den Nadeln umgehe!«

Elisabeth wollte sich nicht setzen. Sie wollte fortlaufen, Alarm schlagen, doch ihre Gliedmaßen gehorchten ihr nicht. Stattdessen ließ sich ihr Körper wieder in den Stuhl sinken, als würde eine fremde Macht ihn steuern. Die Gräfin machte sich daran, die übrigen Flechtzöpfe aufzustecken. Während sie arbeitete, versuchte die Kaiserin, ihre zitternden Hände unter Kontrolle zu bekommen. Verlor sie nun endgültig den Verstand? Hatte sie sich diese merkwürdige Szene bloß eingebildet? Doch ihr Hinterkopf schmerzte weiterhin, und sie wusste, was sie gesehen hatte! Wie sie Erzsébet Báthory im Spiegel beobachtete, glaubte sie auch nicht, dass die Gräfin wahnsinnig war. Tatsächlich erschien sie Elisabeth vielmehr ... *unmenschlich*. Die Kaiserin sah ein Gespenst im Spiegel – ein Gespenst aus Fleisch und Blut. Ein Gespenst mit kalten Händen und einem dunklen Hunger in den Augen ...

»Um auf die Frage zurückzukommen, *was* ich bin«, meinte die Gräfin beiläufig. »Ich glaube, die Antwort habt Ihr Euch bereits selbst erschlossen, Majestät.«

Elisabeth atmete tief durch. Ja, in der Tat! Vertrat die Kaiserin nicht schon seit langem die Überzeugung, dass Geister existierten? Bestand sie nicht immer wieder darauf, dass der längst verstorbene Heinrich Heine ihr zahllose Gedichte diktierte? Warum sollte es nicht auch diese Art von Geistern geben? Eigentlich sprach nichts dagegen. Und zu ihrem eigenen Erstaunen erwachte eine distanzierte Neugier in ihrem Herzen.

»Ich dachte, Euresgleichen hätten kein Spiegelbild.«

Insgeheim war die Kaiserin beeindruckt, wie gelassen sie klang. Und tatsächlich – nach dem ersten Schrecken schwand ihre Angst. Eine *lebendige* Frau, die sich fremdes Blut von den Fingerkuppen leckte, wäre ihr weitaus unheimlicher gewesen. Wenn es sich bei der Gräfin tatsächlich um eine ... Untote handelte, dann hatte Elisabeth zumindest eine vernünftige Erklärung dafür, dass Erzsébet Báthory, trotz ihres angeblich hohen Alters, noch so jung aussah.

Das Lächeln der Gräfin wurde breiter, und nun entblößte sie ihre Eckzähne, die lang und spitz waren, wie die eines Raubtiers. »Nun, das ist ganz offensichtlich ein Märchen, nicht wahr?« Sie nickte ihrem eigenen Spiegelbild zu. »Ebenso wie die Sache mit dem Knoblauch und den Kreuzen.«

»Was ist mit den Pfählen?«

Báthory hob die Augenbrauen. »*Jeder* stirbt, wenn man ihm einen Pflock durchs Herz rammt. Dafür muss man kein Vampir sein.«

Da, sie hatte es ausgesprochen! Vampire ... Elisabeth faltete die Hände im Schoß. »Werdet Ihr mich töten?« Selbst diese Frage kam ihr überraschend ruhig über die Lippen.

»Aber nein!« Die Gräfin schüttelte den Kopf. »Ich wollte Euch bloß schon so lange kennenlernen.«

Elisabeth blinzelte irritiert. »Warum wolltet Ihr mich kennenlernen?«

»Ich wollte wissen, ob wir uns tatsächlich so sehr ähneln wie ich es mir ausmalte, nachdem ich so viel von Euch gehört und gelesen hatte.«

Elisabeth lachte auf. Eine Vampirin, die sich als Friseurin bei ihr einschlich, um sie kennenzulernen? Die Situation hatte einen aberwitzigen Charme! »Ich glaube, so ähnlich sind wir uns nicht. Ich schlafe nicht in einem Sarg und Blut mag ich nicht besonders ...«

Die Gräfin grinste, während sie Nadel um Nadel in das Haargeflecht schob. »Ihr habt ja Humor! Ich hätte darauf gewettet, dass Sport und Hunger Euch jeden Funken davon ausgetrieben haben! Oder hat das Veilcheneis gestern Abend einen letzten Spritzer gerettet?«

Dass die Gräfin offenbar sehr genau über ihr Sport- und Essverhalten Bescheid wusste, beunruhigte Elisabeth viel mehr als die Tatsache, dass ein Wesen, dessen Existenz die halbe Welt anzweifelte, ihr die Haare aufsteckte.

»Ihr habt Euch wohl sehr gründlich informiert.«

»Jeder hat sein Laster«, antwortete die Gräfin vergnügt. »Meines sind schöne Frauen, wie Ihr sicherlich wüsstet, wenn Ihr Euch daran erinnern könntet, dass man Euch meine Geschichte bereits erzählt hat.«

Die Kaiserin zog es vor, nicht nachzuhaken, woher Báthory etwas wusste, an das sie sich selbst nicht erinnerte. Es grämte sie, dass ihr nicht mehr einfallen wollte, wo sie den Namen gehört hatte. Des Rätsels Lösung lag ihr auf der Zunge, doch wann immer sie danach greifen wollte, entschwand sie ihr wieder, als würde ihr eine unsichtbare Hand den Gedankenfaden aus dem Geist ziehen ...

»Fertig.« Die Gräfin trat einen Schritt zurück und warf einen letzten prüfenden Blick auf ihr Werk. »Kein einziges Haar verloren. Ihr seid ausgehfertig.«

Elisabeth erhob sich und drehte sich zu ihr um. »Ich hatte nicht vor, auszugehen.«

»Warum habt Ihr mich dann kommen lassen?« Die Gräfin runzelte die Stirn.

»Um zu sehen, ob Ihr fähig seid, Fanny für eine Woche zu vertreten.«

Die Gräfin verschränkte die Arme und musterte die Kaiserin von oben bis unten. Dann schüttelte sie entschieden den Kopf. »Nein, Elisabeth, dieses Kunstwerk muss ein wenig Stadtluft schnuppern, ehe Ihr es zum Schlafen wieder aufdröselt.« Es war das erste Mal, dass sie den wahren Namen der Kaiserin verwendete, und es klang wie ein bedrohliches Zischen.

»Ich mag die Stadt nicht besonders«, erwiderte Elisabeth.

»Aber es ist ein so schöner Abend!«

Was nun geschah, konnte sich Elisabeth rückblickend auch nach Jahren nicht erklären.

Sie wollte vor der Gräfin zurückweichen, doch erneut versagten ihr die Glieder ihr den Dienst. Sie konnte sich nicht bewegen, als die Gräfin nach ihren Händen griff. Die Berührung war eisig. Elisabeth kniff die Augen zu, in der Erwartung, jeden Moment einen stechenden Schmerz am Hals zu spüren –

Doch nichts dergleichen geschah. Als die Kaiserin die Augen wieder öffnete, schrak sie zusammen. Sie befanden sich nicht mehr in ihrem Ankleidezimmer. Stattdessen standen sie auf einem weiten Platz. Es wimmelte von Menschen, die mit glänzenden Augen vorbeieilten und die Köpfe drehten. Ein Duft von gebrannten Mandeln und Zuckerwatte erfüllte die Luft. Wie Perlen reihten sich bunte Buden an der breiten Straße auf: Schießstände, Süßigkeitenverkäufer, Wahrsagerinnen, Zelte voller Attraktionen.

Panik wallte in Elisabeths Brust auf. Der Platz war zu voll! Sie hielt sich nicht gerne in großen Menschenmengen auf, sie wollte nicht von allen Seiten begafft werden! Obwohl der kühle Wind ihr eine Gänsehaut bereitete, stieg ihr die Hitze in die Wangen.

»Wie kommen wir hierher?«, stieß die Kaiserin mit tauben Lippen hervor und verbarg das Gesicht in ihren Händen. »Wie habt Ihr das angestellt?«

Die Gräfin schlang ihr den Arm um die Schultern. »Keine Angst, sie sehen uns nicht.«

»Wie meint Ihr das, sie sehen uns nicht?« Elisabeth ballte die Hände zu Fäusten. »Das ist gar nicht möglich! Sie *müssen* uns doch sehen! Bei diesem Gewühl müssten sie sogar in uns hineinlaufen!« Sie zog den Kopf ein und machte sich ganz schmal, doch wie durch Zauberei machten die vielen Menschen einen bequemen Bogen um die Frauen.

Verdattert schüttelte die Kaiserin den Kopf. »Wie habt Ihr das gemacht?«

Die Gräfin lachte leise. »Das ist mein kleines Geheimnis.« Sie neigte den Kopf, sodass ihre Lippen beinahe Elisabeths Ohr streiften. »Schau dich um, Sisi! Fühlst du, wie das Leben der ganzen Stadt in ihren Körpern pulsiert?«

Báthorys samtige Stimme und die vertrauliche Anrede lullten Elisabeths Geist ein, als hätte sie einen Bann über die Kaiserin gelegt. Langsam klang Elisabeths altbekannte Furcht vor Menschenmengen

ab. Sie hasste es, unvorbereitet in die Öffentlichkeit gezerrt zu werden. Doch nun wo sie sicher sein konnte, dass niemand sie beobachtete, entspannte sie sich ein wenig. Es bereitete der Kaiserin ein voyeuristisches Vergnügen, die lachenden Gesichter und die glänzenden Augen zu beobachten, ohne selbst zur Schau gestellt zu werden. Tatsächlich vibrierte der Jahrmarkt förmlich in seiner lebendigen Umtriebigkeit. Die Wiener liebten die Jahrmarktswunder, die sie für kurze Zeit von der Langeweile des Alltags befreiten.

»Ah, es gefällt dir, nicht wahr?« Die Gräfin beobachtete sie aufmerksam.

»Es hat einen gewissen Reiz, unsichtbar zu sein«, gab Elisabeth zu. »Mir war nicht klar, dass Vampire sich in Luft auflösen können.«

Die Gräfin schmunzelte, während sie an den Buden vorbeischlenderten. »Die einen verwandeln sich in Nebel, die anderen in Fledermäuse ... ich ziehe es vor, keine Spuren zu hinterlassen.«

»Verständlicherweise.« Elisabeth nickte. Wenn sie die Wahl gehabt hätte zwischen einem Leben in ewiger Schönheit oder einem unsichtbaren Dasein, wäre ihr eine Entscheidung schwer gefallen.

Die Gräfin musterte sie, als hätte sie die Gedanken der Kaiserin gelesen. »Und wenn du dich gar nicht entscheiden müsstest?«

Elisabeth blieb stehen. »Wie meinen?«

»*Ich* musste mich nicht entscheiden.« Die Gräfin legte den Kopf schief.

Für einen Augenblick starrte die Kaiserin sie an. Als sie begriff, worauf Báthory hinauswollte, schnaubte sie. »Seid nicht albern!«

»Was spricht dagegen?« Die Gräfin hob die Augenbrauen. »Wir würden wunderbar miteinander auskommen, Sisi. Wir sind uns so ähnlich! Wir haben sogar denselben Namen.«

Elisabeth hüstelte. »Mit Verlaub: Ich lebe noch. Ihr nicht.«

Die Gräfin reckte das Kinn. »Mit Verlaub: Ich glaube, ich bin lebendiger als du. Du verbringst deine Zeit damit, dem Leben davonzulaufen. Warum sonst bist du so ruhelos, dass du deine Hofdamen zu Gewaltmärschen zwingst, bei denen eine nach der anderen zusammenbricht?«

Elisabeth wich stirnrunzelnd zurück. »Dafür dieser ganze Aufwand? Ihr sucht eine Gefährtin?«

»Die Ewigkeit kann einsam sein.« Die Gräfin zuckte mit den Schultern. »Überlege es dir. Eine etwas andere österreichisch-ungarische Allianz ...«

Elisabeth hob abwehrend die Hände. »Bedaure. Ich habe kein Interesse an einem ewigen Leben. Mein eigenes erscheint mir bereits viel zu lang.«

Sie *musste* die Gräfin abweisen. Sie durfte die schmeichelnde Stimme nicht in ihr Herz vordringen lassen! Doch der Schaden war bereits angerichtet: Die Versuchung tanzte in ihrem Herzen. Báthory hatte nicht Unrecht. Sie verbrachte ihr Leben tatsächlich damit, fortzulaufen. Die Jahre, in denen sie sich auch nur ansatzweise sicher gefühlt hatten, waren mit ihrer Jugend verblüht. Die kommenden Jahrzehnte würden ein Spießrutenlaufen werden. Die Angst vor dem, was kommen mochte, kauerte wie ein kleiner Teufel auf ihrer Schulter, der ihr giftige Worte zuflüsterte und ihr die Kehle zuschnürte. Sie fürchtete den Käfig des Wiener Hoflebens, sie fürchtete die vielen Augen, die sie anstarren und verurteilen würden ... Die Aussicht, sich nicht mehr um das Schwinden ihrer Schönheit sorgen zu müssen und sich nach Belieben allen Blicken entziehen zu können, war verlockend. Es gab nur einen Haken an der Sache.

»Außerdem bin ich nicht bereit, für mein Überleben Blut zu trinken.«

Die Gräfin winkte ab. »Daran gewöhnt man sich. Ich kenne sogar Vampire, die in der Nacht mehrfach auf die Jagd gehen, um nicht töten zu müssen.«

Intuitiv bezweifelte Elisabeth, dass Erzsébet Báthory zu denjenigen gehörte, die sich die Mühe machten, mehrmals pro Nacht zu jagen. Sie betrachtete die Gräfin.

»Wie seid Ihr zu dem geworden, was Ihr seid?«, fragte sie leise. »War Euch Eure Schönheit so viel wert?«

Báthory beugte sich vor. »Viel mehr, als du es dir vorstellen kannst, Sisi. Aber es hat sich gelohnt.«

Ihr Tonfall bereitete der Kaiserin eine Gänsehaut.

»Du musst es ja nicht sofort entscheiden.« Die Gräfin lächelte. »Stell mich eine Woche lang in deine Dienste, wie du es ursprünglich vorhattest. Lass mich dir meine Welt zeigen, koste von der Schönheit der Nacht – und am Ende stehen dir alle Wege offen.«

Elisabeth schüttelte bedächtig den Kopf. »Warum gebt Ihr Euch die Mühe, mich zu überreden? Wenn Ihr über so große Macht verfügt, warum nehmt Ihr Euch nicht einfach, was Ihr wollt?«

Die Gräfin strich ihr nachdenklich über den Handrücken. »Weil man Freundschaften nicht erzwingen kann.«

Für einige Herzschläge erwiderte Elisabeth ihren Blick. Eine Woche ... was hatte sie schon zu verlieren? Zögerlich nickte sie. »Einverstanden. Eine Woche.«

»Wunderbar.« Ein zufriedener Ausdruck legte sich auf das Gesicht der Gräfin. Doch plötzlich spannte sich ihr ganzer Körper wie eine Bogensehne. Eine Bewegung in Elisabeths Rücken erregte ihre Aufmerksamkeit. Sie packte die Kaiserin bei der Hand. »Komm mit!«

Sie führte Elisabeth die Straße entlang. Die Kaiserin versuchte herauszufinden, wohin es Báthory zog. Nach einer Weile fiel ihr auf, dass sie sich an die Fersen eines jungen Mädchens geheftet hatten – ein hübsches Mädchen, dessen dickes rotes Haar auf ihre Taille hinabwallte. Als die junge Frau den Kopf drehte, konnte Elisabeth ihre großen Rehaugen, den sinnlichen kleinen Mund und die hohen Wangenknochen ausmachen.

»Gerade zwanzig geworden«, murmelte die Gräfin, ohne das Mädchen aus den Augen zu lassen. »Sie sucht Ablenkung, nachdem sie von ihrem Liebhaber versetzt wurde ... Die Jugend ist hart, nicht wahr?«

»Gedankenlesen könnt Ihr auch?« Elisabeth verschränkte im Gehen die Arme. Ihr war nicht wohl dabei, dem armen Mädchen nachzustellen wie alternde Lüstlinge, doch zu ihrem Entsetzen verspürte sie auch eine kribbelnde Neugier auf das, was nun kommen würde. Was war bloß in sie gefahren?

Sie folgten der jungen Frau in ein langes, dunkles Zelt. Hier war es kühl und still; offenbar befand sich niemand sonst an diesem Ort. Gedämpft drangen die Stimmen vom Jahrmarkt herein. Nach wenigen Schritten erhellten flimmernde Glühbirnen die Finsternis. Elisabeth zuckte zusammen: Ihr eigenes Gesicht starrte ihr entgegen, grotesk verzerrt, mit einer riesigen Stirn und insektenartigen Augen, einem winzigen Mund, einem Giraffenhals und einer auslandenden Hüfte. Die Kaiserin schalt sich für ihre Schreckhaftigkeit. Sie waren bloß in einem Spiegellabyrinth gelandet. Kein Grund zur Sorge ...

Die Gräfin interessierte sich herzlich wenig für die bizarren Zerrbilder. Stattdessen beobachtete sie das junge Mädchen, das gedankenverloren durch den Gang schlenderte und sich ihrer Verfolgerinnen

offenbar nicht bewusst war. Dort vorne hingen gewöhnliche Spiegel, und sie warfen das hübsche Gesicht des Mädchens hundertfach in den Raum.

»Sieht sie uns denn nicht?«, hauchte Elisabeth, doch Báthory schüttelte stumm den Kopf. Ihre Augen fixierten den Nacken des Mädchens, und nun glühten sie mit einer erbarmungslosen Gier, die Elisabeth Gänsehautschauer über den ganzen Körper jagte.

»Lasst sie leben!«

»Oh, ich würde niemals achtlos etwas so Schönes zerstören«, wisperte die Gräfin.

Achtlos. Das Wort hallte in Elisabeths Kopf wider. Und nun endlich erinnerte sie sich, woher sie Erzsébet Báthorys Namen kannte. In Ungarn hatte man ihr von der Blutgräfin erzählt. Man hatte ihr berichtet, wie die schöne Witwe Báthory einst zahllose Jungfrauen zu Tode gefoltert und in ihrem Blut gebadet hatte, um ihre eigene Jugend zu bewahren. Nein, in der Tat, die Gräfin zerstörte Schönheit nicht *achtlos*! Sie verwendete außergewöhnlich viel Zeit und Mühe auf ihre Opfer!

Die Neugier der Kaiserin verwandelte sich in blanke Panik. Ihr wurde übel. Sie hätte sich niemals auf ein Gespräch mit der Gräfin einlassen dürfen! Sie wollte kehrtmachen und dem Spiegellabyrinth entfliehen, doch ihre Beine mochten sich nicht rühren.

»Du wolltest wissen, wie ich zu dem wurde, was ich bin«, raunte Báthory. »Ich habe die Schönheit der Schönen getrunken, Sisi, und so halte ich es noch heute.«

Ehe Elisabeth einen Mucks von sich geben konnte, stürzte sich die Gräfin auf das Mädchen und rang es zu Boden. Ihre Bewegungen waren so schnell, dass die Kaiserin kaum erkannte, was vor sich ging. Sie hörte den gedämpften Schreckensschrei des Mädchens und sah Báthorys Raubtierfänge aufblitzen. Dann war es vorüber. Das Mädchen lag reglos im Schoß der Gräfin, ein Rinnsal tröpfelte aus den Wunden in ihrem Schwanenhals und malte rote Blütenmuster auf ihre Bluse. Báthory atmete schwer, doch die Anspannung wich aus ihren Schultern. Ihr Blick wurde weicher.

»Schau nicht so entsetzt. Sie lebt noch.« Sie wischte sich das Blut aus den Mundwinkeln. »Sie wird mit Kopfschmerzen aufwachen und sich an nichts erinnern. Ich muss nicht mehr in ihrem Blut baden. Es

ist effizienter, von ihnen zu trinken. Man muss ihnen nicht wehtun, und man spart sich die Sauerei ...«

»Späte Einsicht«, stieß Elisabeth hervor. *»Hunderte von Mädchen, aufs Brutalste ermordet!«*, das hatte man ihr in Ungarn erzählt ...

»Das ist lange her, Sisi.« Báthory erhob sich. »Inzwischen weiß, wie magisch und kostbar der Saft des Lebens ist. Es wäre töricht, ihn zu verschwenden. Schau!«

Das nackte Grauen lähmte Elisabeth. Die Gräfin fuhr mit den Zähnen über ihr eigenes Handgelenk und tunkte den Zeigefinger in die Bisswunde. Mit blutbenetzten Fingern trat sie dicht an die Kaiserin, und Elisabeth konnte nichts tun, als Báthory das Blut neben ihren Mund tupfte.

Die Gräfin deutete auf den Spiegel. Elisabeth wollte nicht hinsehen, doch was sie gezwungenermaßen entdeckte, machte es ihr unmöglich, den Blick wieder abzuwenden. Vor ihren Augen glätteten sich die Falten neben ihren Lippen!

»Es ist so einfach.« Báthorys Atem streifte die empfindliche Haut an Elisabeths Hals. »Du betreibst einen dekadenten Schönheitskult, hungerst, turnst, reitest und klammerst dich ebenso verängstigt an deine Schönheit wie ich es einst getan habe – weil du weißt, wie viel Macht daran hängt. Ich weiß, wie es sich anfühlt, wenn man sich vergebens bemüht, der Zeit davonzulaufen, Sisi. Aber schau ... Wir könnten gemeinsam ewig jung und schön bleiben!«

Ihre Stimme umhüllte Elisabeths Geist, bereitete ihr einen angenehmen Schwindel. Die Gräfin tupfte Blut auf Elisabeths Wangen, Stirn und Zunge, und die Kaiserin beobachtete fasziniert, wie ihr Gesicht wieder jung wurde, spürte, wie sich ihre Angst in diesem Zauber verlor. Für einen Augenblick schmeckte sie die dunkle Freiheit, die Báthory ihr anbot. Es war, als ob sie mit dem Tod tanzte – mit einem köstlichen Tod, der ihr ein Leben versprach, von dem sie bisher nicht einmal zu träumen gewagt hatte! Aber wie Elisabeth die Hand nach ihrem kalten Spiegelbild ausstreckte, wurde ihr klar, dass sie nicht müde genug war, um sich dem Tod hinzugeben – erst recht keinem Tod, der ihr ein längeres Leben schenken würde.

Báthorys Zauber lichtete sich, wenn er auch nicht vollends schwand. Die Falten kehrten zurück auf Elisabeths Gesicht. Sich selbst binnen

weniger Herzschläge um zwanzig Jahre altern zu sehen, erschütterte die Kaiserin mehr als sie sich eingestehen wollte. Der metallische Geschmack von Báthorys Blut lag noch verheißungsvoll auf ihrer Zunge, doch die Verlockung hatte ihren Reiz verloren.

»Bei aller Liebe für Schönheit und Jugend«, sagte sie leise, »die Ewigkeit interessiert mich nicht.«

Es kostete sie schier übermenschliche Kraft, sich von Báthory abzuwenden, um das Spiegellabyrinth und das bewusstlose Mädchen hinter sich zu lassen. Die frische Luft klärte ihren Geist.

Die Gräfin folgte ihr wie ein raubtierhafter Schatten zurück auf den Jahrmarkt.

»Du hast die Nacht nicht einmal ansatzweise gekostet«, hauchte sie, als sie Elisabeth einholte.

»Doch, ich denke schon.« Die Kaiserin lächelte kühl. »Und mein Bedarf ist fürs Erste gedeckt, vielen Dank.«

Eilig entfernte sie sich. Als Elisabeth über die Schulter blickte, war Báthory nicht mehr zu sehen, doch ein Hauch von Jasmin und Blut lag in der Luft, als ob die Gräfin noch immer hinter ihr durch die Nacht schliche.

1897

Amelia Earhart | US-amerikanische Flugpionierin

Amelia

Detlef Klewer

1. Juli 1937 – 9:45 Uhr – Lae (Neuguinea)

Seine Nase juckte. Kein gutes Zeichen!

Frederick Joseph Noonan besaß kein abergläubisches Naturell und glaubte daher auch nicht an Kaffeesatzdeutung, Handlesen oder Kristallkugeln. Er betrachtete sich keinesfalls als prophetisches Medium. Aber es drohte immer Ärger, sobald seine Nase juckte. Daran bestand kein Zweifel.

Sie hatte gejuckt, kurz bevor sich Josie von ihm trennte. Und sie hatte gejuckt, bevor er seinen Job bei der *Panam Air* verlor.

Natürlich war sein ungutes Gefühl ebenfalls der Tatsache geschuldet, dass Amelia und er sich noch drei Etappen vor ihrem großen Ziel befanden, und ihnen heute der gefährlichste Abschnitt ihrer Reise bevorstand.

Viertausendeinhundertvierzehn Kilometer über die schier endlose Wasserfläche des Pazifischen Ozeans! Verständlich, wenn sich angesichts dieser Strecke Nervosität breitmachte. Dennoch quälte ihn jetzt zusätzlich die Sorge, etwas werde mächtig schiefgehen. Seine Nase juckte – Unheil drohte.

Doch wie hätte er Amelia dieses schlechte Omen *jetzt* erklären sollen?

»Hallo, tut mir leid, aber meine Nase juckt. Lass uns darum das ganze Unternehmen vergessen!« Eine völlig absurde Vorstellung! Aber dennoch: Sein ungutes Gefühl blieb.

Nachdenklich betrachtete er Amelia, die vor ihm auf die schwere Lockheed 10 mit der klangvollen Typenbezeichnung *Electra* zuschritt.

Der Wind zerzauste ihre ungebändigte Kurzhaarfrisur. Mit seinen eins achtzig überragte Noonan sie zwar um gute zehn Zentimeter, doch ihre charismatische Erscheinung ließ sie viel größer wirken. Ob sie nun in Fliegerkombi oder einem eleganten Kleid auftrat – Amelia machte immer eine gute Figur.

Aber nun blickten ihre grauen Augen müde. Die Strapazen der 22.000 im letzten Monat zurückgelegten Meilen zeigten Spuren in Amelias Gesicht. Dunkle Augenringe zeugten von Erschöpfung und Schlafmangel. Ihr gertenschlanker Körper wirkte nun geradezu hager. Manchmal erschien sie ihm wie eine Schlafwandlerin. Als leide sie an einer Amnesie und könne sich nur mühsam wieder erinnern. Das irritierte ihn. Irgendetwas schien mit ihr nicht zu stimmen.

Obwohl er *es* nicht deutlich benennen konnte.

Amelia winkte den Schaulustigen zaghaft zu. Den wenigen, die heute erschienen waren, um den Start zu beobachten.

»GP wäre enttäuscht, könnte er diesen kleinen Bahnhof hier sehen«, bemerkte Noonan – ohne hinzuzufügen, dass auch er Enttäuschung über das geringe öffentliche Interesse empfand.

»Du hast Recht. Kein Vergleich mit unserem Abflug in Oakland«, stimmte Amelia zu. »Aber George zählt auf unsere Ankunft am 4.Juli. Ich habe gestern mit ihm telefoniert. Der *Independence Day* ist ein idealer Termin für die Feier unseres Erfolgs.«

Noonan setzte große Hoffnung in George Palmer Putnam, Amelias erfolgreichen Promoter – und leider nicht ebenso erfolgreichen Ehemann. Alle, Noonan eingeschlossen, nannten ihn *GP*. Noonan plante die Gründung einer eigenen Navigatorschule und GP war genau der Mann, der ihm für dieses Vorhaben einen problemlosen Start ermöglichen würde.

Niemand *mochte* Putnam, doch er zählte unbestreitbar zu den fähigsten Publizisten dieser Zeit, der mit dem Verkauf der Bücher seiner Frau und denen von Charles Lindbergh eine Menge Geld verdiente. Noonan wusste, Amelias Ehegatte würde alle journalistischen Hebel in Bewegung setzen, um ihnen in der Heimat einen triumphalen Empfang zu bereiten.

»Nun ja, wenigstens wird Sid unseren Start für *Universal Newsreel* filmen«, seufzte Noonan mit Seitenblick auf den jungen Mitarbeiter

der ortsansässigen Fluggesellschaft *New Guinea Airways*, der ihren Abflug mit einer kleinen Kamera festhalten wollte.

»George wird dafür sorgen, dass unser Präsident anwesend ist, wenn wir in Oakland landen«, ergänzte Amelia und ihre Augen leuchteten. »Ich kann es kaum erwarten, FDR zu sehen.«

Dem Präsidenten der Vereinigten Staaten die Hand zu schütteln, während Filmkameras liefen ... der Gedanke gefiel Noonan, denn seine große, schlanke Statur und seine stahlblauen Augen wirkten erfahrungsgemäß sehr anziehend auf die Damenwelt. Oh ja, er würde in der Wochenschau selbst neben dem breitschultrigen Franklin Delano Roosevelt eine ausgesprochen gute Figur abgeben. Eine hervorragende Empfehlung für zukünftige Sponsoren.

Amelia lächelte schief, fuhr sich zerstreut durch ihr blond gelocktes Haar und setzte dann ihren Fuß auf die rote Tragfläche des Flugzeugs. Eine kleine Farbreminiszenz an ihre knallrote Lockheed *Vega,* mit der sie als erste Frau der Welt die Weiten des Atlantiks überquert hatte.

Noonan, ganz Gentleman, half ihr galant hinauf. Seine Unheil verkündend kribbelnde Nase war vergessen.

1. Juli 1937 – 10:02 Uhr – Lae (Neuguinea)

Die zwei luftgekühlten 9-Zylinder Pratt & Whitney Wasp Junior Sternmotoren röhrten, bis sie Betriebstemperatur erreichten. Amelia ließ die *Electra* auf die Startbahn rollen.

»Preflight check ... okay«, sagte sie und schob sich den Kopfhörer über die Ohren. »Alle Systeme okay. Fertig zum Start.«

Noonan erwartete, dass sie sich wie immer ein letztes Mal vor dem Abflug zu ihm umdrehen und ihr Lächeln mit der vertrauten Zahnlücke zwischen den Schneidezähnen aufblitzen würde. Diesmal vergeblich. Seltsam ...

Stattdessen schob sie ohne Zögern den Gashebel vor. Die Lockheed erbebte und nahm Geschwindigkeit auf. Mit dröhnenden Propellermotoren näherte sich das Flugzeug rasant dem Ende der Rollbahn. Noonan hielt unwillkürlich den Atem an, denn gut eintausendeinhundert Gallonen Sprit erhöhten das Gewicht der Maschine enorm. Trotz aller Routine von Amerikas berühmtester Fliegerin barg dieser Start ein unkalkulierbares Risiko: Der Flieger wog so viel wie nie zuvor.

Noonan wusste, Amelias Aufmerksamkeit galt jetzt gleichzeitig dem Fahrtmesser und dem Startbahnende.

Sie zog das Steuer an. Das Flugzeug hob ab ... und *senkte* sich wieder! Noonan stieß zischend den angehaltenen Atem aus. Sie waren zu schwer!

Das Ende der Rollbahn war erreicht und die Lockheed sackte ab. Von seinem Platz hinter dem Navigationstisch konnte Noonan nicht beobachten, wie bedrohlich sich der Rumpf der Maschine der Wasseroberfläche näherte, doch seine Angstschweiß erzeugenden Fantasien waren ein mehr als würdiger Ersatz für fehlende Sicht. Sein Herz setzte beinahe aus, als er Amelias angestrengtes Keuchen vernahm. Sie würden in die Salomonensee stürzen!

Er schloss die Augen und bereitete sich auf den unvermeidlichen Aufprall vor – aber dann ruckte die Maschine erneut – und aus dem Cockpit erklang ein triumphierendes, langgezogenes »Jaaaaaa ...!« Die *Electra* gewann an Höhe. Sie hatten es tatsächlich geschafft!

Amelia trimmte ihren Flieger und richtete ihn aus. Das war knapp, doch *November Romeo 16020* befand sich jetzt auf dem Weg nach Howland Island.

1. Juli 1937 – 17:18 Uhr – Pazifischer Ozean

Zufrieden lehnte sich Noonan zurück. Alles verlief planmäßig. Die Lockheed flog ruhig über der Wolkendecke und laut seiner Überprüfung ihrer Position hielten sie exakt den von ihm berechneten Kurs. Zwar blies der Gegenwind zeitweise stärker als erwartet, blieb jedoch im vertretbaren Rahmen. Es würde einige Liter Sprit mehr kosten, aber dieser zusätzliche Verbrauch sollte ihnen keine Sorgen bereiten. Ihre Reserve war groß genug.

Noonan verließ seinen Navigationstisch und klemmte sich hinter den schmalen Gang zum Cockpit, um die Entfernung zu Amelia möglichst gering zu halten. Trotzdem musste er schreien, um sich verständlich zu machen.

»4.33 Süd, 159.7 Ost«, rief er Amelia zu. »Auf direktem Kurs zu Howland.«

Sie nickte bestätigend und schaltete das Funkgerät ein.

»Position 4.33 Süd, 159.7 Ost«, gab sie an die Funker auf Lae durch.

Die Bodenstation dort würde bald außer Reichweite sein. »Flughöhe 8.000 Fuß über Kumuluswolken. Windgeschwindigkeit 23 Knoten. Alles okay.« Sie schaltete das Gerät aus und nahm die Kopfhörer wieder ab. Dann wandte sie sich um.

»Weißt du, dass ein Walfänger vor fast einhundert Jahren diese Insel entdeckt hat?«

Noonan grinste. »Das einzige, was ich weiß, ist, dass amerikanische Steuerzahler einen Haufen Dollars hingeblättert haben, um am *Arsch der Welt* eine Landebahn zu bauen. Nur damit wir dort zwischenlanden und auftanken können. Und, dass dein Präsidentenfreund der Öffentlichkeit das Ganze als dringend erforderlichen Zivilflughafen verkauft hat.«

Amelia lachte. »FDR ist nun einmal ein Schatz.«

»Das lass mal nicht die liebe Eleanor hören«, dröhnte Noonan und begab sich zurück zu seinem Navigationstisch, um weitere Messungen vorzunehmen.

Per *Du* mit dem Präsidentenpaar! Amelia Earhart war wirklich eine Berühmtheit. Ein Vorbild für Amerikas junge Generation. Außerdem eine Ikone der Frauenrechtlerinnen.

»Ich glaube, dass Frauen den gleichen Mut besitzen wie Männer«, hatte sie nach ihrem Soloflug über den Atlantik gegenüber der Presse geäußert und mehrfach bewiesen, dass diese Behauptung – zumindest *ihre* Person betreffend – den Tatsachen entsprach.

Noonan fühlte sich sehr geehrt, als ihre Wahl eines neuen Navigators auf ihn fiel. In einem Brief an seine Ehefrau Mary Beatrice hatte er geschrieben: »Amelia besitzt meine Bewunderung, weil sie alle Probleme wie ein Mann angeht.«

Er wollte sicherstellen, dass seine Frau Bee zwar von seiner Bewunderung für Amelia erfuhr, sich aber keine Sorgen um eine drohende Affäre machen sollte. Denn Earharts und Putnams *offene Ehe* war allgemein bekannt.

Im Verlauf des gemeinsamen Fluges näherten sie sich freundschaftlich an. Amelia fasste Vertrauen und erzählte ihm aus ihrer Vergangenheit: Wie sie mit einem Gewehr Kaliber 22 – einem Weihnachtsgeschenk ihres Vaters – auf Ratten geschossen und ihre Großmutter stolz mit der verendeten Trophäe zu Tode erschreckt hatte. Sie erzählte

ihm von ihrem Schulverweis als Folge eines nächtlichen Balanceakts auf dem Dachfirst der Schule – nur mit einem Nachthemd bekleidet. Oder wie sie ihre puritanische Schulleiterin Abby Sutherland mit dem Ansinnen schockiert hatte, sie möge ihr doch bitte den Sinn von Oscar Wildes *Das Bildnis des Dorian Gray* erklären.

Sie hatte ihm auch anvertraut, dass sie nicht allein aus Karrieregründen keine Kinder mit ihrem George haben wolle, sondern auch aus Angst, es könne ihnen ergehen wie Charles Lindbergh, dessen kleiner Sohn vor fünf Jahren entführt und ermordet worden war. Ein solch schreckliches Elternschicksal wollte sie nicht teilen.

Ihre Offenheit schmeichelte Noonan.

Er warf einen Blick Richtung Cockpit und sah Amelia Notizen für ihr kommendes Buch niederschreiben. Schön, dies war seine Gelegenheit für ein Nickerchen.

2. Juli 1937 – 6:04 Uhr – Sonnenaufgang – Pazifischer Ozean

Noonan blickte durch das Navigationsfenster und richtete angespannt den Sextanten aus. Der Sonnenaufgang würde die Positionsbestimmung vereinfachen, aber sie näherten sich nun dem kritischen Punkt ihres Fluges. *Howland Island* zu finden würde exakte Messungen und die Hilfe der Küstenwache erfordern. Diese Insel war gerade einmal einen Kilometer breit und nur zweieinhalb Kilometer lang – nicht besonders groß für einen präzisen Landeanflug. Daher kreuzte auch die *Itasca* in der Nähe, um sie mit Funkpeilungen zu unterstützen.

Noonan atmete auf. Sie befanden sich immer noch auf Kurs. Zeit, um Kontakt mit dem Schiff aufzunehmen.

»Unser Kurs ist korrekt!«, rief er Richtung Cockpit. »Nach meiner Berechnung noch etwa 200 Meilen bis zur Insel!«

Amelia nickte bestätigend und schaltete das Funkgerät ein.

»KHAQQ ruft *Itasca*. Versuchen Sie, unsere Position zu bestimmen. Melden Sie sich in einer halben Stunde. Ich mache mich mit dem Mikrofon bemerkbar. Wir befinden uns in etwa 100 Meilen Entfernung.«

Sie schaltete ab und wartete auf Antwort, doch der Empfänger rauschte nur.

»Alles okay?" Noonan brüllte seine Frage durch das Flugzeug, um das Dröhnen der Motoren zu übertönen. Amelia hob lediglich den Daumen, ohne sich umzudrehen. Alles okay. Aber Noonan hatte keineswegs das Gefühl als wäre alles in Ordnung ...

2. Juli 1937 – 7:42 Uhr – Pazifischer Ozean

»KHAQQ ruft *Itasca*. Wir müssen über Euch sein, können Euch aber nicht sehen. Der Sprit geht zur Neige. Wir können Euch über Funk nicht erreichen. Unsere Flughöhe beträgt 1.000 Fuß.«

»Was ist denn jetzt mit der Funkpeilung?«, schrie Noonan. Amelia zuckte die Achseln.

»Ich bekomme keine Verbindung mit dem Schiff.«

Noonan spürte Amelias Anspannung fast körperlich. Sie begann, nervös zu werden, weil sie die Insel nicht vorfand, wo sie sie vermutete. Und die Kommunikation mit der *Itasca* kam einfach nicht zustande.

»Ich habe es doch gleich gesagt. *Radio Direction Finder* ... pah! ...«, brummte Noonan verärgert, weil er wusste, dass Amelia ihn nicht hören würde. »Dieser verdammte neumodische Kram funktioniert nicht.«

Zum Glück konnte er sich auf seine langjährige Erfahrung als Navigator und die Präzision seiner Geräte verlassen. Verdammt, er würde Howland Island auch ohne Funkunterstützung der Küstenwache finden.

»Vergiss die *Itasca*!«, brüllte er erbost. »Korrigiere den Kurs auf Linie 157/337. Direkter Landeanflug auf Howland.«

2. Juli 1937 – 8:43 Uhr – Pazifischer Ozean

Das Flugzeug geriet in leichte Turbulenzen. Noonan hielt sich an seinem Navigationstisch fest. »Heilige Scheiße!«, fluchte er. Sie flogen immer noch in Richtung Sonne, was die Orientierung über der spiegelnden Wasserfläche zusätzlich erschwerte, und die Lockheed begann nun, zu kreisen. Amelia hatte den Kurs *nicht* korrigiert! Sie hatte sich offenbar erneut über seine Anweisung hinweggesetzt. Wie schon seinerzeit beim Landeanflug auf Dakar. Ihm brach der Schweiß aus: Das war Wahnsinn!

Sein erster Gedanke, den allerdings nicht Logik, sondern ein verdammt mieses Bauchgefühl gebar, sagte ihm, dass Amelia

anscheinend unter einer Art von Todessehnsucht litt und auf diese Art spektakulär von der Bühne des Lebens abzutreten beabsichtigte. Doch sein zweiter Gedanke war, dass sie verzweifelt versuchte, diese verfluchte Insel zu finden – dazu jedoch einfach nicht in der Lage war!

»KHAQQ ruft *Itasca*. Wir kreisen, können Euch aber nicht hören. Versucht, unsere Position zu bestimmen.« Amelias gepresste Stimme gab die sinnlosen Versuche nicht auf, das Schiff doch noch zu erreichen.

Noonan unternahm einen letzten verzweifelten Versuch, sie zum Rechtsflug zu bewegen: Dorthin, wo Howland Island sich seinen Messungen nach befinden musste. Aber Amelia hörte nicht auf ihn. Sie schüttelte den Kopf.

»Wir fliegen in die richtige Richtung. Wir sind ganz nah dran. Ich *weiß* es.« Noonan fluchte.

Sie war überzeugt, die Insel gesehen zu haben und flog nun in Kreisen. Sie *wollte* diese Insel finden. *Unbedingt*. Diese starrsinnige Entscheidung würde sie noch beide das Leben kosten.

»Alles unter Kontrolle!«, rief Amelia ihm zugewandt und blinzelte ihm beruhigend zu. Ihr Gesicht nahm in seiner Wahrnehmung seltsam männliche Züge an. Eine Halluzination? Noonan starrte sie an, schloss die Augen, öffnete sie wieder und erblickte Amelias vertrautes Gesicht. Sein Herz schlug ihm bis zum Hals und seine Gedanken überschlugen sich. Er stand wahrscheinlich schon kurz vor einem Nervenzusammenbruch. Im Angesicht des nahen Todes gab es sicher die merkwürdigsten Phänomene.

2. Juli 1937 – 8:59 Uhr – Pazifischer Ozean

Zu viele Wolken behinderten jetzt die Sicht, daher verringerte Amelia die Flughöhe. Doch nun spiegelte sich das Sonnenlicht erneut blendend auf der Oberfläche des Pazifischen Ozeans und würde bald in ihren Augen schmerzen. *Ein Wunder*, dachte Noonan, *dass sie überhaupt noch klar denken kann*.

Himmel, was gäbe er jetzt für einen Drink, um seine flatternden Nerven zu beruhigen!

Seine fatale Neigung zu alkoholischen Getränken hatte ihn immer wieder in Schwierigkeiten gebracht, aber während des Fluges schränkte er den Konsum stark ein. Nicht nur, um seine Aufgaben

zur Zufriedenheit Amelias zu meistern, sondern auch aus Rücksicht wegen ihrer schlechten Erfahrungen mit dem alkoholkranken Vater.

»Mein Vater war ein Säufer!«, hatte sie ihm unumwunden erklärt. »Können *Sie* damit aufhören? Zumindest für die Dauer unseres gemeinsamen Fluges?« Er hatte genickt und sie nur ein einziges Mal – nach einem Streit in St. Louis – enttäuscht. Aber nun verlangte sein Körper gierig nach diesem flüssigen Beruhigungsmittel. Gäbe man ihm jetzt die Möglichkeit, würde er sich vermutlich durch alle Schnapsvorräte der Welt saufen. Wenn er schon sterben sollte, dann wäre *sturzbetrunken* ein wünschenswerter Zustand. Doch hier, über den Weiten des Pazifiks, musste er ohne dieses Hilfsmittel auskommen.

Noonan fuhr sich nervös mit der Hand über das schweißnasse Gesicht und lauschte der vertrauten Stimme aus dem Cockpit.

»KHAQQ ruft *Itasca*. Wir fliegen auf Linie 157/337. Wir werden diese Meldung auf Frequenz 6210 wiederholen. Warten Sie ...«

Linie 157/337! Amelia hatte schließlich also doch noch den Kurs korrigiert. Zu spät ...

Die Erkenntnis schmerzte ihn: Amelia war eine großartige Fliegerin, aber hier stieß selbst sie an Grenzen, denn die Tanks waren leer. Nur noch eine Zeitspanne von Minuten bis die Maschinen ausfallen würden!

Noonans Hörfähigkeit schien magische Fähigkeiten zu entwickeln, denn er glaubte wahrzunehmen, wie der Motor gurgelnd die letzten Liter Sprit aufsaugte.

»Ich gehe jetzt runter!«, schrie Amelia nach hinten und drückte das Steuerrad herunter. »Da ist Land! Wünsch uns Glück!«

Das Flugzeug ging in Sinkflug und wurde kräftig durchgeschüttelt. Sie berührten Boden. Metallisches Kreischen, irgendetwas brach. Noonans Kopf knallte auf den Navigationstisch, dann ... wurde es finster.

2. Juli 1937 – 10:23 Uhr – Gardner Island

Noonan erwachte mit Kopfschmerzen, die fröhlich im Fats-Waller-Takt pochten. Einen Augenblick wähnte er sich in einem Hotelzimmer – nach durchzechter Nacht – und gegen einen schlimmen Kater kämpfend. Gleich würde Amelia in sein Zimmer platzen, ihn aus dem Bett zerren und eine Erklärung dafür verlangen, weshalb

er den Start versäumt hatte ... und sie nun die ganze Welt alleine umrunden musste.

Doch dann ... loderte die Erkenntnis in ihm auf wie eine Stichflamme.

Sie waren notgelandet!

Er tastete nach seiner Stirn, massierte beide Schläfen und zuckte zusammen. Seine Hand war voller Blut. Offenbar aus einer Platzwunde. Kein frisches Blut. Scheinbar war die Verletzung nicht so schlimm, denn das Blut trocknete bereits. Diese Erkenntnis minderte seine hämmernden Kopfschmerzen allerdings nicht im Geringsten.

Dann schob sich ein weiteres Erinnerungsdetail an die Oberfläche seines Bewusstseins: Sie waren aufgrund von *Treibstoffmangel* notgelandet. Ohne Benzin würde die Maschine nicht mehr starten können!

Sie saßen also hier fest. Keine Möglichkeit diese Insel zu verlassen und kein Proviant an Bord. Noch schlimmer: kein Tropfen Trinkwasser!

Sollten sie also nicht bald gefunden werden, dann stünde ihnen ein schlimmer Tod bevor. Im Angesicht der sie umgebenden Wassermassen des Pazifischen Ozeans verdursten ... das konnte man durchaus als Ironie des Schicksals bezeichnen.

Amelias Kreisflüge hatten ihn ein wenig desorientiert, aber er glaubte ziemlich sicher zu wissen, wo sie gestrandet waren. Gardner Island war das logische Ziel ihres Irrflugs. Damit waren sie zwar ein gutes Stück von ihrer Route abgekommen, aber befanden sich doch immer noch in Reichweite der Suchmannschaften, die zweifelsohne ausgesandt würden, um die berühmte *Aviatrix* zu retten. Na ja, und damit natürlich auch ihren nicht ganz so berühmten Navigator.

Amelia ...

Er blickte in das Cockpit und erstarrte. Es war leer, aber er sah Blut. Viel mehr als die wenigen Tropfen, die aus seiner Kopfwunde getropft waren. Amelia musste sich beim Aufprall ernstlich verletzt haben. Der leere Sitz schockierte ihn, doch es bedeutete zumindest, dass sie die Maschine noch aus eigener Kraft hatte verlassen können. Der Anblick des Blutes beunruhigte ihn jedoch zutiefst.

Er erinnerte sich mit Schaudern. Es hatte geklungen, als wäre ein Fahrwerk abgerissen, ehe bei ihm die Lichter ausgegangen waren. Er wandte sich um und erstarrte ein zweites Mal, denn er sah den hinteren Teil des Flugzeugs und blickte in ... gähnende Leere.

Das Heck der Maschine war abgerissen!

Noonan kroch mühsam aus dem Wrack und Erleichterung durchflutete ihn in heißen Wellen. Er entdeckte Amelia, die auf einer kleinen Erhebung den Horizont mit einem Feldstecher absuchte. Der Anblick ließ ihn seine Kopfschmerzen für einen Augenblick vergessen. Gott sei Dank, sie lebte!

Seine Nase juckte. Warum zum Teufel? Was sollte denn jetzt noch passieren? Sie hatten zwar großes Pech gehabt, aber gleichzeitig auch Glück – schließlich hatten sie überlebt.

Gestrandet auf einer Insel. Amelia Crusoe und Frederick Joseph Freitag. Aller Wahrscheinlichkeit nach würden sie allerdings statt von menschenfressenden Eingeborenen eher von Suchtrupps der Marine aufgespürt werden.

»Amelia! Alles in Ordnung mit dir? Bist du unverletzt?«

Er wollte sie voller Erleichterung umarmen. Mit ihr feiern, dass sie es gerade noch geschafft hatten, sich vor der bereits schwingenden Sense des Todes zu ducken.

Sie ließ das Fernglas sinken und wandte sich langsam zu ihm um. Erschrocken sog Noonan die Luft ein.

Ihre rechte Gesichtshälfte war rot von verkrustetem Blut!

Offenbar hatte sie sich beim Aufprall eine üble Kopfverletzung zugezogen. Sie wirkte unsicher. Irgendwie benommen. So, als wäre sie sich nicht sicher, wo sie sich gerade befand. Aber wenn man es recht bedachte, entsprach das ja durchaus den Tatsachen. Noonan überlief es heiß, was nicht nur der erbarmungslos brennenden Sonne geschuldet war.

»Du bist verletzt!«, stieß er besorgt hervor und ging rasch auf sie zu. Amelia hob abwehrend die Arme und trat einen Schritt zurück.

»Es ist nichts!«, stellte sie nachdrücklich klar. »Nur eine leichte Platzwunde. Es geht mir gut!«

Noonan verlangsamte seinen Schritt nicht, bis er dicht vor ihr stand. »Lass mich das nur mal ansehen«, drängte er.

»Nein!«, lehnte sie aufgebracht ab und ihr Gesicht verzerrte sich schmerzhaft. Dann ... überlief ihr Gesicht eine Art Schauer und ließ es seltsam verschwommen wirken. Etwas wie ... fließende Wellenbewegungen unter ihrer Haut.

Noonan starrte sie entgeistert an. Wieder eine Halluzination? Die Folge seiner Kopfverletzung? Er bemühte sich, sie nicht aus den Augen zu lassen.

Jetzt nicht blinzeln. Und da war es wieder! Keine Einbildung!

Grundgütiger, hier ging ganz eindeutig Unheimliches vor, das er nicht verstehen, aber auch nicht leugnen konnte. Es schien, als vibriere da etwas unter ihrer Gesichtshaut! Und dann ... verwandelte sich das vertraute Antlitz Amelias in das unbekannte Gesicht eines ... *Japaners*.

»Großer Gott!«, keuchte Noonan fassungslos. Mehr brachte er nicht hervor. Er schloss im verzweifelten Bemühen, das Trugbild zu verscheuchen, die Augen. Doch als er sie öffnete, blickte er immer noch in das Gesicht eines Asiaten.

Erschauernd wich er zurück und fragte sich, ob dies einen Nervenzusammenbruch ankündigte.

»Sie scheinen ... beeindruckt«, stellte der Fremde arrogant lächelnd fest. »Nun, das ist die übliche Reaktion Normalsterblicher auf die Begegnung mit einem außergewöhnlichen Wesen.« Der Japaner verwandelte sich ohne Ankündigung wieder in Amelia.

Noonan – vor Schreck völlig paralysiert – sah plötzlich schwarze Punkte vor seinen Augen und kämpfte gegen eine drohende Ohnmacht an. Wie zum Teufel war das möglich? Wer oder was stand hier vor ihm? Der Anblick dieses wabernden, zitternden Fleisches, das sich von einem Japaner in Amelia verwandelte, verursachte ihm Entsetzen, Ekel und Abscheu.

Auf Drängen seiner damaligen Frau Josephine hatte er sich vor Jahren einen Zombiefilm mit Bela Lugosi angesehen. Und herzlich über den Blödsinn gelacht. Doch dies hier ... war real!

Du verlierst gerade einfach nur den Verstand, Fred, dachte Noonan. Im Augenblick wäre das tatsächlich auch sein größter Wunsch. Eine logische Erklärung für diesen Wahnsinn.

»Nun gut, jetzt kennen Sie mein kleines Geheimnis«, sagte Amelia und zog einen Dolch. Woher zum Teufel hatte sie diese Waffe? Sie gehörte ganz sicher nicht zur Standardausrüstung ihrer Reise.

»Wie wäre es mit einer Erklärung und einem Drink?«, fragte Noonan in dem verzweifelten Bemühen, seine aufkeimende Panik unter Kontrolle zu bringen. »Horrorgeschichten sind mit einem Drink besser

zu ertragen.« Er lachte unbeherrscht und fühlte, wie seine Selbstkontrolle allmählich zurückkehrte. »Wer oder was zur Hölle sind Sie? Meine Regierung wird Sie mit Freuden in kleine zappelnde Stücke schneiden, um herauszufinden, wie dieser Trick funktioniert, Freundchen.«

»Kein Zaubertrick!«, grinste Amelia. Als wolle sie Noonan mit der schrecklichen Wahrheit verspotten, ließ sie ihre Gesichtszüge erneut verschwimmen und verwandelte sich in den Japaner.

»Ich bin ein Yōkai. In Ihrer Sprache würde man mich wohl als *Gestaltwandler* bezeichnen. Ihre Regierung wird mich ohnehin sehr bald kennenlernen. Mein Auftrag ist die Liquidierung Ihres Präsidenten, also habe ich die Gestalt dieser Frau angenommen, um ihm nahe genug zu kommen.«

Noonan schöpfte Hoffnung. »Nun, mein Lieber, Ihr Plan ist offenbar gründlich schiefgegangen. Vielleicht hätte Ihre Regierung einen kompetenteren Killer wählen sollen. Jemanden, der dieser Aufgabe auch gewachsen ist.«

Das Lächeln des Japaners gefror. Dann winkte er lässig ab. »Ich verstehe, Sie wollen mich provozieren, aber das wird Ihnen nicht gelingen. Der ursprüngliche Plan, Ihren Präsidenten bei unserer Rückkehr zu töten, ist tatsächlich gescheitert. Aber ich bin immer noch Amelia Earhart«, sagte er nachdenklich und verwandelte sich erneut in Amelia, als wolle er diese Behauptung mit einem Ausrufezeichen versehen.

»Vermutlich kann ich sogar dieses Desaster zu meinem Vorteil nutzen.« Sie lächelte hintergründig. »Wenn *Lady Lindy* auf dieser Insel gefunden wird, dann müsste es doch mit dem Teufel zugehen, wenn es anlässlich ihrer Rettung keinen großen Empfang geben würde.«

»Bei dem auch ... Präsident ... Roosevelt ... anwesend wäre«, stammelte Noonan und erschrak. Wie es schien, würde der Attentäter in jedem Fall gewinnen. »Nun, wenn da nicht dummerweise dieser Navigator wäre, der das Geheimnis kennt und den Schwindel auffliegen lassen würde«, ergänzte er wütend. Amelias Gesichtszüge verschwammen erneut. Der Japaner erschien. Die ständigen Verwandlungen zerrten an Noonans Nerven.

»Exakt!«, nickte sein Gegenüber selbstzufrieden. »Tut mir leid, es ist nichts Persönliches«, erklärte er mit der sanften Stimme Amelias,

was den ohnehin schon grotesken Schrecken der Situation noch einmal potenzierte. Noonan nickte grimmig.

»Ja, schon gut, mir tut es auch leid, aber Sie sollten nicht darauf hoffen, dass ich mich kampflos ergebe.« Er durfte nicht zulassen, dass dieser Feind Amelias Aussehen dazu benutzte, Roosevelt zu ermorden. Um dies zu verhindern und um sein eigenes Leben zu retten, musste er sie – ihn! – töten.

Verdammt, Noonan hatte in seinem Leben nie jemanden umgebracht. Harmlose Faustkämpfe in seiner Jugend, bei denen ein wenig Blut geflossen war, ja. Aber einen Menschen ... *töten*?

Würde er das fertigbringen?

Solange er in diese fremden Augen blickte, gab es eine Chance. Doch was, wenn er wieder Amelias vertrautes Gesicht vor sich hatte?

Würde er auch dann noch ohne Skrupel handeln können?

Ja. Wenn es nur diese Wahl gab, *ja*!

Und dann? Wie sollte er der Welt das Unvermeidbare erklären? Dass er in Wahrheit nicht Amerikas Darling Amelia Earhart umgebracht hatte, sondern einen Y□kai. Einen Formwandler, der ihre Gestalt angenommen hatte, um den amerikanischen Präsidenten zu ermorden.

Vor seinem geistigen Auge erschienen ungläubige Gesichter, während er ihnen den Sachverhalt zu erklären versuchte. Zumindest die Gummizelle wäre ihm sicher – wenn nicht sogar der elektrische Stuhl oder die Gaskammer.

»Also gut, beenden wir das ganze hier und jetzt«, entschied der Killer und hob das Messer. Er hielt es kampferprobt. In Noonan keimten Zweifel, ob es ihm gelingen würde, den Mann auszuschalten.

Doch in sein Entsetzen, seine Bestürzung und seinen Ekel mischte sich zunehmend diese weitere Empfindung – Wut! Der unbändige Wunsch, den Mörder Amelias in Stücke zu reißen.

Noonan begrüßte diese Emotion freudig, wie einen guten Freund. Sie würde ihm die Kraft verleihen, sein Vorhaben auszuführen. Ihm blieb keine andere Wahl! Innerhalb von Sekunden reifte ein halsbrecherischer Plan.

Er sank auf die Knie, als habe er sich mit seinem unausweichlichen Schicksal abgefunden und erwarte den Todesstoß. Der Japaner grinste zufrieden und schien für einen kurzen Moment

unaufmerksam. Noonan nutzte diesen Moment, ergriff einen faustgroßen Stein, schnellte empor und ließ seinen Arm rotieren. Dann öffnete er seine Hand. Der Stein traf den überraschten Attentäter direkt im Solarplexus. Dessen verächtliches Lächeln erlosch abrupt.

Noonan zögerte keinen Augenblick und nutzte das Überraschungsmoment für einen schnellen Ausfall. Er entriss dem bewegungsunfähigen, verzweifelt nach Luft ringenden Japaner das Messer und stach unmittelbar zu.

»Baseball!«, brüllte Noonan triumphierend. »Das, mein japanischer Freund, ist unser Nationalsport und ich war während meiner Collegezeit ein guter Werfer.«

Er ... *sie* ... kreischte. Der Klang ihrer Stimme drang Noonan bis ins Mark und hätte ihn fast veranlasst, die Klinge loszulassen. Dann drang ein Schwall Blut aus dem Mund seines Feindes und der Schrei veränderte sich in ein Gurgeln. Todesröcheln?

Noonan riss das Messer aus dem erschlaffenden Körper und hoffte inständig, der Stich möge tödlich gewesen sein. Ein weiteres Mal würde er nicht mehr zustechen können.

Der Mann gab ein erstickendes Stöhnen von sich und brach zusammen. Hart prallte er auf den Boden und ein weiterer Schwall Blut quoll aus dem Mund.

»Sie sind ... ein cleverer, kleiner ... Navigator«, röchelte der Japaner und in seiner Stimme schwang tatsächlich etwas wie Anerkennung mit. »Aber ... Sie haben das Ganze nur ... hinausgezögert. Es gibt noch andere ... meiner Gattung. Sie werden... nachfolgen.«

Er hustete blubbernd. Winzige Blutstropfen sprühten schaumig aus seinem Mund.

Sein Ende nahte. Noonan beugte sich misstrauisch über den Sterbenden. Hatte dieser Japaner noch ein Ass im Ärmel?

»Sie haben ... Amelia Earhart .... *umgebracht.*« Er lächelte verzerrt. Ein dünner Blutfaden rann aus seinem Mundwinkel.

»Sie werden ... mit dem Mord an Amelia ... leben müssen«, flüsterte der Sterbende. Die Anstrengung schien ihm die letzte Kraft zu rauben. Seine Augenlider flatterten und die Verwandlung in Amelia Earhart begann – zu Noonans Entsetzen.

»Warum hast du das getan, Fred?« Amelias Stimme flüsterte diese letzten Worte – für Noonan dehnten sie sich bis hinein in das Zwischenreich. Die keuchenden Atemzüge verlangsamten sich. Ihr Gesicht verlor jegliche Farbe, erstarrte zu einer Totenmaske.

Dann war – *sie*? – tot.

Das alles konnte nur ein Albtraum sein! Ein ebenso lebhafter, wie verrückter Traum, den er träumte, während sein bewusstloser Körper irgendwo im Wrack der abgestürzten Lockheed auf den Tod wartete. Ein Zwischenfall auf der Eulenfluss-Brücke.

Trauer übermannte ihn beim Anblick ihres toten Körpers, er presste den Handrücken auf den Mund, um ein Schluchzen zu unterdrücken. Kein Aufwachen. Kein böser Traum, sondern schreckliche Realität!

»Es tut mir leid, Amelia«, wiederholte Noonan zum vermutlich hundertsten Male. Er wusste, dass es nicht wirklich Amelia war, die hier leblos in ihrem Blut vor ihm lag, sondern ein feindlicher Japaner. Seine Amelia lag irgendwo zwischen Oakland und Lae verscharrt in der Erde. Dort, wo dieses verdammte Schlitzauge sie umgebracht und ihren Platz eingenommen hatte.

Vielleicht in einem der Tempel Bangkoks, die Amelia besichtigt hatte, während er nach ausschweifenden Barbesuchen seinen Rausch ausschlief. Oder ihr Leichnam lag als Fischfutter auf dem Grund der Salomonsee.

Noonan hatte gehofft, dass dieser Dreckskerl sich mit Eintritt des Todes zurückverwandeln würde. Aber diesen Gefallen hatte er ihm nicht getan. Die Leiche vor ihm behielt Amelias Gestalt. Selbst der tote Feind kannte keine Gnade für den Gegner.

Dann lachte Noonan. Aber es war ein ängstliches, fast hysterisches Lachen. Ein Lachen, das beginnenden Wahnsinn signalisierte. Er war dabei, den Verstand zu verlieren.

2. Juli – 17:13 Uhr – Gardner Island

Noonan erwachte schreiend aus einem Alptraum, in dem eine tote Amelia ihn mit den Worten »Du hast mich umgebracht! Ich habe dir vertraut! Ich habe dich aufgenommen und du hast mich getötet!« verfolgte. Die lederne Fliegerjacke hing in Fetzen an ihrem knochigen Oberkörper herab. Die glanzlosen Augen waren vorwurfsvoll auf ihn gerichtet. Ihre Krallenhände griffen nach ihm.

Er blickte herüber zu Amelias leblosem Körper. Einen Augenblick beschlich ihn würgende Angst, der Leichnam könne sich tatsächlich aufrichten. Wer wusste schon, wozu ein Gestaltwandler fähig war?

Er saß auf dieser winzigen Insel fest. Mühsam unterdrückte er die aufkommende Panik. In diesem Augenblick begriff er, wie sich Tiere im Käfig fühlen, wenn der Fluchtinstinkt erwacht.

Dann vernahm er Geräusche. Er richtete sich auf und sah ungläubig ein halbes Dutzend Männer auf ihn zukommen. Hier war sie: die Stunde der Wahrheit. Nun musste er den Tod Amelia Earharts erklären. Vielleicht würden sie die Wahrheit erkennen, wenn sie Amelia aufschnitten. Aber er bezweifelte, dass es so einfach sein würde. Die Verwandlung würde vollkommen sein.

Doch als sie näherkamen, erkannte er, dass es keine amerikanischen Armeeuniformen waren und wusste im gleichen Moment, dass er sich keine Sorgen mehr um seinen Verstand oder seine Geschichte machen musste. Japaner!

Sie würden alle Spuren ihres Misserfolges beseitigen. Und Noonan ... zählte zu diesen Spuren.

Einer der japanischen Soldaten murmelte Unverständliches in seiner Sprache. Das war das Letzte, was Noonan in seinem Leben hören sollte. Dann prallte etwas gegen seine Schläfe. Die Dunkelheit schlug über ihm zusammen ...

Corinna Schattauer | cschattauer.wordpress.com
Corinna Schattauer lernte das Schreiben, als sie sechs Jahre alt war, und hat seitdem nicht mehr damit aufgehört. Neben ihrem Leben als Mainzer Studentin der Geschichte und Anglistik – und wenn sie nicht gerade Theater spielt – bannt sie phantastische Geschichten aller Spielarten aufs Papier. Auch im Sachbuchbereich war sie bereits tätig.

Sabrina Železný | www.sabrinarequipa.de
Sabrina Železný, geboren 1986, lebt zusammen mit einem virtuellen Lama und einem schwedischen Bücherregal in Berlin und Bonn. Sie ist Kulturanthropologin, Altamerikanistin sowie Wahlperuanerin und schreibt hauptsächlich Phantastik mit Lateinamerikabezug, wobei ihr besonderes Interesse Mythologie, Geschichte und Sprachen der indigenen Kulturen gilt. Ihr Romandebüt »Kondorkinder: Die Suche nach den verlorenen Geschichten« ist 2013 im Verlag Mondwolf erschienen.

Fabian Dombrowski | www.facebook.com/Vibulanius
Fabian Dombrowski wurde am 6. Oktober 1989 in Berlin Mitte geboren, wo er seitdem lebt. Das Schreiben und weitere kreative Hobbys finanziert er als Tellerwäscher, Prospekt-Austräger, Galerist, Caterer, Kuchenbäcker, Barkeeper, Antiquar, Illustrator, Bildbearbeiter und Fotograf. Im Moment arbeitet er als Herausgeber für den Verlag ohneohren und studiert Geschichtswissenschaften an der Humboldt-Universität zu Berlin.

Iviane Jakobs
I.J. sucht schon seit ihrer frühen Kindheit Geschichten: in den Büchern ihrer Lieblingsautoren, in Selbstgeschriebenem, in Fantasien des Unmöglichen, im alltäglichen Leben. Das gesprochene, sowie das geschriebene Wort sind ihre große Leidenschaft, genauso wie die Erkundung der Weltkugel und der Höhen und Tiefen der menschlichen Psyche.

Cat Dolcium
Das Schreiben hat die Autorin Cat Dolcium in der achten Klasse für sich entdeckt und mit *Herrschaftsblut* erscheint ihre erste Geschichte in einem Verlag. Die 16-jährige Autorin lebt mit ihren Eltern im Rheingau und geht dort auch zur Schule, welche sie mit Abitur in der Hand verlassen möchte.

Andrea Bienek | www.facebook.com/autorin.andrea.bienek
Andrea Bienek ist ein Herbstkind der frühen 70er. Erst malte sie Geschichten, dann schrieb sie welche. Nach Ausflügen in die Musik, Fotografie und Malerei, beschloss sie, das Schreiben zu ihrem »Handwerk« zu machen und belegte ein mehrjähriges Fernstudium. Dann folgten ein paar wenige Ausschreibungen und seither klappern täglich die Tasten.

Tina Somogyi
Tina Somogyi lebt in Graz, Österreich. Nach dem abgeschlossenen Bachelorstudium der Informationsberufe hat sie sich für ein weiteres Studium der Germanistik und Geschichte, an der Karl Franzens Universität in Graz entschieden. In ihrer Freizeit beschäftigt sie sich gerne mit Japan und Korea und lernt auch beide Sprachen. Tina ist außerdem mit einer Kurzgeschichte in der Anthologie »Einhörner« vom Verlag Torsten Low vertreten.

Tanja Hanika
Tanja Hanika wurde 1988 in Speyer geboren und studierte an der Universität Trier Germanistik und Philosophie. Nun lebt sie mit Mann, Sohn und zwei Katzen in der Eifel. Erste Texte verfasste sie in ihrer Kindheit und konnte seither nicht aufhören zu schreiben. Ihre Kurzgeschichten wurden in Anthologien und Literaturzeitschriften veröffentlicht.

Nina C. Egli

Nina C. Egli wurde 1988 in der Zentralschweiz geboren. Sie absolvierte das Studium der Informatik und arbeitet seit 2012 in Bern im Bereich der Informationssicherheit. Sie hat das Schreiben in frühen Jahren auf der Schreibmaschine ihrer Großmutter entdeckt und seither lässt es sie nicht mehr los.

Markus Cremer | markuscremer.jimdo.com

Der aus dem Rheinland stammende Markus Cremer wurde 1972, im Jahr der Ratte, geboren. Vor seiner derzeitigen Beschäftigung in der Hirnforschung betätigte er sich als Sanitäter, Erfinder und Inhaber eines Ladens für Okkultismus. Er lebt mit seiner Frau und seinem Sohn, sowie zwei Ratten in einem alten Haus in der Nähe von Aachen. Die Initialzündung für seine schriftstellerischen Ambitionen waren Fantasy-Rollenspiele und die Geschichten von H. P. Lovecraft, Michael Moorcock und Robert E. Howard.

Isabel Schwaak | bellatrixminor.wordpress.com

Isabel Schwaak wurde 1990 in Siegen geboren. Sie verliebte sich schon früh in die Wunderwelt der Geschichten, weswegen sie schließlich Literaturwissenschaften studierte. Weil ihr ständig zu viele Worte durch den Kopf fliegen, schreibt sie – Essays, Blogs, Erzählungen jeder Art. Am liebsten treibt sie sich allerdings im Reich der Phantastik herum.

Detlef Klewer | www.kritzelkunst.de

*1957 – lebt als Illustrator/Designer am Niederrhein. Als Liebhaber und Kenner des phantastischen Films veröffentlichte er Artikel in Magazinen wie *Vampir*, *Film-Illustrierte* und *Moviestar*, sowie fünf Fachbücher zum Thema. Das letzte Werk, »Die Kinder der Nacht«, erhielt als bestes Fachbuch den Virus-Award 2007. Seit 2011 verfasst er Horror- und Fantasygeschichten, die in diversen Anthologien erscheinen.

Mehr Bücher aus dem Art Skript Phantastik Verlag findet Ihr auf
www.ArtSkriptPhantastik.de

Mehr Anthologien

Steampunk Akte Deutschland

ISBN-13: 978-3-9450450-0-8

Steampunk 1851

ISBN-13: 978-3981509281

Masken

ISBN-13: 978-3981509298

Vampire Cocktail

ISBN-13: 978-3981509250

Mehr Bücher aus dem Art Skript Phantastik Verlag findet Ihr auf
www.ArtSkriptPhantastik.de

Mehr Romane

Vor meiner Ewigkeit

Alessandra Reß

ISBN: 978-3-9815092-6-7

Dämonenbraut

Christina M. Fischer

ISBN-13: 978-3981509205

Wien - Stadt der Vampire

Fay Winterberg

ISBN-13: 978-3981509243

Das schwarze Kollektiv

Michael Zandt

ISBN-13: 978-3981509236

Der Art Skript Phantastik Verlag sagt

Danke!

Danke an alle zwölf Autoren, die mit ihren Geschichten hier in dieser Anthologie vertreten sind.

Danke an Stefanie Mühlsteph, Wassja und Fabian für ihre offenen Ohren, lieben Worte und ehrlichen Meinungen während des Entstehungsprozesses dieser Anthologie.

Und natürlich einen ganz großen Dank an DICH, werter Leser oder werte Leserin. Danke, dass du dieses Buch gekauft hast und so einen kleinen, unabhängigen Verlag auf seinem nicht immer einfachen Weg unterstützt.

Vielen Dank